漫時光

墨書白 著

長風渡

中卷

【第二部】橫波渡

高寶書版集團

目錄
CONTENTS

第十一章　柳通商行

王厚純一路急急趕到王思遠家，王思遠還在庭院裡逗著籠子裡的鳥。王厚純焦急道：「叔父，救我！救救姪兒！」

說著，王厚純跪在王思遠面前，驚慌道：「叔父救命啊！」

「救什麼命啊。」王思遠懶洋洋抬起眼皮，「在滎陽這地方，誰還能要了你的命不成？」

「叔父，」王厚純著急道：「顧九思抓住那些衙役了。」

王思遠動作頓了頓，他冷了臉，抬起頭來，「抓住了？怎麼抓的？我不是讓人去找了嗎！」

「您是讓人找了，可顧九思的人更快，他們提前把人抓到了。」

「怎麼可能！」王思遠頗為震驚，「我特地讓人調整了衙役的巡邏時間，他們從東都過來，怎麼會比我的人快？」

「他們從縣衙拿到了執勤表。」

王厚純沒有直說，王思遠沉下聲，片刻後，猶豫道：「這事，還得再查查看。到底是誰給他們通風報信。」

王厚純沒有說話，王思遠想了想：「衙役那邊是你親自去的？」

「不是。」王厚純搖了搖頭，「但我給了銀子，給銀兩的人是我府上的。」

「那你還跪在這裡！」王思遠立刻道：「去處理啊！」

「處理乾淨了。」王厚純道：「給銀子的人，回來那日就處理好了。」

王思遠舒了口氣，隨後道：「既然如此，你怕什麼。」

「那銀子……」王厚純猶豫許久，「我給了房子。」

「什麼？」王思遠愣了愣。

王厚純咬了牙，「那個衙役的頭，叫趙九，他同我要了一套王家名下的產業，我給了他，同他簽了契約。那契約上落了我的名字，衙役都是趙九的人，如今他們在顧九思手下，如果趙九夥同其他人一起指認我，加上那份轉讓房產的房契，我逃不掉的啊叔父！」

王思遠沒有說話，許久後，他道：「這個趙九，是逼著你撈他啊。」

「就是這個意思。」王厚純點頭道：「叔父，無論如何，得把趙九撈出來才行，要是撈不出來，也得弄死啊。」

王思遠閉眼睛思索著，許久後，張開眼道：「試試吧，如果不行，」王思遠看向王厚純，「那就看你的造化了。」

沈明和顧九思把這些衙役審了一夜。

其他人都招了，只有趙九一個人沒說。

他們供出來的人是王厚純府上一個下人，顧九思一聽是王厚純府上的人，沉默片刻，同沈明道：「你們分成兩路，一路去抓王府上的人，另一路，沈明你帶著，直接去找趙九的家人，若是找到了，一個別少，給我帶過來。若是沒找到，便去找人在哪裡，搶也要搶過來！」

沈明聽了話，立刻應下走了出去。

顧九思轉過頭，同木南道：「你出城去，時刻準備著，若是有異動，立刻去司州調兵過來。」

最後說完，他抬眼看向旁邊坐著的柳玉茹，「玉茹，妳這邊從東都調過來多少人？」

「三百好手。」柳玉茹出聲。

顧九思點點頭道：「夠了。」

「將府邸圍起來，尤其是趙九這邊。」

柳玉茹應聲，而後起身出去，吩咐從東都調過來的人。

沈明出去抓人，顧九思休息片刻，便回牢房裡，坐到趙九面前。

屋裡只有趙九和顧九思兩個人，沒有開窗，有些黑，趙九一直沒說話，低著頭，顧九思看著他，平靜道：「你很冷靜。」

趙九不出聲，顧九思從旁邊端了杯茶，撥弄著茶碗上的茶葉，「不怕嗎？你們這樣的小嘍囉，死了也就死了，其他人都招了，你硬挺著什麼都不說，有什麼意思？」

趙九還是不出聲，一個晚上，其他人都招了，就這個頭目，無論怎樣都不說話。

顧九思看著他，慢慢道：「你是不是在等王厚純？」

他觀察著趙九的神色，無論他說什麼，趙九都是一樣，根本看不出他的態度，顧九思知道這是個棘手的人物，但他並不焦躁，只是道：「你手裡拿著王厚純的把柄，篤定他會來救你。畢竟，幫著謀殺欽差大臣這種事，判得重了，是要株連九族的。」

這一次，趙九終於抬起頭，顧九思從旁邊拿了冊子過來，用手指翻著頁道：「喲，你有三個妹妹，還有一兒一女，只有一個娘子，很恩愛吧？」

說著，顧九思笑咪咪抬眼看向趙九，趙九冷著聲道：「娶不起多的。」

「別擔心，」顧九思放下冊子，一隻手撐著下巴，端詳著他，「誅九族不至於，你這種情況，也就從此妻女入娼籍，兒子流放入奴籍。」

趙九盯著顧九思，一雙眼裡全是寒光，他似是要把顧九思生吞活剝了，顧九思輕輕一笑，「不服氣？想著怎麼當時沒讓刺客殺了我？覺得我為難你家人？」

「你想著我為難你家人，」顧九思靠近趙九，猛地提了聲音，「你就不想想我家人嗎！」

「我若是死了，你讓我家人又怎麼辦！」

趙九捏緊扶手，顧九思盯著他，冷著聲道：「我知道你心裡怨恨，你就是個小嘍囉，這事你不做，王思遠要找你麻煩，你做了，我找你麻煩。所以我跟你保證，趙九，你不用指望王厚純，他，我斬定了。你若是願意指證他，我留你一條活路。」

「留我一條活路？」趙九聽到這話，忍不住笑出聲：「顧大人，這話，您敢說，我不敢信。」

顧九思沒有說話。

他知道，王思遠在滎陽的影響太深了。他一句話，根本不足以取信於趙九，他沒再多說，只是道：「等一等，你便信了。」

這一等就等到了晚上。

外面早已是兵荒馬亂，先是王厚純府上那人不見蹤影，全城都在找，而後是沈明發現趙九的家人沒了影子，他領了三十個影衛，突襲王厚純的府邸，直接將人撈了出來。

沈明領著人急急忙忙回來，顧九思還在房中看著書，趙九坐在他對面，聚精會神盯著顧九思。

過了一會兒後，趙九聽見外面隱約有哭聲，他突然有些緊張起來，「外面什麼聲音？」

顧九思懶洋洋抬了眼皮，慢條斯理翻過書頁，「無妨，一會兒就知道了。」

果不其然，話音剛落，木南便開了門，直接道：「公子，人沒抓到，不見了。」

顧九思點點頭，這個結果，他毫不意外。

趙九嘲諷笑開：「顧大人想要保住誰，似乎也保不住。」

顧九思不說話，端著茶喝了一口，彷彿什麼都沒聽到。就是這時候，外面哭聲更明顯，隨後傳來沈明的聲音道：「進去，趕緊進去。」

一聽這哭聲，趙九的身子就僵了，而後他看見他的妻子抱著一個孩子，身邊跟著一個孩子，被沈明逼著走了進來。

趙九一看見妻子進來，猛地站了起來，怒道：「你們放她走！」

聽到這一聲吼，女人懷裡的孩子哇哇大哭起來，趙九聽到哭聲，克制住情緒，他轉頭看向顧九思，故作鎮定道：「你好好安置他們，有話，我們好談。」

顧九思聽到這話，勾唇笑了笑，闔上手中的書，同沈明道：「是不是一日沒吃飯？先帶著去吃點東西。」

女子聽了這話，擔憂地看向趙九，趙九控制著情緒道：「妳先帶孩子去吃飯，照顧好三位小妹，我這邊沒事。」

女子猶豫片刻，還是道：「我明白，你放心。」

說完，女子便領著孩子離開。

等他走後，顧九思揮了揮手，讓人下去。而後他坐到趙九面前，抓了張紙，拿著筆，懶洋洋道：「行了，說吧。」

趙九沒說話，他克制著情緒，過了片刻後，趙九深呼了一口氣，剛要張口，就聽顧九思道：「我先和你說好，我把你媳婦孩子妹妹大費周章從王厚純那裡搶過來，可不是為了威脅你的。」

趙九被這話說得愣了愣，顧九思接著道：「你別當我是那些狗官，我和他們可不一樣，我把人弄過來，就是為了跟你證明，你不是說我沒能耐保住你嗎？」

說著，顧九思抬起頭，看著趙九挑眉，神色頗為張揚，「我就讓你瞧瞧，我不僅保得住你，還保得住你全家。」

趙九聽著這話，呆呆看著顧九思，顧九思拿了筆，在紙上落字，一面寫一面道：「本官看得出來，你也不算壞到根裡，只是滎陽上下都是如此，你也是沒有辦法。可是人病了總得醫，樹有蟲總得挖。病醫好了，你也就不用怕它反覆發作疼了。」

「你的家人我會送到東都，在東都地界，王家沒這麼大能耐翻天。你知道什麼，便可以安安心心說了，若能立功，還能將功贖罪，未來甚至在東都當個小官，也未可知呢？」

趙九聽著顧九思的話，思量著什麼，顧九思靜靜等著，等了許久後，才聽趙九道：「您可是當真要管黃河的事？」

不等顧九思說話，趙九就抬眼看他，眼裡全是警告，「既然要管，就得管到底。別讓人拿了命和你拚，最後又說一句對不住，你做不到。」

顧九思抬眼，看著趙九，趙九顯得十分緊張，他在下一場極大的賭注。

顧九思靜靜看了他片刻後，輕笑出聲：「你當我是什麼人？」

「我既然管了，」顧九思平穩道：「便會一直管下去。我同你透個風吧，」顧九思靠近他，平靜道：「這一次你以為，陛下真的只是讓我來修黃河嗎？」

趙九得了這話，愣了愣，片刻後，他猛地靠在椅子上，全身彷彿泄了力一般。抬手捂住眼睛，平靜道：「你把我妻兒送出永州，送出去，我就開口。」

「好。」顧九思果斷應下來。

顧九思站起身出去找木南，吩咐立刻將趙九的妻兒護送出永州。

等第二日，顧九思早早帶著人去了府衙，府衙裡，傅寶元正在審一樁公案，顧九思等傅寶元審完案子，找傅寶元。

案子要審，但黃河的事也不能停，大水之後，一面要安置流民，一面要準備修道開渠，一分錢顧九思恨不得掰成兩半花。他叫了傅寶元過來，將後續的事安排下去。

先是要安頓流民，這一次受災的只有幾個村子，不到兩千人，十分好安置。顧九思的建議是，這幾個村落在的地方，就是後續黃河改道後容易受災的位置，不如趁著這次機會，直接將這兩千人換一個地方安置。

可換一個地方，就得換一塊地給他們，傅寶元聽著，搖了搖頭道：「此舉不妥，還是讓他們回去吧。」

顧九思皺起眉頭，抬眼看向傅寶元，明知日後會時常發大水，還讓百姓回去，顧九思不能理解傅寶元的意思。他想了片刻，便道：「是沒有地可分嗎？」

傅寶元點點頭，「正是。」

顧九思冷笑一聲，沒有說話。

他不在這個問題上糾纏，直接換到改河道這件事上。這件事過程複雜，要與許多人合作，顧九思將流程細化成多個步驟，每個步驟多少錢、多少人、誰來負責，一一說清楚，說完之後，他抬眼看向傅寶元，「傅大人以為如何？」

傅寶元沒說話，他看著顧九思的名單，許久之後，笑了笑，卻是道：「下官以為甚好。」

傅寶元的笑容讓顧九思有些發毛，他心裡記下來，沒有多說。沈明在一旁瞧著，等出了門後，立刻發了脾氣，「這個傅寶元不就是找我們麻煩嗎？這樣不行那樣不行，什麼都不行，那還來做什麼？」

顧九思看了看天色，沒有多說，只是同沈明道：「不是讓你盯著秦楠嗎？還不去？」

沈明「哦」了一聲，趕緊去找秦楠。

秦楠這個職位沒什麼大事，自從沈明跟著他後，他更是不怎麼做事。早上去縣衙裡晃一晃，下午就回家。

秦楠家住的偏僻，家裡沒多少人，只有幾個侍衛跟著他，還有幾個下人，陪著他照顧母親。

秦楠的母親周氏年近七十，眼睛幾乎看不見，平日裡是秦楠照顧，沈明來了，沒事幫他照顧一下周氏。原本秦楠不喜歡沈明來，但沈明話多，陪著周氏，周氏聽他說笑，心情好上許多，秦楠也就沒有多麼排斥了。

沈明被顧九思趕回來，他照顧好了周氏，便去找秦楠說話。秦楠坐在一旁用竹條做著扇子，他閒下來就喜歡做扇子，屋子裡掛著各式各樣的扇子，不知道的還以為他是一個賣扇子的。

沈明閒得無聊，躺在一旁看他做扇子，手枕在腦下，慢悠悠和秦楠聊著天，「我說你們這個滎陽啊，池淺王八多，你一個刺史，這麼多王八你不參，盯著九哥幹嘛？我九哥多好的官，這麼參他，你下得去手嗎？」

秦楠不說話，他從旁邊取了一幅畫好的桃花，慢慢鋪在扇子上。沈明盯著看了半天，覺得有些意思，便走過來，跟著他一起做扇子。

先是把竹條削乾淨。

沈明刀工好，很快削好了竹條，他一面削一面道：「你瞧著也不是壞人，怎麼和傅寶元王思遠這批人一丘之貉呢？我說，你別悶著不吭聲啊，說句話啊。」

「眼睛看到的，不一定是真的。」秦楠平靜開口，慢慢道：「你又這麼篤定，顧九思是個好人？」

「你說別人我不知道，」沈明認真道：「你要說九哥，我告訴你，他絕對是個好人。」

聽到這話，秦楠嘲諷笑了笑，沒有多說。沈明看著他這樣子就急了眼，立刻道：「嘿我和你說……」

「竹片歪了。」秦楠出聲提醒。

沈明趕緊看自己的竹片。他知道秦楠不想同他說這些事，便低著頭換了個話題道：「你做這麼多扇子做什麼？打算開扇子鋪啊？」

「她喜歡扇子。」他只說了這麼一句。

沈明愣了愣，隨後反應過來，他說的是洛依水。

他忍不住回頭，看了秦楠一眼，秦楠的神色很平靜，沒有悲喜，沈明想了想，湊過去道：「我說，你這麼一個人過，不難過啊？」

「有什麼難過的呢？」秦楠手上動作不停，鋪好了紙面，從旁邊取了筆，淡道：「她活著，我好好陪她，她先走了，也是常事。生死輪迴，有什麼好難過？」

「你沒想過再娶一個？」沈明眨眨眼，看了周邊一眼，「你看你一個人，多孤單啊。」

秦楠執筆頓住，片刻後，抬眼看向沈明，「她雖然去了，可我的心在她那裡。每一份感情都當被尊重。」

「我也沒說不尊重呀，」沈明趕緊道：「我就是關心你……」

「若她還活著，你會同我這樣說嗎？」秦楠垂眸，點上桃花，平靜道：「你們都不過是欺她死了罷了。」

這話把沈明氣到了，他嘲諷地笑了笑，坐到一旁，跟著秦楠做著扇子，氣道：「行行行，好話聽不進去，你就自個兒過一輩子，誰管你？」

秦楠不說話，過了片刻後，他低低出聲：「你也有喜歡的人的。」

沈明愣了愣，而後聽秦楠道：「若有一日她走了，你會知道，你喜歡這個人，哪怕走了，她也會一輩子活在你心裡。最難過的從不是她死了，而是連你喜歡她這件事都變了。她若不喜歡你，也就罷了。可她若喜歡你，黃泉得知，該有多難過。」

沈明沒說話，低著頭，給扇子黏上扇面。

外面傳來雨聲，秦楠抬頭看向外面大雨，聲音溫和，「其實我過得很好，沒有人規定一個人就是孤孤單單過得很慘，我有自己的事要忙，有母親要照顧，有公務要惦記，閒暇時候還能想想她，我是真的過得很好，多謝你的好意。」

沈明聽著這話，心裡舒服了很多。他想了想，吞吞吐吐道：「你與你妻子，感情很好吧？」

「或許吧。」

「她也這麼喜歡你嗎？」

聽到這話，秦楠手裡的動作停住了。他似乎回憶起什麼，沈明不由得抬頭看他，他呆愣了很久，才慢慢道：「我不知道。」

「秦大人？」沈明有些詫異，原本在秦楠的描繪裡，他以為他們夫妻應當十分恩愛，所以在這個人死去後這麼多年，依舊一直為她苦守一生。然而這聲「我不知道」出來，沈明驚詫了。

秦楠看著窗外，慢慢道：「我本以為她不喜歡我。在她死的時候，我還讓她去見她喜歡的那個人，他們見完了，她就讓他走了。她最後一刻，是我在她身邊，她和我說，都過去了。」

秦楠有些茫然：「我那時候覺得，她或許，心裡還有那麼一點點，有那麼一點點……有我的。」

沈明聽著，心裡有些難受，他低頭做著扇子，悶聲道：「秦大人，我說你也太癡心了。你都不確定尊夫人心裡有沒有你，就守這麼幾十年，心裡不難過嗎？」

聽到這話，秦楠溫和地笑了，這一次，他是真的開心了。

他低下頭，繪著山水，慢慢道：「喜歡一個人，怎麼會難過呢？她不喜歡我，不過是有點遺憾罷了。倒是你，」秦楠抬頭看向沈明，提醒道：「花堪須折直須折，別學我。當個悶葫蘆，悶好多年，等人都走遠了，才知道伸手。」

沈明聽著秦楠的話，沒有回聲。秦楠以為他沒聽進去，搖了搖頭，沒有再出聲。

過了很久後，秦楠聽到旁邊傳來青年有些不好意思的聲音道：「那個，」沈明小心翼翼道：「你教我畫株桃花唄。」

沈明在秦楠那裡學會畫桃花，等到太陽下山，他才將扇子畫好，然後小心翼翼包裝上，連著一堆信交給信使。秦楠和他高興，兩個人就在院子裡喝酒，喝完酒後，秦楠同他隨意聊聊。

多是沈明在說，沈明和他說自己的苦惱，他的苦惱很少，無非是葉韻的事。秦楠笑著聽，沈明的話讓他感覺自己年輕了二十歲，彷彿還是少年，聽著朋友的絮叨。

沈明說到夜裡，終於把酒喝完了，起身回了府邸。

顧九思和洛子商才回來，洛子商和顧九思親自去河上監工，兩個人弄得一身泥，顧九思看了沈明一眼，讓他把秦楠一日的行蹤報了一遍，沈明說完後，同顧九思道：「九哥，其實秦大人這個人吧，看著也不壞。」

顧九思皺著眉頭，卻是道：「他為什麼對我有這麼大偏見？」

沈明愣了愣，片刻後，抓了抓頭髮，有些苦惱道：「你說得對哦。」

顧九思有些無奈地看了他一眼，嘆了口氣道：「你啊，什麼時候才能長進些？」

這話說得沈明有些難過，他勉強道：「我也想啊。」

「好了，」柳玉茹見沈明真上心了，趕緊道：「沈明有自個兒的好，你總說他做什麼？」

顧九思聳聳肩，看了看天色，隨後道：「罷了，你今夜還有事幹。」

「嗯？」沈明有些不理解，顧九思揚了揚下巴，「今晚要送趙九的家人去司州，我把司州軍令給你，你過去把人安置好。」

沈明得了這話，立刻正經起來，他應了下來，從顧九思手裡拿了軍令。

他帶了三十幾個人，又領了馬，讓趙家人坐在馬車上，正要出發，就聽到一個低沉的聲音：「我也去。」

所有人轉頭看過去，發現趙九站在門口。

沈明笑起來，「你別去了，放心吧，我罩他們。」

趙九沒說話，搖了搖頭走了過來，直接坐到馬車上，他轉過頭，同坐在裡面的妻兒道：「你們別擔心，我護送你們一起走。」

聽了這話，沈明才反應過來，趙九要去，不僅僅是想保護妻兒，還因為他知道，此刻家人一定惶恐不安，他是他們的定心石，他在，無非只是想給家人一份安撫罷了。

沈明和趙九一起坐到馬車上，他們送趙家人出永州。不出所料，他們剛出滎陽，就被人追殺著走。這是預料之中的事情，沈明沒有多畏懼，他武藝高強，帶的人又都武藝不俗，於是一路且打且逃，在天明之前，狂奔出永州地界。

這一路趙九一直守在馬車前，無論什麼時候都護著車，他像一道開不了的門，一尊守護著那架馬車的神，明明武藝不怎麼樣，卻無端讓沈明有了幾分敬意。

天亮的時候，他們到了司州地界，沈明亮出軍令後將人放在司州。

而後他和趙九一起打馬回去，走在路上，沈明笑著道：「我說，你來的時候我還以為你武藝高強得很，結果就這麼點三腳貓功夫，都沒殺過幾個人吧？擋在馬車前面，不怕嗎？」

家人安置好，趙九輕鬆了許多，他笑了笑，有些不好意思道：「可是我是這家的男人，再怕，也得擋在前面啊。」

「你說咱們辛苦打拚這一輩子，」趙九轉過頭去，看著前方，「不就是希望他們的日子好過些嗎？」

沈明聽著，腦海中想起許多，片刻後，他應聲道：「你說得是。」

兩人一路急回到滎陽，剛入府邸，就看見顧九思穿了官服，正準備出去。

沈明剛要開口，就聽顧九思道：「回去休息一下，趙九準備你的證據和供詞，我回來再說。」

趙九恭敬行禮，便看著顧九思走了出去。

顧九思手裡拿了一張圖，這是昨日他讓人跑下來的。

昨日傅寶元說地不夠分，他沒有反駁，但出來之後，便找人對照著滎陽的輿圖看了一遍，然後發現城郊本該是無主之地的土地都有了人，那些人大多是王家人，他們霸占了大片土地，在上面建起麥田。

顧九思標注好地圖，在縣衙裡等著傅寶元，等傅寶元來了之後，顧九思將紙往桌前一攤，平靜道：「傅大人昨日說地不夠，我特地去看了看。」

說著，顧九思抬手，點在西北處的一片空地上，「就把這塊地拿出來分給流民，傅大人以為如何？」

傅寶元看著輿圖，臉色不太好看。顧九思還要說什麼，就聽外面傳來王思遠的聲音。

「傅大人。」王思遠走進門來，看見顧九思也在，笑起來道：「顧大人也在？」

顧九思應了聲，笑了笑，「沒想到王大人也來了。」

「昨日顧大人說賑災的事情，在下沒來得及過來，今日當然要過來。」

既然是說賑災，顧九思也沒隱藏，立刻將想法說了，王思遠靜靜聽著，聽完之後，他笑起來，「顧大人的想法很好。」

說著，王思遠看向傅寶元，「傅大人，你覺得有什麼不妥嗎？」

王思遠這麼問，傅寶元的笑容有些撐不住了，他勉強道：「顧大人說得極是。」

「既然是，那就做啊。」王思遠立刻道：「傅大人，這真是你的不對了，顧大人想做什麼，你應當竭盡全力幫忙，這麼左右為難，你是幾個意思？」

「冤枉，」傅寶元立刻道：「實屬冤枉，的確是我沒有搞清楚滎陽的狀況。這是下官失職，好在顧大人搞清楚了，顧大人，」傅寶元立刻道：「見諒。」

「見諒便不必了。」顧九思笑了笑，「事情做下去便好。既然大家沒有異議，那明日開始，就將地劃分給那些流民，然後準備災棚救濟吧。」

王思遠開口了，傅寶元也不會為難，顧九思這麼一說，兩人便全權應下。

王思遠見流民的事談完了，笑了笑道：「顧大人，既然正事談完了，不如談點私事吧。老朽聽說，昨日沈大人衝進我姪兒府邸，不分青紅皂白就打了人，還搶走我姪兒的貴客，這件事，不知顧大人可知道？」

「哦，這還真不知道。」顧九思擺出無辜的姿態，「沈大人畢竟已經辭官了，不是本官下屬，他做什麼，與我實在沒什麼干係。不過說起此事，下官還想問，下官接到趙捕頭報官，說王老闆強搶了他的家人，王大人可知此事？」

「竟有這事？」王思遠也裝著傻，立刻道：「不可能，這必然是誣陷。我姪兒敦厚老實，決計做不出這樣的事來。要是不信，顧大人可以將那幾個人叫出來，大家正面對質。」

「對質，倒也不必對質了。」顧九思手隨意一抬，便闔上帳目，隨意道：「叫王老闆來牢裡一趟，審審便知道了。」

「顧大人說得是，」王思遠點頭，將顧九思的話意味深長地重複了一遍，「將沈大人叫到牢裡來一趟，審審，便什麼都知道了。」

顧九思含笑不語，眼神卻是冷了下來。王思遠紋絲未動，慢悠悠喝著茶道：「顧大人可以再想想，有些事別衝動，有些話呢，也別隨便說。」

顧九思和王思遠打了一早上嘴炮，等到中午才回來吃飯，而後就趕到了工地上，和洛子商一起監督著人挖渠。

當日下午，顧九思便聽到開始賑災的消息，他看著流民被引入城，排著隊領地契，又看見粥棚搭建起來，終於放下心。

夜裡趙九的口供也寫好了，附帶一張王厚純簽字的房契，顧九思看著證據，想了想，終於抬眼看向趙九道：「以你對滎陽的瞭解，如今我是把王厚純直接抓起來比較好，還是再等等更好？」

「王厚純並沒有實權，」趙九提醒，「他只是個商人。」

顧九思沒有說話。

一個商人，就算他將他斬了，也不會動搖到他身後的人半分。

「一個蘿蔔一個坑，一個坑裡千萬根。」趙九慢慢道：「斬了王厚純，對於滎陽來說，其實並不會有什麼太大改變。等到時候行刑，說不定連人都換了，還不一定是王厚純。」

顧九思聽著，翻轉著手裡的扇子，許久後，開口道：「趙九，你願意繼續查嗎？」

說著，他抬眼看向趙九和沈明，「把案子查下去，等到最後，我一鍋端。」

聽到這話，趙九的眼神亮了亮，但他克制住情緒，跪下去，恭敬道：「聽大人吩咐。」

而沈明慣來是不會多想的，點頭道：「行。」

因著這件事，第二日，顧九思就把趙九一行人放了回去。

見顧九思沒有發難，王厚純心裡的氣才順了，他去找了王思遠，有些疑惑道：「您說這個顧九思是什麼意思？說得信誓旦旦的，好像一定要把我辦了，如今一聲不吭就把人放了，您說，」王厚純小心翼翼道：「他是不是怕了？」

王思遠沒說話，敲打著扶手，慢慢道：「他若是怕了，那倒還好。怕就怕，這個年輕人，胃口太大。」

王厚純有些不明了，他撐著笑容道：「叔父的意思是，他如今不抓我，是為了抓個更大的？」

王思遠沒明說，思索了很久，終於道：「還是得把他們送走才行。」

王厚純靜靜等在一旁，王思遠想了想，突然道：「最近城裡是不是建了個什麼倉庫？」

「是。」王厚純立刻道：「我讓人搞清楚了，這個倉庫名義上是一個叫虎子的人開的，但是探子經常看到柳玉茹出現在倉庫那。不僅是滎陽在建倉庫，好幾個地方都在建倉庫。」

「他們建的走向和顧九思修過後的黃河一致？」王思遠來了興趣，王厚純點頭道：「對，基本一致。」

王思遠想了想，輕嗤了一聲：「我還以為多清高，不都是一樣以權謀私的人，還給我裝什麼？」

說著，他想了想，「這個倉庫什麼時候開業？」

「快了。」王厚純立刻道：「明日就要剪綵。」

王思遠點點頭，仔細詢問這個倉庫的作用，王厚純知道有人這麼大手筆來滎陽做生意，就算出於生意人的本能，也會瞭解得清楚。如今王思遠一問，他就把柳玉茹的打算說了出來。

「遠的地方多是用大船，但是滎陽之後的河流小船才能過，所以我聽說她買了許多小船，就在滎陽換乘。這樣分段選擇最合適的運輸，加上貨量又大，成本也就降了下來。」王厚純解釋道：「如果她是在全大夏都這麼做，那日後商隊為了節省成本，多會選擇把東西交給他們運送。這樣一來，就等於全國大半貨物，都會交錢給他們。」

王思遠聽著，過了片刻後，慢慢道：「不是明日剪綵嗎？她的商隊什麼時候路過滎陽？」

「應當快了，」王厚純道：「既然剪綵，就是打算啟用了，那第一批貨應該也快了。」

王思遠應了一聲，想了想道：「找一批人，半路把她的貨截了，第一批貨，絕不能讓它入滎陽。」

王厚純愣了愣，片刻後，有些不理解道：「叔父為何突然決定找柳玉茹的麻煩？」

王思遠淡淡瞧了王厚純一眼，而後道：「照做就是。」

王厚純看出王思遠不高興，趕緊道歉。而後出去找人將事情安排下去。

王厚純安排著事情的時候，柳玉茹站在倉庫前，靜靜清點著東西。

顧九思站在門口等她，他少有休息，讓洛子商和沈明去了河堤上監工，自己跟著柳玉茹。因為是休沐，他沒穿官袍，只穿了一身白色繡藍色雲紋錦袍，手裡拿了把小扇，寸步不離跟在柳玉茹身後。

他看著柳玉茹從早上清點東西到夕陽西下，如果不是他提醒柳玉茹吃東西，柳玉茹連吃飯都忘了。等最後清點完畢時候，顧九思和她一起坐在倉庫外的小山坡上休息，顧九思遞了水給她，笑著道：「明日就要開業了，妳可高興？」

柳玉茹笑了笑，她笑得很內斂，但還是看得出藏不住的歡喜。她額頭上帶著細汗，眼神明亮又溫柔。

她注視著不遠處的倉庫，這個倉庫占地近十畝，是少有的大倉庫。她剛到這裡時，這裡只是一片荒地，顧九思修黃河，她就修建起這個倉庫。可在她眼裡，這不僅僅是一個倉庫，她看見它，是一顆星星，而在腦海裡，她清楚知道，此刻大夏土地上，已經建成了多少個倉庫，這些倉庫連接在一起，便成了天上的銀河，在心裡發著光。

「九思，」她慢慢開口，看著遠處的倉庫，抬手將頭髮挽在耳後，溫和出聲，「你知道嗎，我感覺，心裡有一片天。」

顧九思轉過頭，看著凝望著遠方的姑娘，柳玉茹壓抑著情緒，可顧九思卻仍舊感覺到她內心那份澎湃，她慢慢站起身，看著遠方道：「有一日，我會在這個國家每一個地方，都有我的商鋪，讓南北變得特別近。不僅是千里江陵一日還，我還想讓幽州到揚州，想讓東都到千乘，想讓所有地方，都變得很近。如果有一日我想你了，無論你在這個世界任何一個地方，我都能很快很快，見到你。」

說著，柳玉茹轉過頭，看著顧九思笑起來，「我希望有一日，當書上留下你的名字時，我也能站在旁邊。」

「不僅僅因為我是你妻子，」她轉過頭，眼裡彷彿落滿了山丘、白雲、綿延不絕的山脈、奔騰不息的長河，她看著遠方，嘴角帶著笑意，認真又堅定道：「還因為，我是柳玉茹。」

柳玉茹的倉庫剪綵之後便正式運營，第一批貨從幽州過來，這批貨大半是要送到東都神仙香的貨物，另一小部分，則是幽州一些商家試探著委託他們運輸過來。

按照以往，幽州到東走得都是陸路，因為路上各種過關加上山路以及山匪，半個月是極限，大多要一個半月到兩個月，而運輸成本更是不必說。這一次從他們規劃的水路一路過來，成本上要比原來降低至少五成，而時間上卻不到一月。

所有人都在觀望著柳玉茹這批貨，如果這批貨走通了，日後從幽州到東都這一路，等於開闢了一條新路出來。可如果第一批貨就出了事，柳玉茹這些倉庫，就真的只能建來自己用了。她自己一個人的生意養這麼多船、倉庫以及各路打點的費用，成本太高了。

於是從幽州發貨起，柳玉茹就一直在跟這批貨的消息。

這一路上最擔心的問題，就是水盜。為此柳玉茹不僅準備了大批人馬護著商船，還特地讓每個建立倉庫的主事去當地漕幫送了銀子，以做「疏通」。

有了雙重保障，柳玉茹還是有些擔心，貨在幽州地界還好，畢竟那裡如今是周燁管著，只要是懂事的都不會動這批貨，但是出了幽州地界，柳玉茹就有些睡不著了，夜裡輾轉難眠，顧九思都察覺到她的焦慮。

顧九思白天去河上監工，夜裡常常睡到半夜發現柳玉茹還醒著，他不由得覺得有些頭疼，將人攬進懷裡，含糊著道：「姑奶奶，我求求妳，睡覺吧，妳睡不著，我也睡不著。」

「抱歉，」柳玉茹帶了歉意道：「要不我去隔壁睡。」

「那我更睡不著了。」顧九思嘆息一聲，將頭埋在她肩上，低聲道：「要不我同妳說說話吧，妳別想那些事，就好睡了。都是路上的事，妳想也沒辦法。」

柳玉茹知道顧九思說得對，轉過身伸手抱住顧九思，慢慢道：「王厚純那邊查得怎麼樣了？」

「我讓趙九先躲著，」顧九思順著她的話隨意道：「順便去查其他人。王厚純做的孽多著呢，現在先讓他以為我不打算動他，放鬆警惕，等該查的查完了，這永州上下，我一併辦了。」

柳玉茹應了一聲：「秦楠那邊怎麼說？」

「沈明還在守著，」顧九思低聲道：「他身邊好像跟了一批人，沈明也沒搞清楚這批人是哪兒來的，那批人不是秦楠的人，秦楠都沒發覺自己被盯上了，是敵是友搞不清楚。秦楠應該不是王思遠這邊的人，至於為什麼參我，我還是不明白。」

兩個人說著話睡過去，另一邊，王厚純家中一個男人跪在地上，神色忐忑道：「王老爺，東西我帶來了。」

說著，男人從口袋裡拿出一封信，王厚純拿過信來，笑著道：「印章蓋上了？」

「蓋上了。」男人低著頭，趕緊道：「按您的吩咐，還多蓋了一份空白的。」

「你辛苦了。」王厚純從男人手裡拿過信，認真看了一遍後，點了點頭，「來人。」

聽了他的話，旁人捧著一個盒子到王厚純面前，王厚純蹲下身將盒子打開，盒子裡裝滿了銀子，跪著的男人眼神大亮，王厚純拿著盒子，笑著道：「印章都蓋上了，再幫我一個忙吧？」

聽到這話，跪著的男人愣了愣，王厚純接著道：「明日夜裡柳通商隊的船會從劉三爺的路上過，你把這封信送過去，讓他把周邊所有寨子的人都叫上，告訴他們，這批貨劫下來，都算他們的，截不下來，官府立刻剿匪，明白嗎？」

「大……大人！」男人有些焦急，「我們之前只說偷印章，沒說……」

「銀子還要嗎？」

王厚純看著那男人，男人神色僵住，王厚純手輕輕放在他後頸上，接著道：「命，還要嗎？」

柳玉茹休息了一夜，第二日醒來便開始準備船隻，等著夜裡商隊入滎陽，然後在滎陽換船。

等到了夜裡，柳玉茹沒有回家，她領著人站在碼頭，一直等船隻入港。顧九思在河上辦完事，等回去洗了澡換了衣服，還不見柳玉茹回來，他終於道：「少夫人可說今日什麼時候回來？」

「沒，」木南嘆了口氣，「不過奴才想著，按照少夫人的脾氣，今夜可能不打算回了，估計要一直等到把貨送出滎陽才回來。」

顧九思聽了，猶豫片刻，終於道：「我去碼頭看看。」

他穿了一身白色常服，從屋裡取了劍，領著沈明和木南等人去後院取馬。剛到馬廄，就看見洛子商也在取馬，顧九思不由得笑起來，「喲，洛大人，這麼晚還不睡？」

「不比顧大人可以靠著夫人，」洛子商笑了笑，「在下除了公務，還有些商事要忙。」

顧九思聽出洛子商的嘲弄，卻毫不在意，得意揚眉道：「是呢，我媳婦兒賺錢可厲害了。」

洛子商：「……」

恬不知恥。

「好了，洛大人，你處理公務吧，」顧九思翻身上馬，高興道：「我呢，要去看我媳婦兒了，再會。」

說完之後，顧九思帶著人高高興興出了府，洛子商面無表情翻身上馬，跟在後面。

兩人雖然沒有問對方目的地，卻都知道目的地是一致的。於是兩人一前一後趕到碼頭，即將靠近時，顧九思忽地勒緊了韁繩。

他遠遠看見柳玉茹站在碼頭前，她穿了紫衣落花外袍，批了一件白色繡鶴披風，頭髮用白玉簪盤在身後，露出她纖長的脖頸，優雅又高貴，讓人移不開目光。江風拂過，她站在遠處，衣衫翩飛，顧九思靜靜看了片刻，忽然察覺身邊有人，他側目看了旁邊一眼，發現是洛子商，他不知道為什麼也停了下來，靜靜瞧著柳玉茹。

顧九思心裡突然有了幾分不悅，可面上卻不表現出來，只是不知道想起什麼一般，突地笑了，聽到他的笑聲，洛子商不由得轉頭皺眉道：「你笑什麼？」

「哦，沒什麼，」顧九思解釋道：「我就是想起來，我已經有媳婦兒了，而且我媳婦兒真好看，可你還沒娶妻呢。」

「呵，」洛子商冷笑，「無聊至極。」

顧九思嘖嘖了兩聲：「既然覺得我無聊，你生氣做什麼？口是心非的人啊。」

洛子商被他說惱了，眼中帶了冷意，顧九思哈哈大笑，駕馬便往前衝到柳玉茹身前，柳玉茹聽到馬蹄聲，回過身，看見顧九思翻身下馬，高興地喊了一聲：「玉茹。」

柳玉茹見顧九思白衣玉冠，腰懸佩劍，朝著自己一路小跑過來。

柳玉茹見著人就忍不住笑了，等顧九思來到身前，她伸出手，替他撫平了衣服上的褶皺，溫和道：「怎麼過來了？」

「聽說妳在守著貨，」顧九思高興道：「我便過來陪著妳。」

柳玉茹低頭笑了，正要出聲，就聽旁邊傳來洛子商的聲音：「柳老闆。」

「洛大人也來了。」柳玉茹有些詫異。

洛子商點點頭，「聽說今晚貨到，便過來看看。」

「讓洛大人操心了，」柳玉茹恭敬有禮道：「不過您放心，我已準備好，不會出什麼岔子的。」

「無妨。」洛子商搖頭，「也不能凡事都讓柳老闆一人擔著。」

雙方寒暄了一番，便在碼頭上繼續候著，顧九思在，他話多，原本安安靜靜的碼頭一下子喧鬧起來。柳玉茹站在一旁聽著他說話念叨，忍不住低笑。

等到月正中天，按著時辰，商船應該到了，然而河面卻不見一盞燈火，只聽河水奔騰而過。

所有人不由得皺起眉頭，沈明奇怪道：「怎麼還不來？」

話沒說完，河面上就看到一艘小船，小船上點了一盞燈，隨後聽有人大聲道：「可是柳老闆？」

那聲音和河水的聲音交織在一起，聽得不太真切，柳玉茹卻十分警覺，立刻上前一步，大聲道：「是我！可是老黑哥？」

老黑是她派去接人的人，熟知滎陽的情況。他的聲音有些沙啞，十分有特色，柳玉茹立刻聽了出來。

「是我！柳老闆，」船慢慢近了，對方的聲音明晰起來，「有人把船劫了！」

聽到這話，柳玉茹的神色頓時冷了下來，她看著船越來越近，大聲道：「可知來人？」

「來了十四條船，」老黑道：「虎鳴山，劉三爺帶的頭，旁邊十個寨子也都來了。」

說著，老黑的船靠近碼頭。顧九思和洛子商對看了一眼，柳玉茹垂下眼眸，不知在想什麼。

片刻後，顧九思道：「我這就去官府叫人。」

「等一下。」柳玉茹抬手止住顧九思的動作，抬頭看向他，「你不能去官府叫人。」

「可是……」顧九思正要開口，就聽沈明道：「九哥，你真不能去，你要是去官府叫了人，那就是以權謀私。」

顧九思沉默下來。

沈明都明瞭的道理，他自然知道。縱然這些土匪打劫柳玉茹，官府出兵剿匪再正當不過，可在滎陽的地盤上，柳玉茹之前特地打點過的情況下，劉三爺居然還叫動了十個寨子去打劫柳玉茹，這明顯不是衝著柳玉茹來的。

如果這後面有什麼貓膩，他去官府，官府必然左右推脫剿匪一事，時間稍微拖一拖，這件事傳出去，就算後續出兵剿匪，柳玉茹把貨物弄回來，對於柳通商隊的名聲，也算完了。

第一批貨就讓人家劫了，還要過好久才能弄回來，這怎麼行？

所以顧九思一旦去，必然要和官府起衝突，強行下令剿匪，一旦強行下令，就多得是把柄可參。

在場的人沉默著，片刻後，洛子商終於道：「柳老闆去報官，我來處理。」

這是最好的法子，柳玉茹報官，洛子商暗地裡找人處理這事。

顧九思想了想，應聲道：「只能如此了。」

「不。」柳玉茹斷然拒絕，顧九思和洛子商愣了愣，洛子商下意識道：「妳要如何？」

「我去要。」柳玉茹冷靜出聲，顧九思下意識道：「不行！」

柳玉茹回眸看向顧九思，「我去報官，既不知道官府會不會出兵，又不知道官府何時出兵，而且一旦官府介入，我再想私了就沒機會了。報官等於把主動權交給了別人，我不能如此。」

「那妳要如何私了？」顧九思皺起眉頭，柳玉茹轉過頭，慢慢道：「商隊最怕的，就是路上這些攔路收費的。日後貨物交給柳通商行負責運送，安全便是這些雇主最關注的事情，我若拿不出保住這批貨物的魄力，日後再想取信各大商戶，那就太難了。」

「榮陽這片地我已經打點過，他們還來，」柳玉茹眼中閃過冷意，「那就得付出劫我的代價。」

「嫂子說得對。」沈明插了口，看著顧九思道：「九哥，嫂子日後想要別人不動她的貨，必須像漕幫一樣，把他們打到怕。這次明顯是官府和山匪勾結，不然劉三爺叫不動這麼多人。」

「可是……」洛子商有些猶豫地開口，正要勸阻，就聽顧九思道：「那妳打算怎麼做？」

說著，老黑的船到了岸邊，他喘著氣上了岸，就聽柳玉茹道：「老黑，船劫好了？」

「還沒，」老黑搖頭道：「我們人也不少，貨又多，他們一時半會兒啃不下這塊骨頭。」

「好。」柳玉茹點點頭，冷靜道：「你回去告訴領隊，東西給劉三爺搬，儘量保證人員安全。」

「是。」老黑應了聲，柳玉茹吩咐人護送他回去，接著柳玉茹轉頭看向洛子商，冷靜道：「洛大人，我這裡有三百人，請問您這裡，可能借我一些人？」

洛子商看著柳玉茹，柳玉茹的神色很平靜，他靜靜看著她的眼睛，許久後，他慢慢笑了，卻是道：「妳這個人真是……」

說完，他嘆了口氣，抬起了一根手指，「一百。」

柳玉茹點點頭，轉身同跟在後面的印紅道：「叫虎子準備人，立刻去虎鳴山。」

「等等，」顧九思立刻出聲：「妳要去打虎鳴山？」

「是。」柳玉茹立刻道：「打下虎鳴山，審出他背後的人，明日我直接交給官府，你開始辦案。」

「行，」顧九思點頭，「我陪妳過去。」

「你去做什麼？」柳玉茹有些茫然，「你一個三品尚書，」柳玉茹笑起來，「別來搗亂。」

「我不只是三品尚書，」顧九思拉著她，神色認真，「我還是妳丈夫。」

柳玉茹愣了愣，顧九思轉過臉同沈明道：「叫上我這邊的人，同虎子一起準備。」

「既然這樣，」洛子商在一旁笑起來，「在下也湊個熱鬧。」

洛子商音落，便轉過身吩咐人準備，柳玉茹回過神來時，有些無奈地看著顧九思，嘆了口氣道：「隨你吧。」

說完，柳玉茹抽身出去，大聲道：「叫上人，走！」

她一面說，一面疾步走到馬前，翻身上馬，領著人如離弦之箭衝了出去。

她從碼頭往虎鳴山去，印紅木南等人折回城中，叫上所有人，便急急出了城，往虎鳴山衝了出去。

王思遠和王厚純都沒睡，兩人在屋中對弈，管家走了進來，恭敬道：「大人，今夜柳通商鋪許多人出城了。」

聽到這話，王厚純笑起來，「現在過去有什麼用？」

說著，他落了棋子，「貨都沒了。」

「她沒報官。」王思遠平靜開口，「會不會有什麼岔子？」

「以為自己能救，」王厚純看了王思遠一眼，「您放心吧，等她回來了，就會來報官了。到時候咱們拖一拖，顧九思就該出面了。等他出面擺平了這事，咱們便參他一筆，直接將他辦了。」

聽到這話，王思遠抬頭看向王厚純，「你小子，」他笑著道：「鬼精。」

說著，兩人笑了起來。

而柳玉茹領著人一路急奔到虎鳴山下，稍作等待後，後續的人都來了。她的人加上洛子商和顧九思的人，一共近五百人，全部候在山下。柳玉茹將沈明叫了過來，「這種寨子，可以強攻嗎？」

沈明抬頭認真看了看，點頭道：「現在沒什麼人，可以上山。」

柳玉茹得了這話，心裡放心了許多，她同沈明道：「你指揮。」

沈明應了一聲，柳玉茹轉頭看向眾人，大聲道：「全部都聽沈公子的命令，上山！」

所有人在沈明的指揮之下，齊齊往山上衝去。

柳玉茹和顧九思、洛子商三人在最後面，看著兩方人馬廝殺。

此刻虎鳴山的人大多還沒回來，山上只留了些基本的人操縱著機關布防，柳玉茹帶著所有人馬，幾乎不費吹灰之力便攻下了虎鳴山。此刻山上剩下老弱婦孺，柳玉茹讓人將這些人全部都安置在一起，然後讓沈明帶人去恢復山下的機關，接著便領著顧九思和洛子商等人候在大堂之中。

沒多久，山下傳來喧鬧聲，柳玉茹的人全部躲在暗處，聽著山下的喧鬧聲越來越近。

「沒想到這次羊這麼肥。」柳玉茹聽到有人說：「真得感謝傅管家通風報信，早知道柳通商鋪這次這麼多貨，給多少錢也不能放過啊。」

「傻，」另一個人道：「這麼多貨，哪家東家只會做這麼一手準備。現在劫得這麼容易，我心裡還在發寒。官府那邊真的不會出手？他們這些有錢人的商隊，總不會和官府一點交道都不打吧？」

「誰知道呢？」又一個聲音響起來，帶了幾分擔憂道：「反正咱們也沒得選不是？」

話剛說完，外面的腳步聲頓住了，一個聲音道：「你們覺不覺得不對勁？從咱們上山到現在……」

那人突然提聲：「看守的兄弟去哪兒了？」

「睡了吧……都這麼晚了。望樓上兩個人還在呢。」

「不，不對，」發現不對勁的人道：「望樓上兩個兄弟，姿勢多久沒變過了？」

話剛說完，那人反應過來，猛地提聲，大喊道：「走！有埋伏！」

話音剛落，周邊羽箭四射，外面一片慘叫之聲。

柳玉茹端坐在大堂之上，從旁邊端起茶杯，整個大堂亮了起來，女聲從大堂之中平靜傳出。

「劉三爺。」那嗓音溫和又冷靜，在這一片兵慌馬亂中，有種意外神奇的、鎮定人心的力量，羽箭在這聲音出現的瞬間突然停了下來，劉三爺帶著人、舉著刀，愣愣回過頭去。

而後他看見燈火通明的大堂裡，紅毯從門口一路鋪到盡頭，盡頭之處，紫衣白衫女子端坐在正上方的金椅上。

她生得柔和，並不是咄咄逼人的美麗，而是一種優雅似鶴的端莊清麗，似出水芙蓉，在這一片黑暗野蠻中，矜貴又溫和地綻放開來。

她身後一左一右站著兩個男人，一個白衣金冠、腰懸佩劍，另一個藍衫錦袍，手握金色小扇，都是當世無雙。

而她頭頂上方，黑底金字的牌匾高掛正堂，上書：順昌逆亡。

那本是他讓人寫了掛在上面的，然而此刻牌匾之下，卻是一個女人端坐在那裡，他不由得有些愣神，就是這刻，他聽到那個女人平靜道：「且入座來，喝杯茶吧。」

劉三爺眼神一冷，捏緊了刀，有些緊張道：「寨子裡其他人呢？」

「還活著。」柳玉茹知道他關心什麼，淡道：「我不會無緣無故對老幼婦孺下手。」

「妳是誰？」劉三爺繼續追問。

柳玉茹輕輕一笑，抬眼看他，「劫了我的貨，如今還來問我是誰？劉三爺，您做事情，可真是一點都不上心啊。」

聽到這話，劉三爺面露震驚，「妳……妳是柳通商行的……」

「在下柳通商行當家柳玉茹，」柳玉茹放下手中杯子，慢慢站起身，雙手交疊放在身前，朝著劉三爺微微點頭，行禮道：「見過劉三爺。」

第十二章 永州官

劉三爺沒說話，他稍稍鎮定了一些，柳玉茹自報了家門，他便知道了柳玉茹的來意。

柳玉茹觀察著劉三爺的神色，做了一個「請」的姿勢，平靜道：「三爺請上座。」

劉三爺深吸一口氣，走到柳玉茹左手邊第一個位子坐了下來。柳玉茹抱著茶杯，淡道：「我這批貨來之前，就特地讓人同劉三爺打過招呼，銀子，我給了，三爺也接了。今日這一齣，三爺能否給個說法？」

劉三爺不說話，他握著刀，似乎在思量，柳玉茹看著他，溫和道：「三爺，我時間不多，現下貨都去哪兒了，怎麼拿回來，您給我個準數。否則，其他十個寨子，我之後再找他們算帳，但您這虎鳴山，今晚可保不住了。」

「妳打算怎樣？」劉三爺聽到這話，頓時抬起頭。

柳玉茹低笑一聲：「三爺，您莫不是以為，妾身女流之輩，就不敢殺人了吧？」

說著，柳玉茹抬眼看他，一雙清麗柔美的眼裡，帶了似笑非笑的冷意：「天亮之前我拿不到貨，您試試？」

劉三爺抓緊扶手，喘息著沒說話，柳玉茹起身往劉三爺走去，顧九思握住劍，時刻等著出手，而柳玉茹似如閒庭漫步，走到劉三爺面前，低頭俯視著他道：「三爺，我給您出個主意，您現在就給那些分了贓的人信，讓他們把貨都送到虎鳴山來。要死，總不能您虎鳴山一個寨子死，對吧？您想想，要是只有你們死了，你們的家人還活著，那些平日裡受過虎鳴山氣的匪賊，會放過你們的家人嗎？」

「三爺……」

聽到這話，站在外堂的人立刻出了聲。

然而劉三爺還是不說話，柳玉茹瞧著他，許久，見他還在掙扎，柳玉茹點點頭道：「我明白了。我說山匪什麼時候這麼講道義，連平日裡的敵人都要護著，是你不敢說吧？能讓您劉三爺這麼害怕的，是官府的人？」

劉三爺神色動了動，柳玉茹坐回自己位子上，繼續道：「我猜也是，官府裡自己內鬥，拿著咱們老百姓當棋子，三爺您不知道發生了什麼，我可清楚的很。如果是官府的人，那您可要想清楚了，今日您如果要當好一條狗，那妾身只好心狠手辣，葬了你們虎鳴山。要是您能想清楚，該說的說出來，該做的做到位，今夜之事，我不但可以既往不咎，還能保你不被你後面那位處置。」

「妳一介商人，」劉三爺冰冷著聲音開口，「哪裡來這麼大口氣？」

「我是商人不假，」柳玉茹笑著道：「可是能從幽州一路建商隊到東都的商人，沒有依仗，你以為我敢做？」

劉三爺思索著柳玉茹的話，然而柳玉茹卻沒了心思和他耗，她看著劉三爺，平淡開口道：「三爺，我也沒時間同您耗了，從現在開始，我數十聲，十聲之後，你們中間站出人去報信，我的貨讓他們全給我搬回來。十聲之後，如果你們沒有人站出來，我數一聲殺一人，直到天亮。」

「天亮之前貨回不來，」柳玉茹冷笑出聲，「我保證虎鳴山上下，雞犬不留。」

「妳敢！」劉三爺怒喝：「這麼多人，我不信妳敢一個不留。到時候……到時候……」

「到時候怎麼樣？」柳玉茹抬眼看向劉三爺，「你以為誰敢來找我麻煩？我借王思遠十個膽，他也不敢！」

這一聲怒喝將所有人震住了。

王思遠就是永州的天，王思遠都不敢得罪的人物，這……這到底是哪路神仙？

劉三爺一時摸不準柳玉茹的話是真是假，而柳玉茹已經開始數數了。

「十、九、八……」

她數得很快，沒有任何拖長或遲疑，所有人心臟狂跳起來，感覺這是掛在他們頭上的一把劍，隨時要落下來。

當她數到三的時候，終於有人受不了，猛地跪了下來，大喊道：「我去！不要殺我，我去！」

「很好，」柳玉茹抬眼看向其他人，「還有嗎？」

「我、我也去！」

人群中陸陸續續響起聲音，柳玉茹確認幾個人的身分，隨後讓他們的家人站了出來。

她挑選了幾個有妻兒老小的，隨後讓人捧了一盤銀子出來。

所有人看見這麼多銀子都睜大了眼，柳玉茹瞧著那幾個人，笑著道：「你們把我的貨帶回來，我不僅放了你們家人，還會給你們一大筆銀子，將你們送出永州，保證你們的安全。你們大可放心。」

得了這話，那幾人愣了愣，片刻後，他們立刻道：「是，我們一定把您的貨帶回來！」

說完之後，這幾個人立刻出發了。

劉三爺坐在椅子上，認真思索著什麼，柳玉茹回過頭坐到上位上，看著劉三爺道：「趁著天還沒亮，三爺您還有很多時間多想想其他事。」

「您……妳要我想什麼？」劉三爺及時糾正自己他的敬稱，遲疑著開口。

柳玉茹提醒道：「想想等明日，你如何同官府交代幕後的人是誰。」

劉三爺聽著這話，眼裡閃過一絲輕蔑，柳玉茹瞧著他，繼續道：「我說的，可不是永州的官府，而是朝廷派下來的欽差大臣。」

劉三爺愣了愣，心裡突然有些慌亂，他明白了柳玉茹的底氣從何而來。

柳玉茹點到即止，不再多說，沈明帶人埋伏在外面，沒多久，就聽外面鬧了起來，柳玉茹同旁邊的顧九思商量道：「外面應該沒問題吧？」

「沒事。」顧九思安撫道：「我們早有準備埋伏，阿明本來就是山匪出身，他們的路子他熟悉，不用擔心。」

柳玉茹聽到顧九思的安撫，點了點頭，天還未亮，沈明便提著刀，染著血從門外進來，同柳玉茹道：「處理乾淨了，妳來點貨。」

柳玉茹點了點頭，吩咐一聲「都綁起來」之後，便急急走了出去。

貨都堆積在門口，這時候原本押運貨物的人也來了，柳玉茹讓人拿了冊子，一邊清點，一邊裝箱，裝好了就直接送出去。

他們人多，清點得很快，天亮之前，貨都到了碼頭，柳玉茹讓這些貨裝上早已準備好的小船，目送著小船在晨霧中遠行而去。

等小船一路往遠處行去，柳玉茹轉頭同顧九思笑了笑道：「顧大人，我要去報官了。」

顧九思笑起來，雙手負在身後，看著面前眼裡落著晨光的姑娘，聲音軟了幾分：「去吧，本官為妳主持公道。」

柳玉茹應了聲，轉過頭去，她看見洛子商站在原地，猶豫片刻，走上前去，同洛子商行禮道：「謝過洛大人。」

洛子商沒有多說，他點了點頭，沒再應聲。

顧九思和洛子商回了府中，他們各自換上官服，洛子商繼續去河上監工，顧九思則往府衙趕了過去，他到府衙之後，讓馬車停下來，自己坐在馬車裡，等著柳玉茹的消息。

柳玉茹將劉三爺等人綁了起來，將近上千的山匪，全捆了起來，趕到府衙外面。於是府衙外擠滿了人，老百姓一看這麼多人，立刻圍了過來，柳玉茹站在門口，等府衙一開門，便讓人將訴狀遞了上去。

傅寶元清晨打著哈欠來府衙，剛進府衙，衙役便呈上訴狀，同傅寶元道：「傅大人，顧少夫人來告狀了。」

「告狀？」傅寶元有些懵：「告什麼狀？」

「昨個兒顧少夫人的貨被附近的山匪聯手劫了，顧少夫人帶人連掃十一寨，把人全抓起來，現在都綁在外面，等著您宣判吶！」

聽到這話，傅寶元張著大嘴，好半天沒合攏。

過了許久後，他才結巴道：「十一……十一寨啊？」

一夜掃平十一寨，這種行事作風，簡直是見所未見，聞所未聞。

衙役點著頭，皺著眉道：「這事要怎麼辦啊？您知道，外面那些人，」衙役往虎鳴山的方向揚了揚下巴，「都是不好惹的啊。」

傅寶元沉著臉沒說話，沒多久，又一個衙役進來道：「大人，您快些，顧夫人在外面催人了。」

傅寶元聽了，想了許久，終於道：「去吧去吧，又能如何？看王大人怎麼辦吧。」

說著，傅寶元趕緊戴了烏紗帽，急急忙忙趕到大堂之上。

到了大堂，傅寶元便看見柳玉茹一個人站在一邊，而另一邊的被告卻是從大堂一路延到外面都不見底。

「傅大人，」柳玉茹冷著聲開口，「民女今日要狀告以虎鳴山劉三爺為首共一千二百三十一名山匪搶奪財物、殺人越貨，還望大人明察！」

「哦哦，」傅寶元點著頭道：「顧夫人，您狀告的人數太多，一時半會兒審不完，不如先將這一千多名山匪收押，慢慢搞清罪名，再逐一審判如何？」

「全聽大人吩咐。」柳玉茹行了個禮，沒有半分阻攔，然而就在這時，外面傳來一聲清朗的男聲：「慢著！」

傅寶元愣了愣，所有人轉過頭去，便看顧九思身著紫緞五章紋官服，腰佩金魚袋，領著侍從從外面走來。

傅寶元立刻上前，朝著顧九思行禮道：「顧大人。」

「傅大人。」顧九思行了個禮，神色平淡道：「打擾傅大人辦公了。」

「不打擾不打擾，」傅寶元趕緊賠笑，「不知顧大人所為何事？」

「是這樣，」顧九思轉頭看向旁邊劉三爺等人，劉三爺看著顧九思，神色便僵了，明顯是認了出來，這人就是昨夜站在柳玉茹身後的人。顧九思見他的神色便笑了，接著道：「本官昨夜得人密信，說永州官府有官員與虎鳴山山匪有私。所以顧某覺得，此案交給傅大人審，怕是不妥。」

聽到這話，傅寶元的笑容僵在臉上，片刻後，小心翼翼道：「那顧大人的意思是？」

「在下來之前，陛下曾賜在下天子劍，上打昏君下斬奸臣，本官既然得到了百姓密信，自然不會置之不理。恰巧，之前刺殺本官的案子也有了眉目，本官想著，既然都事關永州官員，不如一併查了。」

「所以，」顧九思看著傅寶元，直接道：「這個案子，便由本官接管了吧。」

傅寶元沒說話了，他看著顧九思，許久後，慢慢道：「顧大人，此案涉及您夫人，由您查辦，怕是不妥。」

「此案也涉及永州官員，」顧九思堅持道：「由永州官員查辦，怕也是不妥。」

兩人僵持著，片刻後，傅寶元勉強笑起來道：「既然都不妥，不如報請聖上，由聖上指定一位大人過來，您看如何？」

顧九思勾起嘴角，點頭道：「善。」

傅寶元舒了口氣，他擦了擦汗，轉頭道：「那這些人，就都關起來吧。」

「等等，」顧九思抬手，淡道：「這些人由永州官府的人看管，本官怕出意外，從今日起，牢房看守，都由本官的人負責。」

傅寶元聽了這話，沒有出聲，顧九思轉眼看他，「傅大人，我不是在同你商量。」

話裡帶了警告，傅寶元聽出顧九思的意思，他深吸一口氣，拱手道：「是。」

得了結果，顧九思便讓人將這些人都壓了下去，然後將侍衛派往監獄，替換掉原本的獄卒。

做好這一切後，柳玉茹和顧九思一起回家，柳玉茹不由得道：「陛下指派的官員，最快多久可到？」

「這次消息，我會八百里加急傳回去，」顧九思思索著道：「到京城至多不過三日，到時候官員從京城出發，半月左右，便可到達。」

「中間不怕生變？」柳玉茹皺起眉頭，顧九思斟酌著道：「只要劉三爺不死，就不會變。」

柳玉茹點點頭，不再說話。

獄卒換成了顧九思的人，人便在顧九思手裡。顧九思也不管他們死活，只是時不時讓沈明去看看他們，試圖說服一下劉三爺。

劉三爺在牢房裡，大半個月以來，唯一的交流對像就是沈明，他沒有見到其他人，逐漸意識到，這永州的天，或許真的是要變了。

半個月後，范軒指派的人趕了過來。范軒按照原本的律法，指派了刑部尚書李玉昌過來。李玉昌原本只是前朝刑部一位低級官員，因為不懂變通，不擅經營，於是在屢辦大案之後，依舊沒能升遷。但因其能力出眾，剛正不阿，他在刑部官位不高，地位卻十分重要，凡事遇到什麼難辦的鐵案，都交給他來得罪人。新朝建立後，范軒欣賞他這份正直，便將他直接提拔成刑部尚書。

這次派他過來，顧九思明白，是因為這個案子涉及柳玉茹，范軒希望顧九思能最大程度上不要被牽連，所以特地選了這麼個出了名的死腦筋過來。這樣無論結果如何，都不會出現顧九思濫用私權維護柳玉茹的謠言。

李玉昌到達滎陽當日，馬車直入府衙，便開始審案，顧九思還在河上監工，等回到府邸，就聽木南傳來消息，頗為高興道：「大人，劉三爺招了。」

顧九思挑了挑眉，木南壓低了聲，小聲道：「是傅寶元。」

「傅寶元？」顧九思頗為詫異，但又覺得似乎在情理之中。木南知道顧九思沒想到是傅寶元，便詳細解釋道：「劉三爺給出蓋了傅大人官印的信紙，說就是因為有了傅大人的官印，他才能聯合這麼多寨子，一起劫少夫人的貨。而且他還畫出了傅大人府上管家傅財的樣子，他不知道這是傅大人的管家，畫出來後李大人讓人去認，發現是傅管家。」

「那傅財呢？」顧九思追問，木南嘆了口氣道：「跑了！」

「跑了？」顧九思詫異，木南點頭道：「對，李大人讓人去傅家抓人，結果發現人早就沒了，傅寶元說傅管家最近同他告假回老家了，你說這話誰信啊？我聽說，李大人的人今日才查到，傅財早上還在傅府門口吃了碗豆腐腦。」

顧九思沒有說話，木南見他沉思，不由得道：「公子？」

「沒事。」顧九思回了神，想了想，同木南道：「你也趕緊多派點人去，務必把傅財找回來。」

木南應了聲，轉頭便找人吩咐下去。

顧九思夜裡躺在床上，翻來覆去，輾轉難眠，柳玉茹察覺到他的不安，不由得道：「九思？」

「我沒事，」顧九思拍了拍她的手，「妳睡吧。」

柳玉茹想了想，翻過身從後面抱住顧九思，小聲道：「在愁悶些什麼？」

「今個兒……」顧九思猶豫著道：「劉三招了，說是傅寶元指使他的。」

「我知道。」柳玉茹應聲道：「傅寶元本也不是什麼好人，他身後應當還有人。如今將他抓了，順藤摸瓜，說不定能把王思遠摸出來。」

顧九思沒應聲，柳玉茹繼續分析道：「王厚純是王思遠的刀，他刺殺你一事，證據已經十拿九穩，明日你將證據交給李玉昌，王厚純便算是廢了，但要他攀咬王思遠，這是決計不可能的，他就算為了王家，也不可能動王思遠這棵大樹。只要王思遠不倒，王厚純被辦，怕是難度頗大。可傅寶元不一樣，他沒有一定要保住王思遠的決心，想要動王思遠，只能從傅寶元下手。」

顧九思看著蚊帳，沒有出聲，柳玉茹見他不對勁，小聲道：「九思？」

顧九思知道柳玉茹疑惑，他想了很久，才慢慢道：「妳說，」他有些猶豫，「傅寶元給劉三爺下命令，為什麼要蓋官印？」

柳玉茹愣了愣，顧九思繼續道：「不怕劉三爺以此為證據要脅他嗎？」

說著，他繼續分析，「當初趙九為了得到王厚純簽字，還饒了一大個彎，和王厚純要房子，最後王厚純也是在房契上落的字。傅寶元怎麼就這麼蠢，在下命令這種鐵證上面蓋自己的官印？」

「所以，你是懷疑傅寶元是被陷害的？」

柳玉茹想著顧九思的話，顧九思沒有出聲。

一直以來，傅寶元都和他們對著幹，他溜鬚拍馬，十分圓滑，怎麼看都是王思遠的人。

顧九思嘆了口氣，終於道：「等明日再看看。」

說著，他抱著柳玉茹，安撫道：「睡吧，明日我去找李大人談談。」

兩人睡了過去，等天亮之後，顧九思換上官服，便去府衙找李玉昌。

他去的時候，李玉昌還在審人，外面通報他進來後，李玉昌淨了手，走到書房，顧九思恭敬等在書房裡，李玉昌見了他，兩人互相見禮，而後李玉昌便用不帶一絲情緒的聲音平靜發問：「不知顧大人有何貴幹？」

「在下有些東西，想要交給李大人。」顧九思說著，將之前收集的王厚純消息的盒子拿了出來，往前推了過去，恭敬道：「李大人，您應該知道之前在下在河堤上被刺殺一事，這是事關此事的所有證據，您可過目。」

李玉昌沒說話，把盒子拿了過來，打開之後，將所有的證據一一查看，片刻後，便直接發了緝捕令，同衙役道：「帶兵去王府，將王厚純收押。」

顧九思見李玉昌動作如此迅速，心裡略為安穩，他想了想，接著道：「不知山匪一案，李大人進展如何？」

李玉昌聽到顧九思的話，便將顧九思的心思想了個清楚，沒繞彎子，直接道：「傅財？」

「正是，」顧九思果斷道：「不知傅財可抓到了？」

「嗯。」李玉昌點了點頭。

顧九思高興道：「那便好，他可招供了？」

「死了。」李玉昌直接說道，顧九思面色僵住，李玉昌翻看著王厚純的證據，音色毫無波瀾，「今日清晨，城郊，獵犬發現，刨地三尺。」

他只說了關鍵字，顧九思卻明白了，必然是李玉昌用獵犬去尋人，然後找到了傅財的屍體。

「什麼時候死的？」顧九思趕緊開口，李玉昌也沒隱瞞，接著道：「昨夜，毒殺。」

顧九思不再出聲，他緊皺著眉頭，李玉昌見他不再問話，抬起頭想了想，安撫道：「證據充足，無妨，傅寶元已收押。」

顧九思從府衙走出來，心裡是沉著的。他直覺這件事有什麼不對，這些時日他一直在暗查滎陽上下官員，尤其是王思遠和傅寶元。王思遠做事一貫是用王厚純當擋箭牌，不觸及核心人物，根本碰不到王思遠，而傅寶元不過一個六品芝麻小官，查了很久，也沒查到他做事的鐵證。

犯事是犯的，行賄受賄，但是一來數額算不上大，二來……他的口碑的確不差，老百姓對傅寶元的印象，基本處於，上任多年，雖然無功，但也無過的狀態。

顧九思沉思著回了家裡，洛子商去河上監工，柳玉茹剛從碼頭回來。

自從第一批貨送到東都後，商隊開始正常運轉。他們價格低、速度快、安全性高，許多小商家為了省下成本，都將貨物交給柳通商行，由他們負責運輸。如今開業不過半個月，名聲已經傳遍大江南北，可謂生意興隆。

因為運輸方便，加上資金開始回流，芸芸和葉韻都跟柳玉茹提了擴張的提議，柳玉茹不敢在這個時候貿然開店，但仍舊讓她們將計畫做好，規劃籌錢。

葉韻和芸芸如今在各自的店鋪裡培養出一批人，生意逐漸變成柳玉茹負責籌集資金，決定資金流向，而葉韻和芸芸負責經營的模式。芸芸在花容裡逐漸積累經驗，試圖規劃從日常女子用的東西逐步擴張到販賣皂角、梳子、衣飾乃至精品的傢俱等等。而葉韻雖然當上神仙香主事不久，卻也因為神仙香供不應求，思索著買地產糧，以降低成本、擴大銷量。

柳玉茹沒有否決她們的提議，一面引導著商隊倉庫走上正軌，一面思索著到哪裡找錢。

顧九思坐在院子裡，院子有一個鞦韆，平日裡多是姑娘家在那裡耍玩，今日顧九思心裡發悶，就一個人坐在鞦韆上，腳有一搭沒一搭蹭著地，輕輕晃著鞦韆，不斷回想著來黃河的所有事。

柳玉茹從外面回來，走上長廊高處時，印紅突然拉了拉她，指了下方的院子，低聲笑道：「夫人妳看。」

柳玉茹順著印紅指的方向看過去，就看見正仰頭看著天空發呆的顧九思。

他換了家裡的紅色常服穿著，他慣來喜歡這麼明豔的顏色，頭髮束著金冠，坐在鞦韆上，一雙明澈的眼靜靜看著天空。柳玉茹忍不住抿唇笑了，她覺得那落在他身上的陽光，彷彿落進她心裡一樣。暖洋洋曬著，似乎在告知她，妳瞧著，一切都沒變。

哪怕過了這麼久，這人仍舊心若少年。

柳玉茹提步走了過去，坐到長廊邊，手肘倚在護欄上，揚聲叫了一聲：「顧公子。」

顧九思聽出是柳玉茹的聲音，覺得有些奇怪，柳玉茹怎麼會叫他顧公子？發懵地抬起頭，迎面便見手絹從高處落了下來，顧九思下意識抬手，握住那一方絹帕，而後再抬眼，就看見高處笑意盈盈的姑娘。

她眉眼生動，在午後陽光下似如寶石，熠熠生輝。

不知道什麼時候脫去了過往那份拘謹，笑容裡隱約藏了幾分張揚，笑著道：「顧公子在做什麼？」

顧九思聽到這話，忍不住笑了，朗聲道：「想事情。」

「想什麼？」柳玉茹撐著下巴同他閒聊。問了這話，卻見顧九思拿了她的絹帕，放在臉側，眉眼微挑，桃花眼裡頓時多了數不清的風流春色，他瞧著她，張合了唇齒，慢慢說了兩個字。

那兩個字是無聲的，柳玉茹卻一下子看了出來。

他說——想妳。

其實本是沒什麼的兩個字，但顧九思這麼說出來，卻覺得心跳突然快了起來，有種無端的熱直衝臉上，她低低說了聲：「猛浪！」

說完，便站起身，趕緊往房裡去了。

顧九思愣了愣，起身追了過去，大聲道：「玉茹，妳別生氣，別走啊。」

柳玉茹哪裡敢在此刻理他，一路急急回了房裡，顧九思腿長腳快，在柳玉茹踏入房門後一步趕了上來，柳玉茹正要關房門，便被顧九思探進半個身子，用手抵住道：「別別別，讓我進去，別生氣。」

柳玉茹沒理會他，只想著關門，顧九思用手抵著門，盯了她片刻，卻是笑了。

「妳笑什麼？」柳玉茹抬眼瞧他。

顧九思抿了唇，低下頭湊在她耳邊，低聲道：「原來小娘子不是氣惱，是羞惱了啊？」

「你出去！」

柳玉茹頓時激動起來，伸手推他，卻被顧九思一把握住了手，順勢擠進門裡，將門用腳帶上，一把抱進懷裡。

他低頭笑著瞧著柳玉茹，柳玉茹頓時覺得自己弱勢許多，再和他鬧，便顯得像是打情罵俏一樣，她一時僵住，看上去也就乖了。

顧九思看她手足無措，心裡便高興起來，低頭倍兒響的在柳玉茹臉上親了一口，高興道：「妳瞧著我喜歡，我便高興。」

柳玉茹說不出話，側過臉去，有幾分不服氣的模樣。顧九思握著她的手放在唇邊，親了親道：「能把妳養出幾分這樣的驕縱性子，我更是高興了。」

這話點名了柳玉茹這些舉動裡的嬌氣，柳玉茹僵住了，忍不住有了幾分尷尬。也不知道自己是怎麼了，在顧九思面前，就這麼失了進退。顧九思知她又開始反省，攬著她的腰的手用了力，趕緊道：「我的好娘子，妳可千萬別多想，男女相處又不是商場朝廷，禮數什麼的都不作數，妳這樣若是外人，那看著覺得做作，但若是夫妻，看著就可愛得很。」

「別……別說了。」柳玉茹開口有些結巴，似是不好意思，顧九思低低笑著，柳玉茹靠在他胸口，能感覺到他胸腔的震動，過了片刻，他輕嘆出聲，無奈中又帶了幾分寵溺道：「妳呀。」

兩人正說著話，外面突然傳來急急的腳步聲，顧九思和柳玉茹對看一眼，隨後就聽見沈明焦急的聲音道：「九哥？九哥在嗎？」

顧九思聽到是沈明，覺得有些頭疼，抬手捂住額頭，嘆了口氣。柳玉茹推了推他，抵著唇道：「叫你呢。」

「不是時候。」顧九思小聲嘀咕，想了想，又親了一口，得了柳玉茹一眼嗔怒才滿意，放開了人，整理了衣衫，開了門出去，雙手攏在袖間，看著沈明，沒好氣道：「做什麼？不會讓人通報？」

「我叫你也需要通報？」沈明有些懵：「不都是我幫人通報給你嗎？」

之前的確是這樣，這話把顧九思問得噎住，他更不高興了，冷哼一聲道：「趕緊說。」

「陰陽怪氣。」沈明直接開懟，顧九思正想回擊，就聽沈明道：「找不到秦楠了。」

顧九思愣了愣，立刻道：「什麼叫找不到了？」

「他這個人做事極有規律，」沈明道：「這些時日和我相處得不錯，有什麼事都會知會我一聲。今日他和以往一樣去了縣衙辦公，然後回家，我手裡還有些事要查，就先去查事，等我去他家找他的時候，秦府的人都沒了。」

「可是外出了？」顧九思皺起眉頭，開口詢問。

沈明搖了搖頭，「不是外出，我一開始也以為是外出。但一來秦楠如果外出，他知道我會下午去找他，至少會和我打個招呼，或者留個信給我。二來，我翻牆進了家中，發現家裡一片雜亂，就連鍋裡都還放著還沒煮好的米，可見一家人是匆匆離開的。甚至可能沒有準備就離開了。」

「為什麼是離開？」顧九思追問中間的字詞：「米尚在鍋中人不見了，不該是被擄走嗎？」

「家中珍貴的東西都不見了。還有一些日常穿的行李。」沈明分析道：「他的官印，還有平日喜歡的東西，甚至他夫人的牌位，他重要的、需要的都帶走了，因為這些東西與他生活習慣完全相符，除非是他本人，或者極其熟悉他的人，否則就算想偽造他是離開的樣子，也做不到東西拿得這麼精確。而且如果已經決定偽造他們是離開，也不必留米在鍋中這麼引人猜疑的痕跡。」

「你不在，監視他們的人呢？」

「沒了。」沈明沉下聲，「我到時候，在他宅院外不遠處，發現了打鬥的痕跡，看守他的人不知所蹤了。」

顧九思沒有說話，沈明接著道：「所以，現在最大的可能就是他遇到了什麼事，突然決定舉家離開。我們的人是他的人動的手，或者就是之前我們發現的另一批人動的手。」

顧九思不語，他靜靜思索著，沈明有些焦慮，「九哥，怎麼辦？」

「他有老母親，還有這麼多僕人，應該會分散出行。」顧九思慢慢道：「他母親年邁，一時走不了，估計還在城中。他應該是出滎陽城了，你往西邊東都方向以及南邊通往益州方向去追。」

「是。」沈明領了命令，立刻趕了出去。

顧九思站在門口，柳玉茹從屋內走了出來，有些疑惑道：「秦大人這是怎麼回事？」

顧九思沉默片刻，接著道：「妳先休息，我去找幾個人。」

顧九思說完，便趕往河堤。

洛子商正在河堤上監工，看見顧九思來了，洛子商笑了笑，「顧大人。」

「秦大人不見了。」顧九思開門見山，洛子商愣了愣，隨後道：「什麼叫不見了？」

聽到這一句，顧九思觀察著洛子商神色，便知洛子商應當是真不知道此事的。

他轉身就走，然後趕到府衙，找到李玉昌，同李玉昌道：「李大人，秦大人不見了，在下想見見傅大人。」

聽到這話，李玉昌皺起眉頭，「你妻子與此案有關，你不方便見他。」

「李大人，」顧九思抬眼看向李玉昌，「秦大人出事可能與傅大人有關，您讓我見見他，至少搞清楚秦大人是怎麼不見的。李大人您辦案秉公正直，是非分明，總不會糊裡糊塗的就把案子判了。」

李玉昌沉默片刻，許久後，終於道：「我去問。」

顧九思一時有些惱了這個死腦筋，可他也知道，這正是李玉昌的可貴之處。他深吸一口氣，抬手道：「您請。」

李玉昌點點頭，領著人去找傅寶元。

顧九思跟著李玉昌去牢房，他在門口等了一會兒，李玉昌進去後不久，走出來平靜道：「他說他不知道。」

「不知道？」顧九思愣了愣，李玉昌點點頭，「不肯說。」

聽這話，顧九思明白了，李玉昌沒問出來，他立刻往裡面走，「我去看看。」

李玉昌抬手攔住他，顧九思被這麼一攔，頓時惱了，怒道：「我說你這個人腦子是灌了鉛嗎？什麼時候了，能撬開他的嘴的辦法都要試試。秦楠為什麼跑？不就是因為他手裡握著重要的東西所以跑的嗎？你現在攔著我，萬一秦楠被人弄死在路上，這個案子怎麼辦？」

李玉昌被這麼一通罵，倒是不說話了，等顧九思再衝進去，他也不攔了。

顧九思一路衝到牢裡，就看見傅寶元躺在床上，他還是平日那副樂呵呵的樣子，一手撐著頭，一手拿著筷子，悠然自得敲著碗，唱著小調，與平日的討好姿態比起來，倒是多了幾分瀟灑意味。

顧九思看著傅寶元，朝著傅寶元道：「秦楠跑了，你知道吧。」

傅寶元不理他，繼續哼著調子。顧九思沒說話，他抿了抿唇，接著道：「上一次，我的人去抓人，是不是你派人來給執勤時間表的？」

「良辰美景奈何天，賞心樂事誰家院。」

「傅大人！」顧九思提了聲音，「您現在不說出秦大人的下落，說不定就晚了！」

聽到這話，傅寶元輕笑一聲，翻過身，背對著顧九思，不說話。

顧九思見他的模樣，想了想，接著道：「我不知道你是善是惡，我也不知道秦大人打算做什麼。我不明白你為什麼要阻攔我修黃河，可是我只是想做好這件事。」

傅寶元唱曲的聲音停了，顧九思捏起拳頭：「我想修好黃河，我也想修好永州。這中間，我不放過一個壞人，可我也不會冤枉好人。傅大人，如果你有冤屈，你可以說，你不必繞著彎子讓秦大人去冒這個險，你可以信我。」

「你一個年輕人，」傅寶元睜著眼，看著面前的牆面，平靜道：「來永州攪和什麼？隨便走個樣子，刷個政績，撈一筆錢，回東都就是了。你年紀輕輕，正三品戶部尚書，未來只要不走錯路，早晚會走到你想要的位子，何必貪功冒進，如此著急？」

「因為我是官。」顧九思看著他，認真開口：「我在這個位子，我吃的是百姓供養的糧食，我拿的是百姓給的俸祿。我怎可尸位素餐，只求前程？陛下既然叫我來修黃河，我就要把黃河修好，我不能讓揚州這麼多錢白白搭進去，我也不想朝廷年復一年接到黃河水患的消息。這本該是良田沃土，這裡的百姓本該安居樂業，如果我能做到，為什麼不做？」

「顧大人，」傅寶元輕嘆，「這永州的百姓，永州的官都不管，你……」

「我管。」顧九思果斷開口，字字鏗鏘：「大夏有我顧九思，我活著一日，便要管百姓一日。」

傅寶元沒說話，看著牢房黑漆漆的牆，不知道在想什麼。顧九思見他不出聲，繼續道：「傅大人，我知道您不信我。可是您就算不信我，您也想想您一家老小。我知道您都安排好了，您心裡不怕，可是您不怕，他們不怕嗎？」

「您現在指望秦大人為您做點什麼，可如果您不是冤屈的，秦大人救不了您。如果您的確蒙冤，你讓他一個人山高水遠替你伸冤，不怕他出事嗎？」

「之前，」顧九思深吸一口氣，「就有人盯上他了，我讓沈明守著，如今他走了，我們護不住他，你讓他一個文官，如何護住自己？」

傅寶元聽著顧九思的話，許久後，嘆了口氣，慢慢道：「非我不願，是他不願。你既然已經猜出來他要做什麼，便去找吧。」

顧九思愣了愣，片刻後，他便明白，傅寶元說了秦楠的去向，顧九思正要說話，又聽傅寶元接著道：「他爬不動山。」

他爬不動山，又要往東都去，往東都除了官道，都必須爬山，所以秦楠必然是走了官道。而他為了甩開人，一定是要遮掩著離開……

顧九思盤算著，傅寶元看他思索，苦澀地笑了笑，「你走的時候，讓人給我送壇酒來。」

顧九思應了聲，提步要走，走出門前，他突然聽到傅寶元說：「我來滎陽的時候，就是你這般年紀。」

顧九思頓住步子，而後他聽到傅寶元笑著道：「一轉眼，已經是把老骨頭了。我不看到你，都忘記自己年輕時是什麼模樣了。」

顧九思聽著傅寶元的話，回過頭，看見傅寶元盤腿坐在石床上，他穿著官服，圓潤的臉上帶著滄桑的笑意。

那一瞬間，顧九思有種錯覺，他彷彿看到二十多歲的傅寶元，年少意氣風發，盤腿坐在他面前，神色堅定又認真，同他如今一樣，懷揣著濟世救民的想法，骨子裡、心裡，滿是熱血。

他曾對天立誓，曾歃血為盟，曾許天下百姓絕不辜負，曾給這山河萬丈豪情。

這些年輕人做過的，他都做過。

然而寒冰冷血，風寒凍骨。

人生是最殘酷的刀刃，無聲無息，就能將人改成翻天覆地的模樣。

顧九思呆呆看著傅寶元，傅寶元似乎看到他心裡，如長者一般揮手：「去吧，我等你的酒。」

顧九思一路疾跑出去，剛到門口，便見李玉昌站在原地，他喘著粗氣，立刻到：「往東都官道方向找！」

李玉昌點點頭，轉過身吩咐了外面的人。

沈明正在追蹤的路上，得到了消息，思索片刻。

如果秦楠是走官道，他不可能自己獨身上路，這樣太容易被排查，而且也不夠安全，只能隱匿於商隊之中往東都前行。

沈明立刻調來這一日出城的商隊名單。排除了秦楠還在辦公的時間以及他發現秦楠失蹤之後的時間，一共有兩個商隊出城。沈明又調了這兩個商隊所有人的文牒登記，發現並沒有秦楠。

沒有秦楠，極大可能是他偽造了公文，沈明不再遲疑，乾脆帶著人，順著商隊的路追了上去。

當日晚上，他便追到兩個商隊，沈明直接抓了人來問，得知一個叫洛南的人，跟著他們商隊出了城門之後，不久就自行上路了。

沈明順著消息一路找去，找到一家客棧，還沒進客棧，老遠就聽到打鬥之聲，沈明領了人衝過去，看到有個人從二樓跳了下來，在地上滾了一圈後，往山林裡狂奔，沈明夜裡眼尖，一眼就看出那人是秦楠，他疾馳而去，從馬背上抽了箭，彎弓搭箭，連射十餘發，替秦楠阻攔朝他奔過去的殺手。

而秦楠也來不及看身後，不管不顧，只是朝著山裡一路狂奔，沈明駕馬追趕上去，同身後的人說了句：「清場。」之後，便追著秦楠衝進山林。

「秦大人！」沈明追著他，大喊出聲，「別跑，我是沈明！」

然而聽到這話，秦楠根本沒有回頭，甚至跑得更快。沈明暗罵一聲，追著他過去。

秦楠鉚足了勁跑，沈明雖然比他跑得快，但一開始距離差得太遠，一時半會兒沒追上他。秦楠一路衝上山頂，沈明追著他到了懸崖邊，秦楠退無可退，沈明喘著氣，抬手給自己搧著風，站在一邊道：「跑，接著跑。」

秦楠抱著個包裹，面上滿是緊張。

他髮冠都亂了，全然沒了平日那份冷漠自持，沈明看著他的樣子，忍不住笑了，「你一個文官，還挺能跑啊，君子六藝還教跑步的？」

秦楠不說話，沈明歇夠了，站直身子：「行了，跟我回去吧，我不是來殺你搶東西的，你不用這麼緊張。」

「你放我走吧。」秦楠終於出聲，他看著沈明，目光沉穩：「我不能回去。」

「我放你，你去哪裡？」沈明直接道：「你以為我們不清楚你拿著什麼？你拿的肯定是證據，傅寶元都和九哥說了，你拿著千里迢迢去東都告御狀，何必呢？九哥是好人，李大人也是好人，你把證據交給他們，他們會幫你的。你去告御狀，今日要是沒我，你連命都沒了知不知道？」

「你放我走吧。」秦楠顫抖著聲，沈明皺起眉頭，「我知道你不信九哥，可我們相交也有一段時間了。秦大人，你知道我沈明是什麼人，我用性命擔保，你回去，不會有事。」

秦楠不說話，沈明繼續道：「你可能不瞭解九哥……」

「那你瞭解嗎？」秦楠直接開口：「我不瞭解他，你又瞭解他？你知道他是什麼人？他背後站著誰？他有什麼目的，他背後的人又有什麼目的？就算我信顧九思，」秦楠頗激動地大吼，「你又焉知他不是棋子？你知道他舅舅是什麼人物？你讓我回去，你才是犯傻！」

「你為什麼對九哥有這麼大的偏見？」沈明有些不理解，「江大人是什麼人，我不清楚。可江大人是江大人，九哥是九哥。我信九哥，就是信他分得清善惡是非，如果江大人是錯的，他不會偏袒。你為什麼要把他們攪在一起？」

說著，沈明抿了抿唇，他也知道這些話不足以讓秦楠放下戒心，只是他向來笨拙，說不出什麼打動人的話，憋了半天，只能道：「我和你說不清楚，我們來滎陽也有一段時間了，秦大人，你是看過風雨的人了，是是非非，不會用眼睛去看嗎？」

「眼睛會騙人。」秦楠神色認真，沈明輕嗤出聲，「眼睛瞎了，心也瞎了？」

秦楠一愣，沈明見他神色鬆動，不著痕跡往前一步，繼續道：「秦大人，東都局勢複雜，你拿著證據回東都，且不說路上危險至極，到了東都，證據落在誰的手裡，又未可知。為什麼不交給九……」

話沒說完，沈明猛地往前一撲，秦楠察覺他的意圖，急急後退，腳下一滑，直接往懸崖跌了下去，沈明撲過去，一把抓住他的手。

「你可真夠沉的。」沈明拉著他，咬牙出聲。

秦楠仰頭看著沈明，他手裡拿著證據，眼裡露出哀求來，「我不能回去的。」

「老子在，你怕個屁！」沈明大吼：「老子帶你回去，就拿命去保你！」

「你保得住證據嗎？」秦楠也大吼：「我除了我兒子，其他家人都藏在永州，你讓我回去，如果他們被王思遠抓住換證據，你讓我怎麼辦？」

「你現在就有辦法了？你這麼跑了，他們被抓了，你還能不回去？」沈明尋找著支撐點，脹紅了臉罵著秦楠。秦楠聽到這話，慢慢笑起來。

「不回去了。」他低喃。

沈明微微一愣，隨後明白過來，秦楠抱著的，竟然是捨了一家老小，都要保住證據的想法。

但人非草木，如果骨肉至親真的被用來作為要脅，哪怕抱著這樣的信念，最後結果如何，都未可知。

他怕自己面臨這樣的抉擇，寧願什麼都不知道，千里奔赴東都，都不願意回去。

「懦夫……」沈明深吸一口氣，找到了支撐點，往上拉秦楠。

「哪裡有……」他咬著牙關，猛地將秦楠拉了上來，大喝：「一開始就放棄自己家人的男人！」

話音剛落，秦楠就被扯了上來，猛地摔在地上。

秦楠剛滾到地上，沈明一把絞住他的手，將他按在地上，秦楠奮力掙扎，沈明死死按住他，大聲道：「為這種事放棄自己的家人，你腦子有病嗎？你以為你去東都就能救傅寶元了？你以為你去東都就能扳倒他們了？我和九哥就是從東都來的，要是我們都是壞人，我們都不能幫你，這天下誰都幫不了你！」

秦楠僵住，沈明平靜道：「我以前也以為天下官都是狗官，可是後來我才知道，這世上還有一種官，便是顧九思。你問我為什麼這麼信九哥，我沒法告訴你，但是秦大人，我可以答應你。」

「如果顧九思真的是你說的狗官，我用性命也會護你回東都告御狀。」

秦楠沒說話，沈明慢慢放開他，「我也答應你，如果你跟我回去，我一定會去救你家人，就算我死了，也會把他們平平安安帶回來。」

「秦大人，」沈明認真開口，「你可信我？」

秦楠不出聲，他躺在地上，將證據壓在自己身下。

那是他和傅寶元漫長的人生。他看著前方的山崖，似如他此刻，已經走到了絕境。

他忍不住抬起頭，看見天上的明月。突然想——

如果洛依水還在，她會希望他怎麼做？

千里赴東都呈上御狀，放棄家人、一人獨身前行，還是回滎陽，信……顧九思？

想到顧九思，秦楠的手指微微一顫。

他對他有偏見。

他知道，他沒辦法沒有偏見。

他深吸一口氣，閉上眼睛。

依水，怎麼辦？

他暗暗詢問，而冥冥之中，腦海中想起的卻是洛依水過往最常對他說的話。

懶洋洋的語調，拖長了聲音，帶著幾分內斂的張揚狷狂——為什麼不可以？

秦楠，這世上，你想做什麼，想改變什麼，都可以。

可保住家人，也可以保住朋友與道義。

兩全之法，他可以。

「我回去。」秦楠終於出聲，他撐起身子，沙啞道：「我同你回去。」

「好嘞！」沈明高興道：「我帶你回去。秦大人你放心，我在，保你家裡人絕對沒事。」

秦楠沒說話，由沈明扶起來，沈明一路都在說話，很是高興。等進馬車後，沈明高興道：「秦大人，你說你這人也太奇怪了。你把家人放在永州，自己去東都，為什麼不把家人一起帶走？」

「路上危險。」秦楠平淡道：「我母親身體不好，受不得顛簸，而且人太多，也帶不走。只能藏起來。」

「你不怕你去東都後證據還是交在了歹人手裡，家人在永州沒了？」

「東都有陛下。」秦楠出聲後，沈明撐著下巴，有些奇怪道：「歸根結柢，你還是不信九哥，那你怎麼又決定回去？」

「我不信他。」秦楠抬眼，看著沈明，認真道：「但我信你。」

沈明愣了愣，片刻後，有些不好意思地直起了身子，擺擺手，想說點自謙的官話，又不知道怎麼說，最後拍了拍秦楠肩膀，高興道：「你放心，我不會辜負你的信任的。」

秦楠看著他高興的樣子，勉強勾了勾嘴角，算作笑了，沈明見他努力擠出笑容，突然想起來，「這麼算起來，秦楠，你是把我當朋友了？」

「你與我不應當是同輩。」秦楠提醒他。

沈明立刻道：「年齡算什麼？重要的是你把我當朋友看待。秦楠，」沈明說著，認真起來，一字一句承諾，「你既然信了我，我便是用命，也會償還這份信任。」

秦楠沒說話，過了許久後，有些乾澀地慢慢道：「謝謝。」

沈明領著秦楠回了滎陽，這一路上，便是三波截殺。好在沈明武藝高強，廝殺著將秦楠帶了回去。

第二日正午，沈明領著秦楠回到縣衙，李玉昌和顧九思聽聞沈明回來了，趕緊領著人去接沈明和秦楠。兩個人滿身是血，格外狼狽，沈明一回來就一副累趴的模樣道：「不行了不行了，天大的事也得先讓我們睡一覺。」

李玉昌點點頭，顧九思轉頭讓人安排洗漱，沈明見顧九思去安排，叫住顧九思道：「九哥。」

顧九思頓住步子，沈明立刻道：「我要住在秦大人隔壁。」

顧九思愣了愣，隨後領悟過來，沈明應當是想護著秦楠，他知道秦楠對他們一批人都有敵意，也就沈明勉強讓他信任。於是顧九思點點頭，便去安排。

秦楠聽到沈明這麼安排，知這個一貫大大咧咧的人，是真的費心去實現他的承諾了。他心裡暗暗舒了一口氣，李玉昌平靜道：「秦大人家人呢？」

聽到這聲詢問，顧九思和沈明明白過來，如今秦楠開不開口，他家人的安危是十分關鍵的問題。沈明想了想，走到秦楠面前，小聲道：「我去幫你把家人接過來吧？」

秦楠皺了皺眉頭，顧九思走上前道：「秦大人若沒有絕對的把握藏好家裡人，還是放到府衙來，讓人日夜保護比較好。」

秦楠猶豫片刻，沈明斟酌著道：「還是聽九哥的吧？」

秦楠抿緊唇，片刻後，他讓沈明低下頭，小聲和沈明說了一個地址。

沈明點點頭，「我明白了，你先去歇息，我去接人。」

「你一個人去。」秦楠吩咐，沈明點點頭，「明白，我一個人去。」

秦楠得了沈明的回覆，終於安心下來，由侍從領著離開。沈明沒有歇息，同顧九思和李玉昌打了聲招呼，便直接出了門。

出門前，顧九思張口道：「我同你去吧？」

「不必，」沈明擺擺手，「小事，我自個兒去就行了。」

「你一個人去，是不是太托大了？」顧九思皺起眉頭，「秦大人讓你一個人去，是因為他不信任其他人，怕有奸細混在當中。可你一個人去，若是被人跟蹤，到時候怕你一人難敵。我陪你去，要是出事了，也有人幫忙。」

「算了吧。」沈明立刻道：「若真如你所說，要是出事了，我們得一起栽在那兒。」

「那我給你個信號彈，」顧九思又道：「我準備好人，若是出了事，你立刻放信。」

「行。」沈明點點頭，接了顧九思的信號彈，同他道：「我走了。」

顧九思見他出去，便點了人準備著。

沈明一路朝著秦楠說的方向疾馳而去，他睏得不行，只能在睏的時候努力掐自己一把。

秦楠將家人藏在郊外一個小村裡，沈明到了他說的村子，沿途問路，等他好不容易找到秦家躲的地方，敲響了大門。

敲了兩下，沒有人應，沈明覺得有些奇怪，想了想，跳上牆頭，往裡一看，立刻驚住了。

庭院裡還留著新鮮的血跡，整個院子裡明顯剛打鬥過，但打鬥得不算激烈，周邊幾乎沒什麼動靜。

沈明趕緊進了院子，四處翻找起來，他尋到那些人綁人撤離的方向，心裡又急又惱，趕緊發了信號彈，朝著痕跡追去。

對方明顯只比他來得早一點點，應當走得不遠，沈明追蹤過去，在外面追人的手段了得，而對方明顯也不是省油的燈，等到天黑，對方不耐煩了，乾脆留了幾個人停下來攔住沈明，將人劫走了去。

顧九思到的時候，沈明正被幾個人圍毆，他渾身是血，顧九思領著人衝進來，那些人掉頭就跑，沈明大叫一聲：「抓住他們！」

無需沈明多說，顧九思便領人衝了上去，然而對方十分狠辣，在被抓到的瞬間，他們便當場咬破了毒囊，沒給顧九思任何審問的時間，直接成了一具屍體。

沈明見這些人倒在地上，轉頭就往密林深處衝去，顧九思叫住他，「沈明！」

沈明不管不顧往前衝，顧九思衝到前方一把抓住他，見沈明狀態不對，立刻道：「你去做什麼？」

「追人。」沈明急急往前。

顧九思緊跟著他，立刻道：「他們和你糾纏多久了？」

「半個時辰。」

「你有追蹤的線索嗎？」

「沒有。」

「那你還追什麼？」顧九思冰冷出聲。

沈明抬起頭，怒喝道：「那就不追了嗎？」

顧九思沒有說話，沈明轉身朝著密林深處去，「我看見他們往這個方向去的，我要繼續追，我答應過秦楠，我得保住他的家人，我絕對不能讓他們走，我……」

「沈明！」顧九思拉住他，「你冷靜點！」

「我答應過他！我答應過他！」沈明大吼：「這輩子第一次有人把命交給我，」沈明看著顧九思，他渾身是傷是血，整個人彷彿從血水裡撈出來一般，滿是血絲的眼裡含了淚光，「我不想辜負他。」

顧九思沒說話，沈明聲音低啞：「我這輩子從來沒有做成過什麼事。大家都說我衝動，都覺得我傻，我知道。」

「這是第一次有人期待我，九哥。」他認真道：「我拚了命，也不想辜負他。」

「這不是你的錯……」

「他們是跟著我來的！」沈明抓著刀，茫然四顧：「我再小心一點就好了……我路上再多繞幾道彎，再多警覺一點，再……」

「沈明，人的能力有極限，」顧九思皺著眉頭，「你不是神，你能力有極限。」

「那我怎敢答應他？」沈明看著顧九思，終於顫抖道：「如果我做不到，我怎麼能答應他？」

顧九思沒有說話。

山中明月高照，初秋寒風呼嘯而過。

而秦楠一覺醒來，坐在飯桌面前，喝了口小米粥，問身後侍從道：「沈大人可回來了？」

侍從沒有回應，走上前從袖中遞了一個盒子到秦楠面前。

「秦大人，您的信。」

秦楠看著那個盒子，面色很平靜，甚至帶了一種通透的了然。

他苦笑一聲，打開盒子。

盒子裡放著他母親的髮簪，那是她從不離身的髮簪。

「該說什麼，不該說什麼，」侍從站在他身後，聲音很平和，「大人說，您心裡應該清楚。大人還說了，秦老夫人身體欠佳，是因獨自一人撫養秦大人半生太過勞苦所致，還望秦大人銘記生養之恩。」

秦楠握著髮簪，手微微顫抖。

「他想做什麼？想要我手裡的東西？」

「大人知道你手裡有什麼東西，」侍從平靜道：「等傅寶元處斬後，大人會派人協助您去東都告御狀。」

「告什麼？」

「顧九思和李玉昌拒收證據，故意殺害朝廷忠臣，這不值得秦大人親赴東都告御狀嗎？」侍從輕笑起來，「秦大人，沒有人能清白一輩子，二十年了，您和傅寶元，也該成為永州的官了。」

第十三章　少年赤膽

顧九思強行將沈明拖了回來，讓人大範圍搜捕，沈明坐在馬車裡，靜靜靠著車壁。連日奔波，身體早就到極限了，此刻靠著馬車，顧九思一言不發，哪怕心裡都是事，沈明也忍不住覺得有些睏，於是處於半夢半醒之間，恍恍惚惚。

顧九思一面翻著卷宗，一面抬眼看向沈明，嘆了口氣道：「你別想了，先好好休息吧。」

「九哥……」沈明閉著眼，慢慢道：「我是不是做錯了？」

「錯不在你。」顧九思搖搖頭，「每個人都只是在儘量做自己能做的事，你盡力了，那便夠了。」

沈明沒有說話，顧九思知道勸不了他，想了想，只能說一句：「你好好休息，想也是無用。回去後，你還得去見秦楠，路還沒走絕，我們還能想辦法。」

聽到這話，沈明身子僵了僵，片刻後，低下頭沙啞道：「好。」

澈底不再想這件事，終歸已經是這樣的結果，放下之後，入睡倒是很快。

沈明閉著眼睛，渾渾噩噩睡了一覺，醒來的時候，已經回到了府邸。顧九思叫醒他，沈明睜開眼睛，恍惚片刻，便直起身下了馬車。

剛下馬車，往裡走沒有片刻，顧九思就看李玉昌攔在路上，他緊皺著眉頭，神色不善，顧九思一見李玉昌的神情，心裡便咯噔了一下，上前道：「可是發生了什麼事情？」

「秦大人醒了。」李玉昌抬眼看向顧九思，「要求自己回家，說自己只是出門一趟，忘了報假而已。」

聽到這話，顧九思的神色迅速冷了下去，秦楠這個說法，就是澈底否認了自己證人的身分，不願意再牽入這個案子了。

顧九思沉默片刻，終於道：「他身邊侍從全換一遍，肯定有王家的人。」

「已經換了。」

李玉昌開口，然後兩人陷入僵局。

李玉昌查這個案子，所有的線索到王厚純便斷了，而王厚純將一切咬死在傅寶元身上，這個案子，按照這個局面，只能處理王厚純和傅寶元。

可一旦這個案子以這樣的結果結案，朝廷的威懾力就會大大下降，整個永州都知道，朝廷拿王思遠沒有辦法。日後想在永州做事就更難了。

但關鍵證據在秦楠這裡，秦楠如果不給證據，再查下去，傅寶元怕是拖不到那時候。

兩人沉默著不說話，這時候外面傳來了車馬聲，所有人轉過頭去，便聽見王思遠高興的聲音響了起來，「李大人。」

王思遠領著下人，從馬車走了下來，看著李玉昌道：「下官聽聞秦大人回來了，這裡還有許多公務要與秦大人商討，不知可方便？」

三個人都不說話，王思遠走進院子，嘆了口氣道：「之前秦大人同我說他母親身體不好，要送回老家休養，我還勸他別這麼著急，這麼突然一去幾日，許多事都沒人辦的了，下官怕他繼續耽擱，只能親自來接人，現下縣衙裡許多官員還等著秦大人一起去商討政務呢。」

這話的意思大家聽明白了，王思遠這是來要人了。

如果秦楠不說明自己證人的身分，他作為刺史，顧九思也好、李玉昌也好，的確沒有什麼拘著他的理由。

王思遠等了片刻，有些奇怪道：「二位大人怎麼不說話？」

「秦大人才休息下，」顧九思終於開口道：「他今日身體不適，王大人不如明日再來。」

「哦？」王思遠露出關心的表情道：「秦大人身體不好？那下官更要去看看了，來都來了，一面都見不到，太過失禮了吧？」

這話讓在場的人沉默下去，顧九思思索著，正要開口，就聽沈明突然道：「我去同秦大人說一聲，他大概還在休息。」

說完，沈明便轉身離開。王思遠低笑一聲，轉頭同李玉昌道：「李大人，傅大人行刑的日子可定好了？」

沈明的腳步頓住，李玉昌神色平靜：「有新證據，續延遲。」

「若新證據沒了呢？」王思遠看著李玉昌道：「聽聞李大人最遵紀守法不過，凡事都要看證據，看明文條例，若是沒什麼新證據，傅大人如今證據確鑿，也是時候宣判行刑了吧？」

李玉昌點點頭，「按律，應當。」

王思遠舒了口氣，露出讚嘆的表情道：「我便知李大人高風亮節，是刑部最令人放心的大人了。」

這次李玉昌沒有回話，沈明捏起拳頭，提步離開。

等沈明離開後，王思遠想了想，看了看天色道：「既然天色已晚，秦大人還在休息，那下官明日再來吧。等到明日，」王思遠露出意味深長的笑，「秦大人可別再繼續不適下去了。」

說完之後，王思遠恭敬告辭，領著人瀟灑離開。

等庭院裡只剩下李玉昌和顧九思，顧九思轉頭看向李玉昌，冷聲道：「即便知道傅大人可能是冤枉，李大人也要判下去嗎？」

李玉昌抬眼看向顧九思，「有證據嗎？」

顧九思沒說話，李玉昌繼續道：「你說他冤枉，有證據嗎？」

「你明知秦楠前後翻供……」

「你也知他前後翻供。」李玉昌冷靜道：「刑部做事，看證據，講律法，律法如何規定，便如何行事。判一人有罪看證據，判有罪的人無罪也當看證據。如何判看條例，什麼時候判，也看條例。若《夏律》不曾寫，我能憑良心做事，寫了，我就得憑律法做事。」

「那你對的起你的良心嗎？」顧九思忍不住提了聲：「是是非非，你心裡不明白嗎？」

「我的心，又一定是對的嗎？」李玉昌抬眼看著顧九思，兩人平靜對立：「顧大人，這世上有如你這樣熱血的官員，你們相信你們的眼睛，相信自己的信仰，相信自己的執著，我理解，也贊成。可這世上有了情，就得有理。所謂理，只能根據已有的證據，不能根據未有的推測。若人人都依靠自己的眼睛、自己的心、自己的道義來判斷這世間誰該死、誰不該死，誰該接受怎樣的判決，誰該如何活著，那世上每個人有每個人的立場，每個人有每個人的心眼，同一個人，你看他該死，我看他不該，這又要怎樣判決？」

「所謂律法，不過是最大可能找到判斷公正的法子，縱然它會有錯，可它既然已經是最好的法子，我就得維護它的公正。不能一些人被律法處置，一些人因為我的心相信他所以就可以不被律法處置。顧九思，你的正義是你的心，」李玉昌冷澈的眼裡不帶一絲情緒，「可我的正義，是我的法。」

「若你想救傅寶元，」李玉昌加重了字音，「拿證據來！」

顧九思沒說話，兩人靜靜對立，許久後，顧九思抬起手，雙手放在身前，對著李玉昌深深鞠躬。

「你這是何意?」李玉昌僵著聲音，顧九思直起身來，「李大人，」他看著他，認真道：「您沒錯，大夏有您，是大夏的幸運。」

「如您所說，」顧九思冷靜道：「我會去找證據，還請大人，在律法之內，儘量拖延。」

李玉昌沒有出聲，權做默認。

顧九思轉過身去，走了沒有兩步，李玉昌突然叫住他，「顧大人，」顧九思背對著他停下腳步，李玉昌停頓片刻，生澀道：「大夏有你，亦是幸運。」

顧九思沒說話，片刻後，他轉過頭朝李玉昌笑了笑，「是，您說得沒錯。」這個國家，會有很好的未來。因為他有這樣好的一批年輕人。

顧九思說完，深吸一口氣，提步走出去。

顧九思和李玉昌聊著天時，沈明進了秦楠的屋子。

秦楠在收拾東西，他的神色很平靜，似乎已經預料到所有事。

沈明站在門口，看著秦楠的背影，好久後，才沙啞出聲：「對不起。」

秦楠的動作頓了頓，片刻後，慢慢嘆息，「你盡力了，」他低聲道：「我明瞭，你不必愧疚。」

「對不起……」沈明提著刀，眼淚流下來，他不停說著：「對不起……對不起……」

秦楠東西收拾不下去了，他慢慢直起身，轉過頭看見停在門口的青年。

他如同一個沒有長大的孩子，低低抽噎。

秦楠靜靜注視著他，好久後，走到他面前，遞給他一方方帕，溫和道：「莫哭了，你沒錯，你只是……」

說著，秦楠苦笑起來，「太年輕。」

「你和顧九思啊，都不知道這世上的人能壞到什麼程度。你們不知道這永州上上下下有多少他們的人，不知道他們能在這地盤上待這麼久能有多少能耐。沈明，你盡力了。我以前……」秦楠猶豫片刻，還是笑道：「和寶元，也是這樣的。」

「那時候我、寶元，還有好幾個朋友，一同被調任到永州。」秦楠說著，抬起頭，看向遠方，神色帶著懷念：「我們來的時候，都想著大幹一場。二十年前，我們在永州一連辦了上百位官員。」

沈明頓住了，他有些詫異，根本無法想像，秦楠和傅寶元，居然也有這樣的人生。

他呆呆看著秦楠，秦楠平靜道：「我和寶元是官位最低的，所以能做的事也少，那時候我們有六個人，每日熱血沸騰地討論，如何解決黃河水患，如何讓永州百姓過上好日子。我們不懂，一連辦了上百名官員，後來六個人，被刺殺有之，被流放有之，還有一位，」秦楠苦笑，「在永州蒙冤，被剜去髕骨，他一路爬到東都，擊響了東都大理寺的大門。」

「然後呢？」沈明聽得有些發愣，秦楠笑了笑，溫和道：「然後他被大理寺的人扔了出來。那時候是冬天，那夜東都下了大雪，我找到他的時候，」秦楠頓了頓，而後轉過頭，聲音帶了哽咽，「屍體埋在雪裡，已經澈底僵了。」

沈明想了想：「那，還有一位呢？」

秦楠沒說話，好久後，他低笑，「還有一位，被我和傅寶元聯手檢舉，斬了。」

「你……」沈明睜大眼睛。

秦楠扭頭看著窗外，慢慢道：「當時我們知道已經被盯上了，如果不拿他當投名狀，我們三個人，一個都留不下來。」

「可他是你們的兄弟……」沈明喃喃出聲。

秦楠沙啞道：「他知道的。」

「我們以為他不知道，但送行的時候，他和我們說，他知道，也願意。他只求一件事，我和傅寶元，這一輩子，得記得他為何而死。」

「我和寶元在永州，我們韜光養晦，我們準備了二十年，」秦楠深吸一口氣，「我們一輩子記得他們怎麼死，哪怕我和寶元現在已經沒了守護百姓、守天下黎民的心思，可是我和寶元，也會遵守自己的承諾。」

「證據我會留給你。」秦楠閉著眼，痛苦出聲，「我會假意與他們合作，你讓顧九思準備好，一旦他們準備宣判，永州必定大亂。是打算溫水煮青蛙還是快刀斬亂麻，那是他們的決定。我只求一件事……」

「什麼？」

「保住傅寶元。」秦楠回頭看向沈明，神色認真，「我可以死，我的孩子已經安置好了，我母親年歲已大。可寶元不一樣，他還有孩子，有家庭。我希望他能好好活著。」

「他們打算等顧九思和李玉昌斬了傅寶元後，讓我站出來作證，說他們錯殺了傅寶元，到時候王思遠估計會隨便推幾個人出來抵罪，然後以此罪名扳倒顧九思和李玉昌。我會假意與他們合作，證據留在你們這裡，你們看準時機出手，我隨時配合。」

「你家人呢？」沈明愣愣開口：「不管了嗎？」

「從我回來準備好做這件事開始，」秦楠平靜道：「就已經管不了了。」

「只是說，」秦楠苦笑道：「回來自己親手做這個抉擇，去面對這件事，有點太過殘忍了。」

沈明沒說話，秦楠推了他一把：「行了，別待著了，去找顧九思商量吧。我不喜歡和這小子說話。」

沈明被他這麼一推，呆呆往前走去。

外面下著小雨，雨聲淅淅瀝瀝。

腦海裡迴盪著許多話，他年少入世，學藝高門，他當過百姓、當過山匪、當過官員。他的師父曾告訴他，江湖人，最重的便是承諾。

而秦楠也同他說，他和傅寶元，守一個承諾，一守就是一生。

君子一諾二十載，何妨生死慰故人。

他停在門口，腦海裡閃過秦楠的母親，那個女人溫柔又慈祥，躺在病床上，和他說秦楠小的時候。

他想起秦楠過去，坐在竹屋裡，認真繪著紙扇，陪伴著一座牌位，悠閒自在。

他要傳寶元活著，因為他沒有傳寶元牽掛的多。

而他沈明呢？

他這一生，父母早逝，又無兄弟姐妹，一生唯一的牽掛……

腦海中閃過一個姑娘，他們第一次見面的時候，她手裡沾著血，整個人警惕又惶恐。

他看著不由得笑了，直接道：「殺了人啊？」

姑娘不說話，他走到她面前，給了她一方白帕：「別慌。」

他低聲說：「第一次都是這樣，壞人的血留在手上，是能洗乾淨的。」

姑娘愣了愣，慢慢抬起頭，詫異地看著他。

「謝……」她沙啞出聲，「謝謝……」

想到那一聲謝謝，沈明忍不住笑了。

他唯一的牽掛，也算不上牽掛，到頭來，其實只是一聲「謝謝」，如此而已。

沒有他，那姑娘也能活得很好，他來去孑然一身，若這裡有人最可以去死，應當是他沈明。

他忽地下了決定，平靜道：「你別擔心。」

秦楠詫異抬頭，沈明背對著他，堅定又認真道：「老子說到做到。」

說完，他大步跨了出去，秦楠有些茫然，而沈明衝到馬廄，拉了一匹馬，便打馬衝了出去。

第一場秋雨淅淅瀝瀝落下來，柳玉茹打著傘回府，她才到門口，就看見沈明衝了出去。柳玉茹不由得疑惑道：「這個時候了，還這麼急出去做什麼？」

「是呢，」印紅也不解道：「葉小姐的信才來，都來不及給他了。」

柳玉茹抿唇笑了笑，溫和道：「終歸會回來的。」

而沈明打著馬，他在風雨裡，那一刻，突然覺得自己有了一種不一樣的勇氣。

因不知山中有老虎而大聲叫嚷的人叫無知，若明知山有虎，卻因信仰執意前行的人，才叫勇敢。

他只是突然有點遺憾。

他很想再去見一次葉韻，說兩句話，見她笑一笑。

他想他該同葉韻說的。

我第一次見妳呀，就覺得妳好看極了。

仰頭對我說謝謝的那一瞬間，我便心動了。

沈明路過拐角，吹了聲口哨，街邊一個乞丐站了起來，沈明駕馬衝過去，低聲道：「王思遠往哪兒去了？」

「王府。」乞丐恭敬地說：「看方向，應當是回家了。」

沈明點點頭，隨後道：「你當沒見過我。」

說完，沈明朝著乞丐指的方向趕了過去。

他盤算著馬車行路的速度和距離，在路上和顧九思埋著的線人借了刀、弓箭，以及簡陋機關必須的工具。

他揹了兩把大刀，手腳上綁了短刀，帶著滿滿兩盒箭匣和弓箭，提前衝到王思遠必經之路上。

他看了地面一眼，確定沒有馬車路過之後，在地面上布置起簡陋的機關。等他利用繩子、石頭等東西準備好之後，便趴到牆邊等著。

秋夜雨水打濕了他的衣衫，他趴在屋簷之上，一動也不動潛伏著。他突然覺得自己彷彿回到還沒遇到顧九思的時候，那時他一個人行走江湖，除了熊哥之外，沒有朋友，也沒有親人。熊哥幫不了他什麼忙，所以他永遠是孤孤單單一個人。

他殺貪官，當山匪，一個人劫富濟貧，逃亡奔波。

他像一匹孤狼，兇狠又絕望地行走在黯淡無光的世界。

是柳玉茹和顧九思帶給他希望，是他們讓他看到，原來這個世間，還有上位者有著良知。他不是孤零零一個人奮鬥在這世上。

他堅守的道義從不可笑，他所期盼的世間也同樣有人不顧性命期盼著。

他有了朋友，有顧九思當九哥，有周燁、有葉世安，甚至他因為停下腳步，軟了心腸，居然還想著喜歡一個姑娘，日後建功立業，能娶她。

他彷彿有了一場美麗又漫長的夢，然而這一場秋雨拍打下來，一寸一寸澆醒他的時候，才慢慢醒悟過來。

這一切都是幻夢，他永遠都進入不了這個圈子，永遠都是一匹孤狼。

他學不了官場上的隱忍，什麼都沒有，他有的，從來只是手裡的刀。

他最擅長的，從來都不是當一個侍衛，一個士兵。

他最擅長的——

沈明壓低身子，看著王思遠的馬車慢慢行來，從身側箭盒抽了三隻箭，悄無聲息搭上了弓，瞄在護著馬車周邊的人身上。

在馬車入巷，碾過他準備好的繩子，羽箭飛射而出，射中三人！

而後沈明抬手搭弓，在眾人慌亂之間飛快用箭攔住這些人的去路。他帶著超凡的冷靜，看著血水在地面蔓延開來，聽著人馬慌亂的聲音，看著信號彈飛到天上，「砰」的響出聲來。

他的內心一片清明，他清楚知道。

他這輩子，唯一能做好的事，就是殺人。

將箭迅速用完，在消耗完第一波敵人之後，對方還沒反應過來，他直接從房檐上衝下去，落到王思遠的馬車之上。

但他剛出現，王思遠的侍衛便放了箭，逼得他只能滾落到地上。

沈明掃了周邊一遍，算了現在的人和最近的增援距離需要的時間，他拔出刀和所有人廝殺起來。

他為求快，根本不顧生死，哪怕是扛上對方一刀，都要將對方擊斃。

一切只發生在瞬息之間，王思遠的車夫看著沈明一人鏖戰十幾名頂尖侍衛，嚇得趕緊駕著馬車原路返回去。

而這時候，沈明一刀斬下最後一個人的頭顱，朝著馬車追了過來。他抬手扔刀，刀直直貫穿了馬夫的胸口，與此同時，馬踩在他布置好的繩子之上，嘶鳴一聲，狠狠摔在地。

沈明提著刀走了過去，他渾身染血，身上帶著大大小小的傷口，用刀挑起簾子，喘著粗氣。

王思遠躲在馬車裡，渾身顫抖，似乎是怕急了。

沈明朝他伸出手，王思遠瘋狂踹著他，大聲叫嚷道：「沈明，你放肆！我的人已經去叫人了，我要是有三長兩短，你和顧九思都跑不掉！」

沈明沒管他，直接把人拖出來，一個手刀就將人砍暈了過去。

而後他扛著王思遠，翻到隔壁民居之中，然後繞過巷子，往城市邊緣走去。

他狂奔許久，終於翻到一家極其偏僻的民居。拖著王思遠在這戶民居中暗暗觀察片刻，確定了整個房子的布局和家中人數，趁著這戶人家睡著，進門之後直接打暈了主人家，然後將人捆了起來，蒙住雙眼，接著將王思遠拖了進來。

這戶人家釀酒，家裡有一個酒窖，沈明將王思遠拖到地窖，把人綁在椅子上，蒙上眼睛，接著拿出酒來，直接潑在王思遠身上。

王思遠被酒潑醒，他驚醒過來，立刻大吼：「沈明！你把我綁哪兒去了？沈明，你不要命了！」

「你再多吼一聲，」沈明冰冷道：「我就斬你一根手指。」

聽到這話，王思遠當場噤了聲。房間裡死一般寂靜，王思遠也是見過大場面的人，他迅速冷靜下來，慢慢勸道：「沈明，我知道，你是被逼急了，但這事不是不可以談。顧九思想修好黃河，我也不是不能接受，我們不必這樣動武。我畢竟是朝廷命官，我的侍衛都看見了你，如果我出了事，按照大夏律，你是要被夷三族的。」

沈明不說話，喝了口酒，王思遠見他不說話，以為他被說動，繼續勸道：「你現在放了我，我保證既往不咎。而且顧九思要談什麼，我都可以和他商量，至少修黃河這件事我絕對不會再阻攔。我知道您的厲害了，我年紀大，受不起這樣的折騰……」

「秦楠家人在哪裡？」沈明開口，王思遠愣了片刻，隨後勉強笑起來，「這……這我哪兒……」

話沒說完，王思遠就感覺有什麼冰冷的東西抵在他指甲縫之中。

「王大人你知道嗎，」沈明聲音很輕，「我以前，出身山匪，見過很多次他們審訊犯人，有很多種法子，最常用的是拔指甲。」

「沈……沈大人……」王思遠聲音顫抖，沈明平靜道：「王大人，你年紀大了，我想著，你應該不想遭這種罪。所以麻煩你實誠點，別給我耍花招。我就問你，」鋼針猛地刺入王思遠指尖，與此同時，沈明用一塊抹布堵進王思遠嘴裡，把他痛苦的吼叫聲全都堵了回去，沈明淡道：「秦大人的家人，在哪裡？」

王思遠在遇襲的最初就放了信號彈，顧九思還在書房裡想著辦法，驟然聽見信號彈的聲音，轉頭看過去，詫異道：「這是哪家的信號？」

信號彈這種東西，主要用煙花製成，有不同的標識。平日顧九思雖然經常見，但在城裡放信號彈的，還是頭一次。畢竟在城裡動手，增援太快，很難有什麼結果。

木南聽到顧九思這麼問，立刻道：「我讓人去打聽。」

說完，木南走了出去，出去沒多久，顧九思便聽到外面傳來急促的腳步聲，隨後就聽虎子的聲音響起來道：「九爺不好了，沈明把王思遠劫了！」

「什麼！」顧九思猛地抬頭，滿臉震驚，「你說誰把誰劫了？」

「就在不久之前，我的人告訴我，說沈明問了他們王思遠的去向，然後和他們借了刀箭這些東西，我本來就想來稟報你，但才到門口，就看見王思遠放了信號彈，王家侍衛大批增援去白衣巷了。」

「派人過去。」顧九思立刻道：「不能讓他們抓到沈明。」

「我已經讓人過去了，」虎子說著，有些為難道：「但……我想著，這事如果要出面周旋，是不是不太妥當？」

顧九思被這麼提醒，反應過來。

沈明本就是他的人，如今去劫了王思遠，不管王思遠有沒有罪，都是朝廷命官，在官員沒有任何證據獲罪的情況下去截殺這個官員，哪怕日後王思遠定罪，這也是重罪。

如果他不插手，日後將沈明推出去，便可以說這是沈明一個人的事。可一旦他現在增援，那就是他指使沈明行事。

「沈明沒有和咱們要人，哪怕是我的人，他也都說讓他們當沒看見他……」虎子猶豫道：「沈明的意思……我覺得，九爺應該明白了。」

為什麼一個人去，為什麼一聲不吭的去。

就是為了不牽連他，甚至之後，他還可能要他親手把自己送到官府去。

顧九思知道沈明的意思，忍不住捏緊拳頭，繃緊身子，他覺得有什麼湧到喉嚨，卡在那裡，疼得他眼眶疼了起來。

「去找……」他沙啞道：「不能讓他們先找到他。」

「可是……」

「去找！」顧九思大吼，「我不管他怎麼想，我也不管你們怎麼想，」顧九思定定看著虎子，咬牙道：「我不會放他一個人去扛這些事。去找到他，把他安安穩穩，帶回來。」

虎子聽著顧九思的話，深吸一口氣，終於道：「是。」

等虎子領著人走出去，顧九思站在原地，許久後，他猛地伸出手，將桌上所有東西揮開，砸翻在地。

柳玉茹聞訊趕過來，剛到門口就看見顧九思掀了東西。她愣了愣，顧九思紅著眼抬頭，見是她，才收斂情緒，低聲道：「妳怎麼過來了？」

「我聽說沈明出了事。」柳玉茹抿唇道：「我過來問問。」

顧九思應了一聲，蹲下身收拾東西。柳玉茹揮了揮手，下人便離開了。柳玉茹蹲下，陪著顧九思一起撿東西，平靜道：「他怎麼了？」

「自己去劫了王思遠，」他的聲音帶著鼻音，「現在找不到人了。」

柳玉茹沒說話，他們蹲在地上，一起收拾著東西，彷彿是在收拾顧九思凌亂的內心。

柳玉茹的動作很慢，很穩，顧九思看著她纖白的手慢慢整理著他打亂的東西，讓那些東西重新歸位，他似乎也在這個過程裡，無聲獲得了某種寧靜。

他蹲在地上，沙啞道：「玉茹，妳說，為什麼沒有任何改變呢？」

柳玉茹的手頓住，顧九思抬起頭，紅著眼看著她，「為什麼，當年我救不了文昌，今日我還是一樣。」

「為什麼他們總這麼傻？文昌要回去救他的家人，阿明要拿他的命去換他的道義，他們怎麼這麼傻？他們怎麼就不明白，」顧九思再也繃不住，哽咽出聲，「只有活著，才有辦法走下去。」

「怎麼就勸不住呢？」顧九思閉上眼睛，柳玉茹伸手將這個人抱進懷裡，顧九思靠著她，顫抖著身子，彷彿找到了唯一的依仗，「怎麼就一個人去逞英雄，一個人去扛所有事？他怎麼就不能再等等，再等等，我或許就有辦法了呢？」

「怎麼就一定要選這樣一條路……」

柳玉茹沒說話，輕拍著他的背，無聲安撫著他，聽著他道：「怎麼就，一定要一個人走呢？」

「因為，」柳玉茹溫和出聲，「他是你兄弟。九思，」她輕嘆，「你們都是一樣的人。」

誰都想把好的東西給對方，誰都不想連累別人。

可是誰都想幫著對方，誰都想讓對方好好的。

「九思，」柳玉茹慢慢道：「總會有辦法。只要活下去，一切都會有轉機。我們先找到他，嗯？」

顧九思沒說話，他靠著她，好久後，應聲道：「好。」

他沙啞道：「我去找他。」

「我陪你。」柳玉茹握住他的手，將他的手攥在手心，「他不會有事的。」

顧九思深吸一口氣，終於撐起身子，然後伸出手，將柳玉茹也拉了起來。

柳玉茹拿了帕子，替顧九思擦了眼淚，兩人正要說話，就聽外面傳來官兵的聲音，隨後一個男聲怒喝：「顧九思，把沈明交出來！」

顧九思臉上一冷，柳玉茹拍拍他的手背，安撫道：「冷靜些。」

顧九思點點頭，走了出去，便看見一個青年站在雨裡，他看上去年近三十，顧九思認出來，這是王思遠的二公子王樹生，王家大公子在東都任職，二公子在滎陽陪王厚純一起照顧王家產業。

顧九思面色不動，冷然道：「王二公子找沈公子有何貴幹？」

「你少揣著明白裝糊塗，」王樹生明顯是氣急了，怒道：「他綁了我父親，你速速交出人來。當街綁架朝廷正四品大臣，沈明是哪裡來的膽子？顧大人，」王樹生冷下聲來，「王某勸您不要刻意包庇，否則綁架朝廷命官這樣的罪名，誰都擔待不起。」

「綁了王大人？」顧九思假作詫異，「王大人平日出行這麼多侍衛，沈公子一個人就能綁了王大人？」

「顧九思！」王樹生衝上來，被旁人攔住，那人是王府管家，他拉著王樹生，低聲道：「公子冷靜。」

說著，這人上前，朝著顧九思恭敬作揖道：「顧大人，在下王府管事王賀，方才我家公子因大人失蹤，心中焦急，有失禮之舉，還望海涵。」

「無妨。」顧九思冷淡道：「只是本官當真不知沈公子身在何處。他早已辭官，不受本官管轄，你們找錯人了。」

「顧大人，」王賀笑了笑，「其實王府知道，沈公子不過是想帶大人去喝杯茶，只要大人平安歸來，喝茶而已，不是什麼大事。」

這話顧九思聽明白，是王賀的讓步，只要王思遠回來，他們就可以不處理這件事。

顧九思抿了抿唇，猶豫片刻，終於道：「本官當真不知沈公子下落。」

「你……」王樹生焦急，顧九思打斷他的話，「只能說，儘量一試。」

這話便是鬆口的意思，王賀舒了口氣，他退了一步，恭敬道：「那我家公子，恭候佳音。」

顧九思點了點頭，王賀和王樹生告辭之後，便領著人離開。等他們離開後，顧九思立刻叫上所有人，開始四處尋找沈明。

其他人靠找，可顧九思和柳玉茹明白，以沈明的能力，既然藏起來了，想要主動找到，太難了。

而時間越長，王思遠活下來的機會越小。如果王思遠死了，沈明也就保不住了。

於是顧九思和柳玉茹這些熟悉沈明的人，只能在大街上，用最原始的方式找他。

王家鎖了城，沈明出不去，而且他既然劫了王思遠，一定是為了證據，不可能走太遠。

於是顧九思和柳玉茹在大街上，一條街一條街叫著他的名字喊過去。

秋雨一下就沒有盡頭，沈明的名字一聲一聲迴盪在街上。

而沈明包紮好傷口後，解開那戶民居主人的繩子，扛著王思遠已經不成人樣的屍體，揣著證據，跳出民居。

他將王思遠的屍體隨意拋在一個巷子，然後聽見柳玉茹的聲音。

柳玉茹的聲音已經啞了，可還在執著地喊著他。

沈明眼眶一熱，低下頭匆匆離開。

然而滿城都是他的名字，他總聽見有人在叫他，印紅、虎子、柳玉茹……

一聲一聲，叫著他。

沈明。

你回來。

我們不會拋下你不管的。

沈明，你回來。

他不敢聽這些呼喚，他感覺自己彷彿行走在夜裡的亡魂，聽著這些呼喚，總忍不住回去。

他身上的傷又撕開，浸出血來。

熬不住了，便隨意翻進一家酒館。夜裡酒館早已打烊，他翻了酒出來，扯開傷口澆灌上去。

然後聽見外面傳來顧九思的聲音。

他的聲音是沙啞的，似乎將聲帶活生生撕扯開來，還帶著血腥氣，聽著就覺得疼。

可他還是在喊。

「沈明。」

你回來。

沈明頓住動作，而後聽見外面傳來疲憊的腳步聲，接著有人坐在門口。

顧九思累了。

他找了大半夜，有些走不動了。於是他坐下來，在這家酒館門口靠著大門，歇息片刻。

然而當他坐下去後不久，就聽到一聲呼喚：「九哥。」

顧九思猛地坐直身子，正要開口，就聽沈明道：「你別動，你若進來，我就走了。我有些話想和你說。」

「阿明，」顧九思不敢再動，他知道，以沈明的身手，若強行進門，他一定能又跑了去，於是只能勸說道：「我和王家說好了，只要把王思遠交回來，一切既往不咎。」

「他死了。」沈明開口，顧九思驚在原地，沈明快速道：「過刑時候熬不住去了。我問出了秦大人家人的位置，現在我去救人，天亮之前，我會把人送到顧府後門，你在那裡等著。他還招了許多事，都是他過往犯下的案子，證據我一併留在這裡。你不要著急辦人，等永州兵到了，再動手。」

說著，沈明頓了頓。

他捂著傷口，怕顧九思聽出自己聲音中的異樣，緩了片刻，終於道：「你不要表現出見過我，一切都是我幹的。他們會以為我拿到證據還沒給你，拚命追殺我，這幾日時間，永州兵到，你就可以動手了。」

「那你呢？」顧九思靠在門板上。

他第一次發現，沈明也是很聰明的。

他也能把所有事算好，規劃好，讓所有人走。他靠在門板上，低啞道：「你去哪裡？」

說著，顧九思低啞著聲道：「葉韻回信給你了，你不去看看嗎？」

聽到葉韻的名字，沈明有一瞬間恍惚，片刻後，他慢慢道：「你幫我看看就好了。」

「這種事，」顧九思忍不住帶了哭聲，「哪裡有讓兄弟幫你看的？」

聽到顧九思的哭腔，沈明低低笑了。

「九哥，」他平和道：「你是不是為我哭了？」

「我沒有。」顧九思低罵：「你給我滾出來。」

「九哥，」沈明仰起頭，看著屋裡漆黑的天頂，「不要幼稚了。路我選好了，我不後悔。其實我還是很高興的，」沈明彎起嘴角，「這麼多人在意我，我很高興。」

「沈明……」

「九哥，」沈明溫和道：「謝謝你。」

顧九思沒說話，他捏著拳頭，克制著自己的情緒。等了許久後，他才道：「別說謝謝我，你至少要和我見一面。」

裡面沒有回話。

顧九思心中發慌：「沈明？」

還是沒有回應，顧九思猛地起身，幾腳踢開大門，大聲道：「沈明？」

屋內空蕩蕩的一片，只有門檻處放著一堆用一個玉佩壓著的供詞。

那個玉佩是顧九思給他的，剛到東都的時候，沈明覺得自個兒不夠風雅，顧九思就送了他玉佩，讓他出去也有顯擺的資本。

顧九思彎下腰，顫抖著手，拿起玉佩和染血的供詞。

他顫抖著唇，張了張口，許久，卻是一句話都說不出來。

風捲著秋雨倡狂而入，顧九思手中紙頁翻飛。

他在酒館裡站了很久。等柳玉茹找到他的時候，天已經快亮了。

柳玉茹看見顧九思呆呆站在那裡，衝上前，焦急道：「你怎麼在這裡？」

說著，她看了地上的血跡一眼，迅速道：「你見到沈明了？人呢？」

「走了。」顧九思沙啞出聲。

柳玉茹愣了愣，但很快冷靜下來，顧九思不會故意不留下沈明，她立刻道：「只要活著就行，我們先回去吧。」

說著，她伸手拉過顧九思。顧九思一直沒說話，柳玉茹領著他回了府邸。剛到府邸，木南就趕了上來，焦急道：「大人。」

顧九思抬眼看向木南，木南小聲道：「秦大人的家人找到了，大清早被人送到後門，現下已經領進來了，怎麼辦？」

柳玉茹聽到這話，頗為不安地看向顧九思。

顧九思雙手攏在袖間，暗中捏緊了證據，慢慢閉上眼睛。

「九思？」柳玉茹詫異。

顧九思終於開口：「拿我權杖過去，立刻出城，調司州精兵三千。」

說著，他睜開眼，眼中滿是冷意：「現下，我要求見李大人。」

下人去通報李玉昌，而顧九思趁著這個時間，讓人打了熱水，進了屋裡準備沐浴更衣。

下人打著熱水的時候，顧九思坐在桌邊，盯著紙頁上的供詞，這些都是王思遠招供出來的，他簽字畫押後，上面還帶著血跡。這個名單上，上上下下，幾乎涵蓋了整個滎陽的官員。可以看出，滎陽官員背後，全都站著一個個滎陽當地家族，他們在這片土地上世代耕耘，從小培養孩子送入官場，再由孩子反哺家族。

王、陳、趙、李。

四個家族幾乎把持了永州所有官位和產業，永州的官員，無不依附於這些家族而存在。

滎陽是永州的州府，滎陽的官員，就等於永州絕大多數官員的站隊，這份名單上，無論是朝廷派來的官員還是當地官員，幾乎無一倖免，全都和王家有著往來。

如果顧九思要動這些人，根據這些人犯下的事，可以說是要把滎陽整個官場重新清理一遍。

他們會允許嗎？

顧九思重重呼出一口氣，柳玉茹端著薑湯走進屋裡，聽到顧九思呼出這一聲，走到他身邊，溫和道：「在苦惱些什麼？」

說著，她掃了桌面上的供詞一眼，將薑湯遞給他，顧九思端著薑湯喝著，柳玉茹站在他身後，替他揉捏著肩膀道：「這份供詞難辦？」

「難辦。」顧九思說：「我知道滎陽的官員難辦，可我沒想過，竟然有這麼多。如果這些官員都辦了，滎陽就亂了。」

柳玉茹揉捏著他的肩，慢慢道：「那你打算如何？」

顧九思沒有出聲，柳玉茹接著道：「總不能真辦了？」

「王思遠的罪，一定得定下來。」說著，顧九思閉上眼睛：「只有王思遠的罪定下來了，沈明才有活路。」

「那其他人呢？」

顧九思沒說話。

如果不辦，怎麼對得起沈明拚死拿回來的證據，怎麼回答得了下面百姓的質詢？

讓這些官員輕易逃脫，他們又不能在永州待一輩子，等他和李玉昌離開之後，這些人很快又會捲土重來，永州不會有任何改變。

可辦，怎麼辦？

這麼多人，辦完誰來做事，來做事的人一定比他們做得好？

而且真要動這麼多人，誰來執行？

顧九思閉著眼睛，他有些疲憊。熱水打好了，柳玉茹提醒他一聲，顧九思點點頭，起身進了淨室裡洗了澡。

柳玉茹坐在桌前，拿過沈明給的供詞，靜靜看了一會兒。她知道顧九思的顧慮，等想了許久後，顧九思從淨室出來，柳玉茹才道：「其實，也不用都處理了。」

柳玉茹思索著道：「這個案子涉案太廣，你可以向東都申請一道特赦，對於沒有牽扯命案的人，只要繳納罰金即可。這樣一來，錢能解決問題，大家也就不必劍拔弩張。」

顧九思沒說話，聽著柳玉茹出著主意，柳玉茹思忖著，繼續道：「馬上就要秋闈，這次科考之後，朝廷便會多出許多人，這時候再來卸任那些繳了罰金的官員。這樣溫水煮青蛙，一步一步來，不容易出岔子。」

顧九思想了想，柳玉茹說的和他所想的差不多。

一次性清理這麼多官員不現實，只能這樣，先處理掉最惡劣的一批，然後再逐步清理。

只是他沒想過要讓對方交錢，他猶豫一會兒後，才道：「交錢的話，百姓怕是不好接受。」

對於百姓來說，用錢買命，法便失去公正威嚴了。

柳玉茹點了點頭，「的確，具體的，你可同李大人商量一下。但這道特赦，怕是必須討。」

顧九思應了一聲：「我先把司州的兵馬調過來，到時候恩威並施，應當有其他法子。」

兩人說著，外面傳來通報，說是李玉昌到了。顧九思趕忙套了外套，趕了出去。

李玉昌在書房等著顧九思，顧九思進門之後，朝著李玉昌行了個禮：「李大人。」

「找我何事？」李玉昌神色平靜，顧九思遣散了下人，同木南吩咐將所有人驅逐開，又左右巡視一圈，確認沒有任何藏人的位置後，他才關上門。

「何事需如此？」李玉昌皺起眉頭，顧九思背靠著門，小聲道：「我昨夜找到沈明了。」

李玉昌微微一愣，隨後立刻反應過來，急道：「王思遠呢？」

「死了。」

聽到這話，李玉昌倒吸一口涼氣，「他瘋了！」

「他拿到了證據。」顧九思小聲開口，「王思遠招了許多人，有了他的供詞，我們就能有理由將這些人全下獄。等下獄之後，再細察其他證據。」

「多少人？」李玉昌直接開口。

顧九思低聲道：「八品以上二百三十一。」

整個滎陽的官員不過接近三百，聽到這個數字，李玉昌沉默下去。顧九思抬眼看他，「李大人以為如何？」

「我得回東都。」李玉昌直接道：「此事已不是你我能解決。」

「不能回。」顧九思果斷開口：「沈明已經殺了王思遠，此刻滎陽的官員必定草木皆兵，一旦我們有任何異動，他們怕會直接動手。你回東都，就是告訴他們你已經拿到證據而且知道自己沒有能力辦這個案子，你想他們會放我們走嗎？」

李玉昌沉默，顧九思接著道：「我已經拿令去司州調兵，陛下早想到如今的局面，在司州備下兵馬。四日之內，司州兵馬應當會到。我們熬四日，等司州兵馬到了，便可以直接拿下滎陽，開始辦案。」

「這是陛下的命令？」

「我有天子劍。」

得了這話，李玉昌想了想，終於道：「如今你是如何打算？」

「你假裝不知道此事。」顧九思道：「繼續辦案，我繼續找沈明，就等四日後——」

顧九思抬眼看向李玉昌，李玉昌瞬間明瞭：「司州兵馬入滎陽。」

顧九思和李玉昌商量完畢，李玉昌想了想，終於道：「那沈明在哪裡？」

「我不知道。」顧九思垂下眼眸，「我現在只希望，他一切安好。」

顧九思和李玉昌商量完，雙方便各自回去，李玉昌繼續審傅寶元的案子，顧九思派人到處找沈明。

等到當日下午，王家人找到了王思遠最後被行刑的地方，然後順著血跡找到了王思遠的屍體。屍體被沈明用火燒得只剩一具骨架子，只能根據他缺了一顆牙的牙槽確認身分。王家人確定這是王思遠後，便同其他幾家人上門，堵在顧九思家門口，說要討一份公道。

他們站在門口吵吵嚷嚷，顧九思沒有出去，李玉昌站在門口，恍若門神一般，聽著王家人怒喝。

「李大人，顧九思縱兇殺人，而且殺的是正四品朝廷大員，您必須為我們做主。」

王樹生穿戴著麻衣，頭上裹著白布，紅著眼道：「今日必須將顧九思收押，把沈明抓回來查個水落石出，不然我們不走了！」

「對！」其他人站在後面一起大喊，「不走了！公道，我們要公道！」

「證據。」李玉昌神色冷淡，王樹生愣了愣，「什麼？」

「你說顧九思縱兇殺人，證據。」李玉昌認真解釋，王樹生頓時怒了，「沈明是他的人，沈明殺了人，還不是證據？我們這麼多侍衛看著沈明抓人，今日我父親屍體……屍體……」

王樹生聲音裡帶了哽咽，旁人連忙寬慰，王樹生緩了緩才道：「我父親確定身亡，如此，還不足夠抓顧九思嗎？」

「沈明，過去是朝廷命官。」李玉昌平靜開口，「後來辭官留在滎陽。他非奴籍，與顧九思何來主僕關係？」

「李大人，」管家王賀開口，「沈明平日和顧九思待在一起，事事聽顧九思指揮，您說他們不是主僕，未免太過牽強。」

「你說他們是主僕，」李玉昌抬眼看向王賀，「證據。」

王賀被哽了哽。王樹生上前一步，怒喝：「李玉昌，這樣理所應當的事你為何如此胡攪蠻纏，難道你還要讓我證明我父親是我父親嗎？」

「難道不需要嗎？」李玉昌皺了皺眉頭，「凡事都需要證據，你若要確認自己與王大人乃親生父子關係，難道不需要證明？」

這話把王樹生懟得一口氣喘不上來，李玉昌守在門前，雙手攏在身前，平靜道：「我李某人做事，按律法，講實證。若憑心做事，我懷疑你們都與傅寶元一案有關，是否可以全部收押？」

所有人不說話了，片刻後，李玉昌接著道：「顧九思與沈明的確有關係，但這並不足以證明是顧九思指使沈明殺王大人，如今顧九思還在尋找沈明，諸位與其花費時間在這裡與我掰扯，不如去捉拿沈明，沈明回來，一切自然水落石出。」

這話讓所有人對視一眼，片刻後，王賀慢慢道：「李大人的話，也有理。」

「如今最重要的事，」王賀偷偷看了王樹生一眼，小聲道：「應是找到沈明。」

王樹生抿了抿唇，片刻後，他抬起手，朝著李玉昌行禮，隨後轉過身領著人匆匆離開。

王賀同王樹生走在路上，王賀小聲道：「看李玉昌和顧九思的樣子，不像是拿到證據了，證據應該還在沈明身上。」

「如何說？」王樹生冷著臉，王賀繼續道：「如果昨夜顧九思見到沈明，應當會派人幫沈明接秦楠的家眷。昨夜沈明是一個人去搶秦楠的家眷的。」

「一個人？」王樹生轉過頭，憤怒道：「我不是說要看好人的嗎！」

「我們沒想到他動作這麼快，」王賀趕緊告罪，「昨夜大家都在找大人，人手本來就不夠，而且想著沈明一個人，還受了傷，哪裡來這麼大的膽子，一個人去搶人？」

「你們多少人看守。」

「二十個。」

「二十個？」王樹生提了聲音，「二十個人還把人放走了？」

「您放心，」王賀立刻道：「沈明受了重傷，我讓人追了。」

王樹生沒說話，王賀繼續分析道：「沈明救了秦楠家人就直接出了滎陽，那他只有在天亮前的一段時間可能和顧九思有交集。可如果顧九思昨夜拿到了證據，他和李玉昌今日就該離開滎陽了。」

「這事他們管不了。」王樹生冷聲開口，片刻後，他想了想，還是道：「你去周邊各處駐軍那裡探探，一旦他們收到任何消息，」王樹生看了王賀一眼，淡道：「備好重禮。」

「明白。」王賀立刻應下。

王樹生鬧了這麼一次後，便領著人撤開了。

顧九思和李玉昌等著司州軍趕過來，而沈明一路被人追殺著，星月兼程趕往東都。來時走了將近半個月的路，他一路不眠不休，快馬加鞭，八百里加急趕回去，竟然不到三日就到了。

殺手一波一波來，追著他進了東都。進東都前一個時辰，他幹掉最新一波殺手，跌跌撞撞衝進東都。

他不知道去哪裡。

失血讓他有些迷蒙，捂著最大的傷口，渾渾噩噩扶著巷子往前走。

入秋之後，雨便下個不停，他踩在坑坑窪窪的青石板上，水濺起來，讓他覺得有些冷。

他走了許久，終於走不動了，整個人癱倒在地。

他的腦子一片迷蒙，他知道自己該做點什麼，記得自己來東都是有什麼事要做，可細節他都不記得了。

他躺在地上，感覺血慢慢流出去，不知道自己是不是要死了，他感覺不到疼，只覺得冷。

旁邊有馬車遠遠而來，依稀聽到小姑娘說話的聲音。

「小姐，下次您別看帳看到這麼晚了，再拚也得照顧身子，大公子說了，家裡養得起您，讓您不要操心了。」

小姑娘說完，一個平靜又清冷的聲音響了起來。

那個聲音讓沈明有些熟悉……

不，其實不只是熟悉。

應當是他，朝思暮想，日夜掛念，時時刻刻想著的聲音。

「大公子同妳說笑，妳別當真了。」那個聲音說著，慢慢道：「我總得找點事做，玉茹在外面忙著，我不能比她差了不是？」

說著，那聲音笑起來，「也不知道他們在永州怎麼樣了？」

葉韻……

聽到這個聲音，沈明心裡喚著她的名字。

他低低喘息著，想叫她，可他已經沒了力氣。感覺自己的魂魄已經離開了軀體，冷眼旁觀周遭的一切，卻無法操控身體做出任何動作。

馬車漸漸近了，他清晰地聽到裡面的話。

她說到他了。

她說：「沈明是個莽撞性子，在永州不知道有沒有給玉茹闖禍。」

「不過也不必擔心，闖禍了，總有顧九思替他兜著，他們三兄弟穿一條褲子。」

「妳說他孩子氣？其實也不是，他只是心裡的愛恨比別人鮮明而已。」

葉韻……

沈明聽馬車從身邊走過，喉嚨裡發出一聲極淺極低的嗚咽。

留下來。

他想叫她——留下來，看看我。

不是救救我。

是看看我。

他想，他來了，他終於從滎陽回來了。

無論未來，是生或者死，他終歸回了東都，終歸見了她一面。

可馬車沒停，它彷彿時光，彷彿命運，不停歇的往前轉動，碾過他的血肉之軀。

眼淚混雜著雨水從臉上流下，他痛苦地閉上眼睛，然而就是那一刻，馬車停了下來。

「那裡……」葉韻撩起車簾，探出頭，皺眉看著地上的沈明，有些猶豫道：「是不是有個人？」

說著，葉韻撐著雨傘下了車，走到沈明面前。

沈明倒在地上，頭髮遮住他的面容，葉韻將傘撐在他身上，溫和道：「您是否不舒服？」

沈明沒有說話，丫鬟追著上來，她踩在地上的水上，隨後發現自己的鞋子變了顏色。丫鬟驚叫了一聲，惶恐道：「血！」

說著，丫鬟抓住葉韻，忙道：「小姐，此人非善類，我們走吧。」

葉韻皺了皺眉頭，仔細盯著這人看了片刻，才發現這人身上全是傷，她猶豫一下，還是決定轉身。

若只是一個隨意倒在地上的可憐人，她會救。可帶著滿身傷的人，她不想給自己找麻煩。

然而在她轉身那瞬間，那個一直不能動彈的人，用盡了全力，抓住她的裙角。

他抓得很輕，而後費力地含糊不清地吐出一個音節。

旁邊人聽得不太清晰，可葉韻卻聽出來。

他叫，葉韻。

哪怕這聲音混雜了嘶啞與含糊，可她還是聽出了聲音中熟悉的音色。

她震驚地回頭，看著地上傷得完全看不出本尊的人。

她慌忙蹲下身，放下傘，伸手捧那人的臉。

丫鬟又驚又怕，忙攔著葉韻道：「小姐，小姐妳小心，髒……」

話沒說完，葉韻便撥開沈明的頭髮，她捧著沈明的臉，看著沈明染血的面容。

沈明看見她，費力擠出一個笑容。

「你怎麼在這裡？」葉韻震驚開口，沈明回答不了，只是目不轉睛盯著她。

他搭在她手臂上的手顫顫地抬起一根手指，勉強用帶血的指尖，指向了她。

那指尖顫抖，葉韻呆呆地看著他的指尖。

他雖然沒說話，可她仍舊讀出了他的意思。

或許是玩笑，可是她知道。

他說的是，妳。

為什麼在這裡？為什麼回來？為什麼生死之際，哪怕已經神志不清，還是要倒在葉府不遠處。

再多的理由，其實都不過只是因為一件事——妳。

葉韻在哪裡，沈明都得回去。

第十四章　永州變

沈明醒來時天已經亮了。還沒睜眼，就聞到了熟悉的白檀香。

他迷迷糊糊睜開眼睛，看見輕紗飄舞之間，一個女子背對著他坐在不遠處，晨光落在房間裡，她低頭寫著什麼。

沈明撐著自己起身，葉韻聽到動靜，趕緊撩了簾子道：「可是醒了？」

沈明抬起頭，看見葉韻，葉韻見他醒了，同身後丫鬟道：「快，叫哥哥來。」

葉韻吩咐人去準備米湯，然後坐下來同沈明道：「你可覺得好些？」

沈明點了點頭，他感覺自己的傷口都被包紮好了，抬頭看了一眼，認出這是葉韻的閨房，低聲道：「什麼時辰了？」

「快到辰時了。」

葉韻看了看天色，正說著話，葉世安趕了進來，他進門便急道：「沈明！」

說著，疾步來到沈明面前，立刻道：「可是出事了？」

沈明點點頭，隨後道：「勞煩你將江大人請過來，商議之後，我得入宮一趟。」

沈明很少這樣說話，平平穩穩的語調，沒有半分調笑，連往日言語間那些傻氣都沒了。他剛毅的眉眼裡滿是沉穩，這滿身的傷口帶給他的，不僅僅是身上的疼痛，還有內心不可言說的、翻天覆地的變化。

葉世安和葉韻愣了愣，片刻後，葉世安反應過來，點了點頭道：「我去找人，你先休息。」

沈明應了一聲，便不再說話。葉世安猶豫片刻，還是什麼都沒說，轉身走了出去，等葉世安走了，葉韻從旁邊端了米湯，她猶豫片刻，終於道：「我餵你吧？」

沈明搖搖頭，伸過手，從葉韻手裡拿過米湯，一口飲盡了。

而後他將湯碗放到桌上，低低說了句：「多謝。」

「你這人。」葉韻忍不住開了口：「是鬧什麼脾氣？」

沈明愣了愣，垂下眉眼，什麼都沒說。

葉韻氣笑了，站起身：「去永州倒學了好大的脾氣，話都不肯說了。行吧，你歇著，我也不瞎操心了。」

說著，葉韻轉身要走，沈明低著頭，終於開口道：「妳別生氣。」

葉韻頓住步子，沈明猶豫片刻，終於道：「我只是想著，妳還是個未出嫁的姑娘，得顧及禮數。」

葉韻沒說話，好久後，她冷著聲道：「若是顧及禮數，你當從我葉家滾出去才是。」

「抱歉。」沈明的聲音很小，葉韻捏著帕子，片刻後，深吸一口氣，轉頭看向沈明道：「永州到底怎麼了？」

「等江大人來一併說吧，」沈明輕嘆一聲，「我有些累了，先歇會兒。」說著，沈明便閉上眼睛，似是不想再說了。

葉韻背對著他站了一會兒，片刻後，她收斂了情緒，還是回到原先的書桌旁，低頭看帳。她不說話，沈明就悄悄睜眼看她。

和這一路鮮血廝殺不同，面前這個人柔亮又明淨，隔著白紗，讓他們兩個人彷彿在兩個世界。沈明靜靜看著她，腦子也就慢慢清醒了。

他想起自己回東都要做什麼。

顧九思還在永州，他殺了人，其他人一定是要找顧九思麻煩的，他不能這麼跑了。他要回來認罪，可認罪之前，得把事情講清楚，至少要讓范軒知道，永州到底發生了什麼。

他拿到名單時就知道永州絕不會這麼善罷甘休，但他不知道永州的官員會做到哪一步，如今唯一能做的，就是回東都求援。

腦子裡把事情過了一遍，這時候葉世安也帶著江河來了。江河才進門，便直接道：「快說，你怎麼在這兒？」

沈明早已把話理順了，見人到齊，看了葉韻一眼。葉韻趕緊起身，站到門口看守著外面，沈明喝了口茶，儘量平穩地將永州的事說了一遍。

等說完之後，葉世安滿臉震驚，江河張合著手中小扇，似是沉思。

「你既然都跑了。」江河抬眼看他，神色冷淡，「如今來東都做什麼？想讓我們把你送遠一些，以免再受王家人的刺殺？」

沈明搖搖頭，「我不是來讓你們幫我的，」他認真地看著江河，「我是來認罪的。」

「認罪？」江河嘲諷道：「你認罪跑到葉家大門口做什麼？直接去順天府門口把大鼓一敲，大喊一聲我殺了王思遠，這不就夠了？」

「江大人，」沈明沉穩出聲，「我知道您氣惱我莽撞連累了九哥，但您應該知道，我不僅僅是來認罪，我還要告訴陛下，如今永州發生了什麼。依照我拿到的那份名單，如今永州什麼都可能發生，甚至兵變也不無可能。在此情況之下，我不放心九哥一個人在那邊。我希望江大人讓我有面聖的機會，說明情況之後，請陛下發兵。」

江河不再說話，葉世安聽了半天，忍不住道：「那你怎麼辦？」

本來他這樣的江湖遊俠，殺了人，殺了就殺了，換一個地方，天高海闊，又是一番生活。如今回到東都，就算王思遠犯了罪，但直接越過法紀殺了王思遠，那也是死罪可免活罪難逃。

聽到葉世安的問話，沈明竟是笑了笑，神色溫和道：「那也沒什麼，腦袋掉了碗大個疤，我也沒什麼掛念的，不妨事。」

在場的人都沒說話，片刻後，江河道：「你先養傷，我這就去安排。等中午應當就能見到陛下。」

沈明應了一聲，江河站起來，領著葉世安走了出去。等他們出去後，葉韻站在門口，呆呆地看著庭院，看了許久。

沈明見她一直沒進來，不由得道：「葉韻？」

葉韻回過神忙道：「怎的？」

「進來坐著吧，」沈明躺在床上，有些疲憊，「風冷。」

葉韻應了一聲，走進屋裡。房內一片安靜，過了好久後，她聽見沈明微弱的聲音響了起來，「我不在的這些時日，過得好嗎？」

「好。」葉韻克制著情緒。

沈明似是笑了，輕嘆了一聲：「那就好。」

「我老是給妳寫信，」沈明看著床頂，慢慢道：「妳有沒有看？」

「看了。」

「妳也沒給我回信。」沈明低笑，「我都以為妳沒收到。」

「回了。」葉韻抓著筆。

沈明愣了愣，許久後，他慢慢道：「回什麼了？」

「我就是問問，」她也不知道為什麼，覺得眼眶有些紅，看不清面前的字，可還是克制情緒道：「問問你在永州，過得好不好。」

沈明沒說話了，好久後，他才道：「我過得好，妳不用擔心。」

而後便陷入長久的無聲，過了一會兒，葉韻吸了吸鼻子，終於道：「你說人真的太奇怪了。以前我覺得你幼稚，覺得你太嘰嘰喳喳，如今你不嘰嘰喳喳了，我心裡倒難過得很。沈明，」葉韻努力睜眼，擦著眼淚道：「你損我幾句，說幾句笑話也成。」

沈明沒說話，他看著床頂。

就在昨夜，他還想著，若見到葉韻，想同她說一說自個兒那份心思。

人活一輩子，喜歡過一個人，若沒有堂堂正正告訴過她，未免太過悲哀。可是當晨光落在她身上，當他躺在床上，聽著她隱約的哭腔，去揣測自己不知結局的未來，突然覺得——也不必說了。

若是說了，讓她動了心，沒了結果，徒增難過。

哪怕她沒動心，若他有個三長兩短，她那個性子，日後想起來，也會覺得愧疚。

他總算明白，喜歡一個人，便捨不得她糟心片刻，若是為自己糟心，更是不可。

於是他沒說話，好久後，葉韻低聲道：「其實你忍一忍，等一等，或許就有辦法了。可你一定要拿自個兒的命去救秦楠、救傅寶元，為的是什麼？」

「別人的命是命，你的不是了？」

沈明沒說話。

過了好久，葉韻吸了吸鼻子，終於道：「我明白，你就是覺得，自個兒沒個人掛念，生或者死，都無所謂了，是吧？」

「葉韻……」

「沈明，」葉韻終於忍不住了，帶了明顯的哭腔，「你活得難不難受？」

沒有掛念的人，沒有人掛念，空蕩蕩來到這世間，又孑然一身離開。

這樣的人生，不必沈明回答，葉韻都覺得難受。

她辨不清這份難受為的是什麼，是憐憫或是心疼，是朋友之情又或是感情，她細想不出，只是在這一刻覺著，這個人，活得太苦了。

沈明聽著葉韻的聲音，好半天，苦笑起來。

「妳這麼一哭，我竟有點高興了。」他的聲音輕盈：「妳瞧瞧，我是不是壞得很？」

「你休息吧。」葉韻覺得自己失態，待不下去，擦了眼淚道：「一會兒江大人要帶你進宮，你好好歇著。」

說完，葉韻拿了帳本，便急急忙忙走了出去。

等她出去後，沈明看著屋頂，沒一會兒，便昏昏沉沉睡了過去。

也不知道睡了多久，江河和葉世安重新回來，他們替他換了衣服，然後讓他坐上小轎，直接抬進宮裡。

他身上還有傷，不宜走動，因為特殊情況，只能如此處理了。

一路抬到宮裡，沈明見到范軒，先跪了下去。

范軒皺了皺眉頭，立刻道：「不必跪了，坐著說話吧。」

「謝過陛下。」沈明答得平穩。

范軒上下打量他，許久後，嘆了口氣道：「往日說你跳脫，沒想到會成這樣子。永州的事朕聽了個大概，你細說吧。」

沈明應下來，隨後便將情況細細說了一遍，范軒面上表情不大看得出來，但所有人都感覺得到他的怒氣慢慢凝聚。

等沈明說完後，范軒終於道：「你殺了州牧，居然還敢回來？」

「陛下，」沈明起身跪在地上，這一次范軒沒再攔，沈明沉穩道：「草民殺州牧，是草民自己的罪，草民願一力承擔，但永州事急，草民懇請陛下──」

「出兵永州！」

沈明逃往東都時，顧九思就和李玉昌一起，偽裝成什麼都不知道的樣子，一面大張旗鼓找沈明，一面繼續監修河道。

天大的事情，修河都要繼續。而柳玉茹在知道顧九思的打算後，迅速將貨物全發往下一個倉庫，儘量不讓滎陽存放太多貨。

顧九思想著，現下只需要穩住滎陽，司州兵馬一到，便即刻動手，開始整頓永州。

他算過，滎陽到司州，快馬加鞭不過半日，到達司州後，通知上下官員，拿到調令，整理軍隊，又是一日，然後司州兵馬行軍到滎陽，至多不過一日半，如此一來，只需三日，便可等到司州兵馬。

然而顧九思等了三日，卻不見半點動靜，李玉昌不由得有些坐不住了，他大清早便到顧九思的屋裡來，柳玉茹出去清貨了，他見四下無人，關上門後，壓低聲道：「你不是說好三日後司州兵馬就到的嗎？如今人呢？」

「再等等吧。」顧九思皺著眉道：「或許是那邊辦事手續太繁瑣……」

「我們是拿命在等！」李玉昌有些急了，他辦案多年，非常清楚如今他們面臨怎樣的危急形勢，他著急道：「這個案子我們辦不了，如今在滎陽多待一日，那就是多一份危險。顧九思，咱們得想辦法走。」

「你以為我不想？」顧九思也有些頭疼，儘量克制著情緒道：「可我們這麼多人，尤其是你我，如今只要我們有任何異動，他們就會知道我們已經拿到證據，到那時候，他們狗急跳牆，我們才是一個都走不了！」

刺殺欽差大臣畢竟是重罪，不走到絕路誰都不會走。如今對方還不確定他們要做什麼，至少不會輕舉妄動。

李玉昌知道顧九思說的是實話，然而他還是有些焦急，努力克制著情緒，「咱們能也不能一直等下去，如果司州一直不出兵，必然是出了事，咱們至少有個期限。」

顧九思沒說話，抿了抿唇，算了片刻後終於道：「那便準備好，至多等到後日，司州還不出兵，我們就走。」

李玉昌點了點頭，有了章程，心裡才算安心了一些。

兩人商議好之後，等到夜裡柳玉茹回來，顧九思站在庭院裡，他一身白衣，頭戴玉冠，雙手負在身後，靜靜看著月光下的紅楓。

這一晚月亮很亮，落在他周身，帶著流動的光芒。柳玉茹停在長廊，看著這樣的顧九思，心裡有了莫名的感慨。

如今的顧九思與初見相比，已經大不一樣了，他像一位君子、一位名士，舉止從容，神色靜穩。他往那裡一站，似乎便能肩挑山河，脊撐江山。

顧九思察覺到柳玉茹來了，轉過頭，看見柳玉茹站在長廊對他安靜笑著。

她穿著紫衣白衫，手裡抱著一個暖爐，看上去溫婉又沉穩。

顧九思笑了笑，「何時回來的，都不說話。」

柳玉茹走下庭院到他身側，同他一樣仰起頭，透過楓樹的間隙，看向天上的明月。

「我不出聲，你不也知道我回來了嗎？」她聲音溫和：「站在這兒看些什麼？」

「也沒什麼，」顧九思看著星空，慢慢道：「就是想起來，來永州這麼久，也沒有好好看過這裡的月亮。今夜瞧著，發現這永州的天，似乎比東都遼闊得多。」

「等黃河修好了，」柳玉茹溫和道：「我們找一日，專門逛一逛永州。」

顧九思沒說話，柳玉茹轉頭看他，刻意將聲音放輕了幾分，「怎的了？」

「玉茹，」顧九思看著她，勉強笑起來，神色裡帶著愧疚，「我似乎又連累妳了。」

柳玉茹聽到這話，卻是輕輕笑了，「我家郎君，可是又闖什麼禍了？」

「司州兵馬沒來。」顧九思苦笑，「李玉昌今日來質問我，我告訴他，若是明日再不來，後日清晨我們便走。」

柳玉茹點點頭，示意明白，「如此，也不錯。」

「妳說說，」顧九思垂下眼眸，遮掩住眼中神色，「妳跟著我以後，總是顛沛流離，我都沒讓妳過過一天好日子，我真的……」

「郎君，」柳玉茹截住他的話，輕嘆了一聲，伸出手握住顧九思的手。她的手很暖，帶著暖爐的餘溫，讓寒冷的秋日突然溫暖了起來，她低頭看著他們交握的手，慢慢道：「沒有你，便沒有柳玉茹。」

顧九思詫異，抬眼看她，便見柳玉茹彎了眉眼：「若不是有了你，我怎麼會想著喜歡一個人，想著有一番自己的人生，成就自己的事業。現在回頭看啊，我以前那些想法，當誥命也好，當一個好的主母也好，盼著我的郎君高官厚祿也好，都是在成就別人的人生，不是我自己的。我是作為柳氏活著，卻不是柳玉茹。現在我陪著你，榮華是我們一起，苦難是我們一起，我們成就的，都是我們自己，不是對方，你給了我這個機會，我已經很高興了。」

顧九思靜靜看著面前的人，柳玉茹見他不說話，知他心中澎湃，抿唇笑了笑，握著他的手道：「而且當年我不就說了嗎，」，柳玉茹歪了頭，神色有幾分懷念，「我陪著你，會扶你起來的。」

當他少年初長，打斷王榮的腿，自以為要一個人面對王善泉時，她也是這樣，握著他的手，告訴他，她會陪著他，扶他起來。

這一陪，就到了現在。這一扶，就給了一生。

顧九思笑起來，他低下頭，覺得自己因為這樣的話情緒激蕩有些不好意思，他上前一步，伸出手抱住柳玉茹。

「我會護著妳。」他的聲音裡帶了幾分激動，「拿了我的命，我也要好好護著妳。」

「傻子。」

柳玉茹低笑。

她看了看天色，拍了拍他的背道：「回去吧，外面涼。」

顧九思應了一聲，放開她，兩個人手拉著手，說笑著回了屋。

顧九思也不知道怎麼，和柳玉茹說了這麼一番，竟然不焦急了，他安安穩穩睡了一覺，等第二日天亮，柳玉茹趴在床頭詢問他，「我今日可有什麼要注意的？」

「也沒什麼了，」顧九思想了想，「該做什麼做什麼，太過拘謹，反而會讓人發現異動，反正咱們也沒什麼需要收拾的，明日清晨直接走就行了。」

「嗯。」柳玉茹應了聲。

顧九思又道：「還是多帶幾個侍衛，萬一司州兵馬來了，怕是會亂一陣子。不過妳別怕，」顧九思翻個身，趴在枕頭上，抱著枕頭朝著她笑起來，「到時候我會第一時間趕到妳身邊的。」

柳玉茹聽到這話，抿唇笑了。

「好。」她出聲道：「我不怕。」

「妳今個兒什麼打算？」顧九思撐著下巴問她。

柳玉茹想了想：「還是去碼頭吧，我待在碼頭，要是出事，也跑得快些。」

「聰明。」顧九思迅速朝著她腦門親了一下。

柳玉茹嗔了他一眼，起身道：「不和你耍玩，幹正事去。」

顧九思笑呵呵看著柳玉茹起身，等下人進來了，他才開始洗漱。兩人洗漱完畢後，便各自分開，顧九思送柳玉茹上馬車，等馬車走後，顧九思想了想，還是將木南叫了過來，同木南道：「你把暗衛都帶過去護著夫人。」

木南愣了愣，有些擔憂道：「您這邊人都抽走了，怕是……」

「無妨。」顧九思搖了搖頭道：「我自個兒能護著自個兒，別讓人衝撞了夫人才是。別讓她察覺，不然她肯定不樂意了。」

木南應了聲，便帶著人撤離。顧九思在門口看著馬車走遠，才回去。

他回了屋中後，拿了一堆瓶瓶罐罐塞在身上，然後又帶了短劍綁在身上，這才出門往河堤上監工。

顧九思出門後不久，王樹生在屋中收到消息，他聽到消息就樂了，「他還敢不帶人，怕不是腦子有問題吧？」

「公子，」王賀恭敬道：「今早的消息，司州那邊已經把顧九思的人偽作被人斬了扔在了路上，他們答應會假作不知此事，但他們也說了，顧九思的權杖是陛下給的，怕東都再來人，咱們動作得快些。」

王樹生點點頭，王賀看了王樹生一眼，猶豫著道：「今日顧九思剛好也沒帶侍從，各家也都暗中同咱們說好了，只要您開口，便大家一起聯手，立刻動手，此乃天賜良機，您看……」

王樹生沒說話，好久後，深吸一口氣：「動手吧。」

王賀得了這話，立刻應聲走了下去。

等他走下去後，王樹生抬手壓住微微顫抖的手。

「別怕。」

他低聲告訴自己。

沒什麼好怕。

他們王家在永州，一代一代，一直是這樣生活。二十年前，他父親能弄死秦楠那一批人，一路官至州牧，庇佑王家二十年，二十年後，他王樹生也可以。

顧九思在河堤上忙碌了一個早上，洛子商提前回去吃飯，等下午再回來監工，他一個人坐在河堤上，和河工聊天。

因為他在，這一次監修河工的飯食沒被剋扣，他們拿著饅頭，打了湯和顧九思閒聊。

「我家那媳婦兒特別凶，顧大人，你媳婦兒凶不凶啊？」河工有些好奇顧九思的生活。

顧九思咬了口饅頭，吃著道：「凶啊，哪有不凶的媳婦兒？以前我不愛讀書，她讓人把我關起來讀，還不給我飯吃。」

「還有管讀書的媳婦兒啊？」河工瞪大了眼，隨後感慨道：「有錢人家果然不一樣啊，要我也有這條件，媳婦兒這麼逼我，我可不得考個狀元？」

顧九思聽著這話，不由得大笑起來，「是啊，我那時去青樓，她帶著人提著刀就去了，刀子往我臉邊『唰』的過去，可嚇死我了。」

這話出來，在場的人一片唏噓，紛紛說著這媳婦兒不得了了，隨後有個少年道：「顧大人肯定很喜歡他媳婦兒。」

「嗯？」顧九思挑眉，「我這麼編排她，你還覺得我喜歡她啊？」

旁邊一個年老的河工笑了，眼裡全是了然道：「不喜歡，能這麼縱著她嗎？」

話沒說完，遠處河堤上有人鬧了起來，顧九思皺起眉頭，站起身道：「走，去看看。」

一群人跟著顧九思走過去，顧九思剛下河堤，就聽到有人一聲怒吼：「殺了顧九思這個壓迫百姓、草菅人命的貪官！」

「他們胡說八道什麼……」跟著顧九思的人皺起眉頭。

顧九思聽到這一聲吼，便知不好，立刻同旁邊的少年道：「你趕緊去縣衙通知李玉昌大人，說我在城外等他，計畫提前！」

少年聽到這話，雖然不明白顧九思的意思，還是立刻道：「是。」

說完，少年轉身就跑了。

這少年平日常和顧九思打交道，顧九思知道他的脾氣和身手，他小時候是個路邊混混，為了給阿娘治病才來當河工，他的力氣不大，但身手敏捷，跑得特別快。顧九思見他跑了，大吼一聲：「跑！都跑開！」

這一聲吼出來的同時，顧九思瘋狂朝河堤上衝去，四面八方都有人追過來，顧九思早有準備，一路狂奔到河堤上，翻身上馬，直接衝了出去。

他心知柳玉茹在碼頭，然而他身後全是人，不能將人帶到柳玉茹身邊，於是他乾脆衝出城外，衝進城郊密林。他馬術精湛，跟著他的人緊追不放，卻是越追越少。

他看了身後一眼，身後追著的人全都穿著河工的衣服，顧九思立刻明白過來，直接刺殺他，王樹生是不敢的，因為朝廷早晚要派人來，一旦他是因為刺殺而死，那永州這些鄉紳麻煩就大了。

他們如今想偽造成因修河引起的暴亂，暴亂之中死個欽差，太正常不過了。

想明白王樹生的想法，顧九思更不敢回城，心裡掛念著柳玉茹，手裡拿出一個瓶子，他看著後面的人，算著風勢，等到順風時，他屏住呼吸，猛地將那些藥粉往後一撒！

藥粉鋪天蓋地飛了過去，那些追著他的人頓時驚叫連連，顧九思往密林深處逃了進去，身後人聲遠了些，他翻身下馬，朝著馬屁股猛地一扎，馬受驚往前衝，顧九思迅速爬到樹上，沒多久就看見那些人追著馬衝進密林深處。

等人都走光了，顧九思趕緊下樹，把外衣脫下來，往碼頭的方向趕過去，他一面趕路，一面往不同的方向走幾步，然後將衣服撕成布條，扔一片過去，偽作走了另一個方向。等沒什麼好扔了，便將身上的衣帶、玉佩一路亂扔。

扔了一路後，他也不再遮掩痕跡，朝著碼頭趕了過去。

他得去找柳玉茹。

立刻、馬上。

他往柳玉茹方向狂奔時，滎陽已經澈底亂了，柳玉茹聽見滎陽城上響起急促的鐘聲，心裡一慌，看著滎陽城的方向詢問印紅道：「這是怎麼了？」

她不知道，一直跟著她在一起的印紅自然也不知道。

柳玉茹心中不安，想了片刻，立刻同人吩咐道：「準備好船，所有柳通商行的人全部上船，貨撿貴重的拿，不要了也行。印紅妳立刻去找人探探，城中到底怎麼了。」

印紅應了一聲，她急急去找人，然而才走了兩步，羽箭突然從四面八方飛射而來，直指站著的柳玉茹。柳玉茹頓時冷了臉，侍衛慌忙用劍斬了飛來的羽箭，護住柳玉茹道：「夫人可有事？」

「走。」

柳玉茹毫不猶豫，立刻往倉庫疾步行去。

這麼密密麻麻的箭雨，她不能再站在碼頭上當活靶子。

她以為第二波箭雨很快就會出現，然而在她預估的時間裡，卻聽到接連的慘叫聲。柳玉茹抬頭，便看見木南領著人衝了過來。

刺客和木南的人混戰在一起，柳玉茹一看這裡的人數，臉色頓時變得極為難看。

對方沒想到柳玉茹身邊居然有這麼多護衛，派來的殺手遠遠不夠，木南很快帶人清繳了殺手，隨後急急走到柳玉茹面前道：「夫人……」

「誰讓你來的！」話沒說完，柳玉茹便厲喝出聲。

木南被柳玉茹震住，片刻後，他慌忙解釋道：「是公子他擔心您……」

「該擔心的是他！」柳玉茹又急又怒，「他是欽差大臣，我不過是他的妻子，要殺人首要目標也是他，他糊塗，你們也跟著糊塗嗎！」

木南不敢說話，柳玉茹深吸一口氣，隨後道：「你即刻去河堤，他必然出事了。」

木南不敢動。

剛經過一場刺殺，如果他方才不在，以殺手的數量，柳玉茹的侍衛根本扛不住。他此刻若直接走了，出了事情，顧九思得弄死他。

柳玉茹知道木南不敢放下自己，此刻木南趕去救顧九思，怕是撿了西瓜丟了芝麻，木南是全權聽顧九思的，她深吸一口氣，終於道：「這樣，你們立刻派一小批人去河堤尋找九思，看到了立刻發信號彈幫忙。再找兩個機靈的入城，去王家各處點一把火，製造騷亂。最後再派一撥人，去看看李大人和秦大人在哪裡。」

「聽夫人吩咐。」木南終於應了下來，然後迅速派人出去。柳玉茹安排人上船，將錢財都交給自己的管事，同管事道：「我會在這裡等九思，等會兒到了時間，如果九思沒來，你們就先走。」

「是。」管事答應下來。柳玉茹便同木南等人一起等在碼頭。

沒多久，有個少年從遠處急急趕了過來。

「夫人，」少年著急道：「顧夫人可在？」

聽到這話，柳玉茹立刻起身，急急走了出去，少年喘著粗氣，看到柳玉茹後，鬆了口氣道：「您還安好，那就太好了。」

「你是？」

「我是在河堤上做工的，您叫我黑子。」少年趕緊答話，「顧大人在河堤上遇刺了，現在抬回府裡去，您快去看看吧。」

聽到這話，柳玉茹猛地睜大了眼，她再也坐不住，然而正要動作，又頓了頓，隨後道：「顧大人來，可給了您什麼信物？」

「顧大人哪還有力氣給我信物，」少年急道：「他只同我說讓我看看您還好不好，就昏死過去了。我只來得及拿了個玉佩，您瞧瞧吧。」

說著，少年將玉佩遞給柳玉茹。玉佩上沾著血，是辰時柳玉茹替顧九思掛上去的那一塊。柳玉茹呼吸一窒，幾乎握不住玉佩。然而她強作鎮定，終於道：「木南，清點人手，跟我走。」

說完，柳玉茹立刻走了出去，她心中著急，領著人一路往滎陽城衙。木南猶豫著道：「夫人，來人我們並不認識，若是有詐怎麼辦？」

「我明白。」柳玉茹神色沉穩，「但你家公子的玉佩染血在這裡，他必然出了事。要麼這事是真的，我若因為擔心有詐不去，他真出了事，我這輩子都放不下。若他沒出事，對方不殺我卻誘我回城，必然是因為他們還沒抓到九思。那麼只要他還沒被抓住，我們就不會出事。」

「而且，」柳玉茹心裡沉了沉，「現在人手都在我這裡，縣衙幾乎沒什麼人。按時間來看，秦大人和李大人必然還沒出城，若我們就這麼走了，無論九思生死，秦大人和李大人都危險了。若真的是為了騙我們回城使出的詭計，那我們便將錯就錯，至少護住李大人和秦大人，九思必會在外面想辦法。」

「最壞的打算我做好了，」柳玉茹捏緊韁繩，「我可以出事，但我容不得他因我的小心遲疑，出任何事。」

聽到柳玉茹的話，木南明白柳玉茹的意思。他應了一聲，不再多說。

而這個時候，顧九思與她相反，正往碼頭趕去。

碼頭到城內不算遠，一刻鐘時間，柳玉茹已經入城。

一入城，柳玉茹便察覺有些不對勁，城內四處是奔跑的百姓，周邊亂成一片，她入城幾步後，便被艱難地擠在人群中，進退不得。

而王樹生領著滎陽一眾官員站在城樓上，俯瞰著滎陽城亂成一片。

「公子，」王賀拿到信報，朝著王樹生鞠了一躬，沉穩道：「按您的吩咐，用顧九思的玉佩將柳玉茹騙進來了，但顧九思跑了。」

王樹生沒說話，他眺望著遠處的柳玉茹，皺起眉頭道：「她怎麼帶著這麼多人？」

「似乎是顧九思把侍衛都留給了她。」

「這樣你們都沒抓到顧九思！」王樹生憤怒，王賀見顧九思發怒，忙上前提醒道：「公子，李玉昌還在。」

聽到這話，王樹生冷靜了些，他沒說話，片刻後，看向旁邊的老者，商量道：「趙伯伯，關城門吧？」

老者聽到這話，點了點頭，「該關了，再不關，李玉昌和洛子商都跑了。」

說完，王賀便走了下去，站在城樓前，大喊一聲：「關城門——」

而這時，柳玉茹擠在人群之中，和人流對衝著，奮力往前。

被她派出去看李玉昌情況的侍衛看見柳玉茹，趕忙擠過去道：「夫人，李大人等人都被困在縣衙。」

「這是什麼情況？」柳玉茹焦急道：「怎麼會有這麼多……」

話沒說完，她聽到有人振臂一呼，大喊：「殺狗官，求公道，狗賊顧九思，速速出來受死！」

那一聲喊後，激起許多如浪潮一般的喊聲，聲音很大，柳玉茹感覺是從很遠的地方傳來——殺狗官，求公道，狗賊顧九思，速速出來受死。

而後便聽到身後傳來一個男人渾厚的喊聲：「關城門——」

電閃雷鳴間，柳玉茹當即知道發生了什麼。

「夫人！」木南焦急，「要關城門了，我們要不要衝出去？」

周邊亂成一片，柳玉茹沒說話。她身處混亂之中，耳畔是百姓和官兵對罵之聲、苦求之聲，與身後叫著殺狗官的聲音交織在一起，曾經熙熙攘攘的滎陽，不過一個上午，便淪為人間地獄。

「夫人！」木南焦急開口，柳玉茹閉上眼睛，深吸一口氣，卻是道：「去縣衙。」

說完，她睜開眼，回頭看了城門一眼。

城門在她眼前，一點一點，如同希望一般，慢慢闔上。

她看到城外最後一眼，是蒼茫的荒野，陽光落在上面，呈現出秋色獨有的蒼黃。

九思。

她心裡默默念著這個名字。

這個名字彷彿給了她極大的信念，她帶著人，頭也不回朝著縣衙趕了過去。

這個時候，顧九思狂奔到碼頭，碼頭空蕩蕩一片，全然沒有平日的熱鬧，顧九思喘著粗氣，在碼頭大喊：「玉茹！柳玉茹！」

過了片刻後，停靠在一邊的商船上，有一個人站起回應：「東家進城了，你要找東家，進城去找吧。」

聽到這話，顧九思又急又怒，大聲道：「她進城做什麼！」

「聽說您身邊沒人，」那人勉強擠出笑容，「不是擔心您，去救您了嗎？」

「她胡鬧！」顧九思怒喝，話剛說完，就聽見遠處滎陽城鐘聲響起。

鐘聲敲了長長三下，那是關城門的意思。

顧九思站在河邊，愣愣看著遠處的滎陽城。

秋風捲著枯草肅殺而過，驚得林中鳥雀驚叫紛飛。

正是殺人好時節。

人群都是由城內往城外去，方才柳玉茹逆著人群走，此刻順著人群，便走得快得多。

她一面走一面思索著情況，如今必然是起了暴亂，這並不少見，在修黃河這樣的大型工程中，一旦有任何差池，很容易出現這樣的情況。但是這往往是因為官府貪汙太多，逼迫百姓強行修河產生的衝突。可顧九思在這些日子，河工的銀錢發放也好，平日膳食住宿也好，他都拚了命盯著，就算真的起了暴亂，也絕不會打著找顧九思麻煩的旗號。

而且這些河工連喊話都格外統一，聲音洪亮，沒有半點雜聲，明顯是早先訓練過，而不是一時起意，所以想來想去，必然是當地鄉紳在王思遠死後狗急跳牆，意圖用這場偽造的暴亂刺殺顧九思。

柳玉茹想明白各種原因，又衡量了情況。大概揣度一下現今狀況。

她帶著人急急趕到縣衙門口，剛到縣衙，就看見縣衙已經被一群穿著河工衣服的人圍了個嚴嚴實實，那些人衝撞著大門，柳玉茹領著人看見這樣的景象，怒喝一聲：「縣衙門前，爾等刁民怎敢如此放肆！」

那些河工被這麼一吼愣了愣，柳玉茹雙手交疊在身前，儀態端莊，大聲道：「速速給我讓開，否則衝撞官府以下犯上，按律當斬無赦，滾開！」

「這麼說話，肯定是哪家官家太太了。」人群裡有人冷笑，這麼一說，所有人頓時群情激憤，柳玉茹目光掃過去，看向那人道：「叫你家主子出來說話。」

「主子？」那人立刻反駁，「我不過是個出來討分公道的小老百姓，哪裡來的主子，妳不要含血噴人！」

「廢話少說，」柳玉茹冷著聲，「你們打什麼算盤我清清楚楚，你們想當刁民，那我就讓你們當。可你同王樹生說清楚了，煽動百姓衝撞官府，這可是謀逆。」

柳玉茹勾起嘴角：「這和刺殺欽差大臣，可又不一樣了。他不敢指使人刺殺欽差，卻敢讓人謀反，膽子倒是大得很。」

「妳血口噴人！」那人頓時大喝出聲。

柳玉茹嘲諷笑開：「不是沒主子嗎？」

那人面上僵了僵，柳玉茹雙手攏在身前，平靜道：「我入城之前便已讓人在城外候著，一旦我這邊給了信號，外面的人即刻拿著我親筆寫下的供詞入東都，我看你們王家一家老小的腦袋，夠不夠砍！」

「妳……」男人急急朝著柳玉茹撲來。

柳玉茹退後一步，同時伸手掏出信號彈，護衛護在她身前，她拿著信號彈厲喝一聲：「你且再上前一步試試！」

男人僵住了，柳玉茹便知曉，他們必然還沒抓到顧九思。

若是他們抓到顧九思，此刻沒什麼顧忌。東都尚且有他們的人，這裡的人都死了，他們到東都一番運作，哪怕有供詞，也未必能上達天聽。

可顧九思沒抓著，如果顧九思折返東都，又有供詞，他們就真的保不住了。

柳玉茹心裡安了幾分，看著死死盯著信號彈的男人，淡道：「你以為我會帶著人就直接回城給你們甕中捉鼈？別想了，不做好萬全之策我怎會回來？我是顧及貨物才回來，你們打歸打，可別碰著我的產業。都給我讓開，我找李大人！」

沒有人動，柳玉茹笑了，「怎麼，不讓？」

這話讓人聽著有些膽寒，大家看向和柳玉茹對話的男人，對方盯著柳玉茹，柳玉茹瞧著他，直接道：「你若不讓，可別怪我動手了。你們一群刁民圍攻官府，我動手可是白白挨刀。不管怎麼說，」柳玉茹放低聲音，「我家夫君沒抓到，借你們一百個膽子，你們也不敢殺我。你想殺我，不如問問王樹生願不願意？」

「夫人說話，我聽不懂。」男人冷靜下來，他知道自己不能暴露身分，畢竟現在還是暴民作亂，就算最後朝廷查起來，一切都是暴民做的，與王家無關。

柳玉茹不同他囉嗦，直接同木南道：「拔刀開道，阻攔者格殺勿論，走！」

護在她身邊的侍衛齊齊拔了刀，柳玉茹站在中間，昂首挺胸，闊步朝著縣衙走去。

她走得極為沉穩，在手持兵刃的亂民之中也毫無畏懼，這樣的氣度讓侍衛隨之鎮定下來，一行人分開亂民，走到縣衙前，柳玉茹報了名字，便等在門口。

外面上千人虎視眈眈看著柳玉茹一行人，柳玉茹神色不變。

李玉昌在內聽到柳玉茹來了，頓時安心了不少，急急讓人開了縣衙大門。

門房知道門口有多少人圍著，開大門時手都是抖的，等開門之後，便見到女子長身而立，女子朝他點了點頭，門房忽地冷靜了下來，他退了一步，開了門道：「夫人請。」

柳玉茹應了聲，隨後領著人魚貫而入，近百人進門之後將院子占得滿滿當當。

洛子商和李玉昌都在縣衙，李玉昌見到柳玉茹領著人進來，上前一步道：「顧大人呢？」

「李大人且裡面說話。」柳玉茹抬手請李玉昌往裡，李玉昌看了外面一眼，猶豫一下，跟著柳玉茹走進房門。

進屋之後，李玉昌急忙道：「顧大人如何說？」

「我沒見到他，」柳玉茹立刻開口，「他應當還沒被抓到。」

「的確沒有，」李玉昌立刻道：「有一位少年趕到我這裡來，說顧大人在河堤上遇襲，他逃走了，看方向應當是往城郊林子去了。」

聽到這話，柳玉茹有些擔心，顧九思身邊沒什麼人，被這麼多人追著，怕會有什麼事。

李玉昌見她神色擔憂，又道：「妳如何在這裡？」

「我本是趕去救他的，沒想到被困在城裡。」柳玉茹說著，笑了笑道：「不過李大人不必擔心，」柳玉茹安撫他道：「九思在外面，必會想方設法救我們。」

「他想救，但如何能救？」李玉昌憂心，「如今司州遲遲不出兵，他們又鬧了這麼一齣，明顯是打算動手了，而司州也不管我們，他一個人，又能怎麼辦？」

「您別擔心，」柳玉茹平穩道：「總歸是有辦法的。」

李玉昌沒說話，柳玉茹鎮定如斯，他總不能比一個女人還失了方寸。嘆了口氣，終於道：「妳歇著吧，我想想辦法。」

柳玉茹應了一聲，想了想，「我帶來八十九人，都是頂尖好手。如今縣衙裡上上下下加起來，我們的人應當有近三百人，他們就算強攻，也能抵擋一時。李大人還是看一看縣衙有哪些物資，若是最壞打算，我們能守住幾日，能否突圍。」

李玉昌點了點頭，「明白。」

柳玉茹又安慰李玉昌幾句，這才走出門去，出門後不久，就看見洛子商坐在長廊邊，靜靜看著不遠處的小池。

柳玉茹頓住腳步，想了想，還是道：「洛大人。」

「柳老闆。」洛子商轉過頭看向柳玉茹，笑了笑道：「柳老闆該在碼頭上，怎的入城了？」

「奉命而來。」柳玉茹是不敢信洛子商的，她給王家的說法，便是她是故意入城，自然不能在洛子商面前露出馬甲。洛子商聽到這話，卻是笑了，「柳老闆向來不同我說真話。」

柳玉茹沒接他的話，反而道：「洛大人也被困在這城中，可有什麼打算？」

洛子商聽聞她的話，轉過頭靜靜注視著她，許久後，卻是笑了，「妳怕了。」

柳玉茹神色不動，對他的話恍若未聞，洛子商抬手撐住自己的頭，懶散又悠然道：「還以為柳老闆刀槍不入，原來終究是個小姑娘。」

「洛大人好好休息，」柳玉茹直接行禮，「妾身先行。」

說完，柳玉茹提步離開，洛子商叫住她，淡道：「妳莫怕。」

柳玉茹頓住步子，洛子商聲音平淡，「顧九思沒被抓，他在外面會想辦法。咱們只需要等著就行了。至於這城裡，」他說著，從旁接了片落葉，淡道：「尚且有我，無妨。」

聽到這話，柳玉茹終於放下心來，她此刻才確認，洛子商這一次，並不打算和王家人站在同一邊。

她舒了口氣，朝著洛子商再次行禮，雖無聲響，卻是表達了謝意。

洛子商淡淡瞧著她，輕輕點了點頭，沒有多說。

柳玉茹轉身行去，領著印紅木南回李玉昌安排的房間。

坐在房中，柳玉茹思索著情況。

按照李玉昌的說法，顧九思最後去了城郊，現下王家還沒反應，應該就是還沒抓到人。既然進了城郊還沒抓到人，顧九思必然已經跑遠了。

他不會扔下她不管，跑了之後，無論如何都會去一次碼頭，按著這個路線和時間來算，他應當不會入城，那麼肯定沒被困在城裡。

如今司州沒有動靜，滎陽卻這麼大手筆用一場暴亂來了結他們的性命，那顧九思去司州調兵的消息，十有八九是落在王家的手裡，司州必然有王家的人在，顧九思如果自己去，就是自投羅網，以他的聰明，不會單槍匹馬去司州了。

剩下最可能的方法，就是去東都搬救兵。他星夜疾行，到東都也要兩三日，到東都之後，應當會帶個使喚得動人的靠山來司州，從司州調兵，又是三四日。

所以她得在這城中，至少堅持七日，這樣顧九思才能領著人來救她。而且，哪怕真的等到七日後，他帶兵過來，把王家逼急了，她會成為滎陽的擋箭牌，或者陪葬品。

想到這些，心裡有些難受，印紅在旁邊幫她鋪著床，鋪好了之後，柳玉茹同她道：「我先歇一會兒。」

「我去小廚房弄些粥來。」

柳玉茹點點頭，印紅便走了出去，等她出去後，她脫了鞋，坐在床上，放下簾子，整個床頓時成了一個密閉的空間，她坐在裡面，抱著自己，將臉埋進膝蓋。

其實洛子商說得沒錯。

她的鎮定不過是因為此刻不能慌亂，這樣的境遇，誰都怕，她若亂了，這近三百個人，就真的成了一盤散沙。

她得堅信所有人能活下來，也必須如此相信。

滎陽城的城門一關，顧九思在外聽到鐘聲，便意識到了。

他站在碼頭上，過了片刻，聽到船上的人道：「大人，船要走了，您要跟我們走嗎？」

顧九思抬起頭，船上的人補了一句：「柳老闆本就是讓我們等著您的。」

聽到這話，顧九思心裡有一陣銳利的疼。

他深吸一口氣，終於道：「你們都是柳通商行的人？」

「對。」說話那人道：「我是滎陽這邊的掌櫃，我叫徐峰，您以前見過。」

「我記得。」顧九思點點頭，想了想，終於道：「我這裡需要些錢和人手，你留些銀兩給我，要是願意留下的，你們留一些人，不願意留下的，就按照玉茹的吩咐離開吧。」

徐峰得了話，應了一聲，隨後將人聚起來，清點了願意留下來的人，又拿了銀子交給顧九思，隨後道：「大人，因為小的此行負責看管貨物，不能留下陪同大人了，小的長子徐羅，今年雖只有十七歲，但學了些武藝，人也靈巧，願留在大人身邊，供大人驅使。」

顧九思表示感謝，而後便讓徐羅點了人，隨著他離開了。

他不能在碼頭待太久，王樹生一定會讓人來碼頭搜人，只是早晚而已，他得趕緊離開。

顧九思領著徐羅朝著周邊山林裡趕了過去，隨後在山林裡找了個山洞，落腳下來。

商隊留了二十個人給他，都是年輕力壯的，他們平日與柳玉茹交好，留下來，為的也是救柳玉茹。一行人安頓下來後，顧九思便遣派其中兩個人分成兩條路，往東都去找江河。

等人派出去後，徐羅坐到顧九思身邊，同顧九思道：「大人，我們接下來怎麼辦？」

「先去司州，」顧九思冷靜道：「打探一下司州情況，我再找幾個人。」

「那東家她……」

「只要我還沒被抓，她就不會有事。」顧九思抬頭看向滎陽方向：「若我被抓了，才是真的出事了。」

徐羅不太明白顧九思的彎彎道道，但是柳玉茹素來對顧九思稱讚有加，柳玉茹的丈夫，也是他的主子，他也不多說。

顧九思看其他人撿著柴火，休息片刻，同其他人道：「你們在這裡休息，我同徐羅去司州看看。」

說完之後，顧九思便翻身上馬，領著徐羅朝司州奔去了。

在滎陽一切劇變時，東都皇宮之內，范軒靜靜看著沈明，「你可知你在說什麼？」

「草民知道。」沈明冷靜開口，他抬起頭，回視范軒：「臣請陛下，派合適的人選，出兵永州。」

「朕給過顧九思權杖，」范軒冷靜道：「他若需要調兵，就可以調兵。」

「若司州的人也被買通呢？」沈明回問：「又或是顧大人的人來不及去司州調兵呢？」

「他們敢？」

「有何不敢？」沈明冷靜反問，指著自己謄抄的王思遠的供詞，詢問道：「永州上上下下完全被當地鄉紳家族把持，如今他們知道王思遠身死，便會猜到王思遠把人都招了出來，我們按著這份名單抓人，按著王思遠給的消息查證據，人贓並獲是早晚的事，永州如今若不奮力反撲，還待何時？」

「上下聯手，要殺兩位朝廷正三品以上尚書，他們會用刺殺的手段嗎？是怕陛下不砍他們腦袋嗎？陛下，」沈明叩首下去，「如今永州怕是岌岌可危了，臣來已經花了三日，若再耽擱，怕是來不及了。」

「大夏新朝初建，」范軒摸著手邊的玉璽，慢慢道：「朕不能亂了法紀，沒有你一個罪人說一番就發兵的道理。若今日我無憑無據發兵永州，其他州，怕是心中難安，空有生變。」

「陛下！」

「陛下，」江河突然出聲，范軒轉頭看了過去，江河上前一步，恭敬道：「陛下之前已經賜九思調司州兵馬的權杖，此番不如微臣領著小葉大人一起過去，糾察兩州官員，考核今年兩州官員情況。」

大夏傳承了大榮大部分制度，其中包括每年的官員考核，官員下一年的俸祿與升遷，和考核息息相關。他拿了這個權利，等於能握住司州一大批官員明年升遷和俸祿的管轄權，一到司州，便會直接多了一大半友軍。

他一貫沒個正經，區分葉世安和葉青文，也就是小葉大人和葉大人，范軒聽習慣了，也沒搭理。

江河見范軒想著他的提議不說話，江河便接著道：「順便，若是永州真的出了岔子，朝廷也不能坐視不管，以防這亂子鬧得太大。一座城鬧事，不必大動干戈，速戰速決後立刻重新扶人起來，不會有太大影響。」

「你的速戰速決，」范軒思索道：「要多少人，打多長時間？」

「五千人，一日。」江河果斷開口，他笑了笑，「不怕陛下笑話，以小姪的能力，若有五千兵力，取下滎陽，不過一日。若能一日取下滎陽，治好滎陽舊疾，陛下，」江河慢慢躬身，眼神意味深長，「大夏新朝初建，這才是真正有了國威。」

聽到這話，范軒眼神中頓時有冷光匯聚。

「你說得對。」范軒點點頭，「大夏不能學大榮的樣子。」

他也曾經是節度使，再清楚不過大榮是如何傾覆的。

江河見話說到份上，也不多說了。

范軒迅速擬旨，讓江河立刻出發。江河接了聖旨應下來後，范軒終於看向沈明。

「至於你——」

范軒看著沈明，皺起眉頭，沈明跪在地上，得了江河去司州管這事的消息，總算是放心了。

江河去司州，證據他給齊了，一切該做的能做的都做了，剩下的，也不是他能管的了。

他的路已經走到盡頭，餘下是懸崖還是長路，都無所謂。

他靜靜跪在地上，許久後，范軒終於道：「先收押天牢，等永州事結束，與永州的案子一併辦理。」

聽到這話，沈明愣了愣，江河忙道：「謝恩。」

「謝陛下恩典！」沈明立刻叩首。

等沈明同江河一起出了大殿，江河使喚葉世安準備出行的事宜，沈明被抬著坐在軟轎上，江河走在他旁邊，抬扇遮著陽光，笑著道：「陛下有心赦你，你怕是死不了了。」

沈明笑起來，看上去有幾分傻氣。

江河勾了勾嘴角，「活下來了，以後可要好好珍惜，找個機會，去葉家提親吧。」

沈明愣了愣，片刻後，忙道：「我……我還差得遠。」

江河挑了挑眉，沈明看著江河，忍了片刻，終於道：「其實，葉韻心裡沒我。」

江河有些意外，沈明接著道：「她……她該當是……是喜歡你這樣的。」

這話把江河說愣了，片刻後，他笑出聲，卻是道：「這不是很正常嗎？」

「你……」

「年輕小姑娘喜歡我這樣的，」江河張開扇子，擋住自己半張臉，笑彎那雙漂亮的眼，「再正常不過了。」

沈明沒說話，江河的話讓他不太好受，片刻後，終於道：「她是很好的姑娘，不會隨隨便便對人動心。她看你的眼神，我明瞭的。」

「所以說啊，」江河看著沈明，眼裡帶了幾分懷念，「你們是年輕人。一個人喜歡一個人是很容易的，他瀟灑、俊朗、溫柔、有能力，或者是她美貌、出身高貴、知情知趣……人都傾慕優秀的人，可這種喜歡，只是傾慕，只是一時心動而已。若完完整整知道一個人的好與不好，接納他的一切，還喜歡著，這太難了。」

「你們還年輕。」江河神色裡帶了幾分溫柔，「她不是對你全然無意，你也無需自卑，沈明，人最難之事，貴在真心。」

沈明沒有說話，江河正要再勸，就聽他道：「她對你有幾分喜歡，那都是真心。未來她會不會喜歡你，會不會喜歡別人，我不知道。可如今她喜歡你，深與淺，那都得她來評價。你或許不喜歡她，但還望尊重這份感情。」

「這世上，」沈明看著他，神色明亮又認真，「所有人都可以為我和她說情，獨你不能。縱然我當感激你，可你這樣做，她會難過。」

江河沒有說話，看著這個少年，他像一把質樸的刀，沒有任何雕琢，沉默無聲且不求任何回報的，護在那個叫葉韻的小姑娘身前。

所有人都說他傻他不知世事，可江河卻在這一刻明確感知到，他用了多大的心力，細膩又溫柔的守護著那個人。

他手中握扇，抬起手，恭敬鞠了一躬。

「是我不是，」他認真道：「煩請見諒。」

沈明搖搖頭，「這禮我受不得。」

江河笑了笑，「你去永州一趟，倒是長大不少。」

「有了牽掛的人事，」沈明苦笑，「便不能再糊塗著過了。」

話說完，兩人走到宮門前，葉世安帶著侍從和馬停在門口，同江河道：「我從宮中拿幾套和咱們身材相仿的衣服，官印文牒銀兩都置辦好了，剩下的我已通知讓他們之後帶過來，事出緊急，我們先啟程吧？」

江河點了點頭，兩人同沈明告別之後，便駕馬疾行出城。

沈明靠在軟轎上，揚起頭，便見藍天碧藍如洗，一片澄澈明淨。

而後他聽到有人叫他，「沈明。」

他轉過頭，看見葉韻站在不遠處，她也不知道站了多久，神色有些緊張。沈明靜靜看著她，片刻後，他突然勾起嘴角，笑著道：「紅豆糕做了嗎？」

葉韻愣了愣，片刻後，也笑起來，「你這人，是不是就只會從我這裡撈吃的了？」

「回去吧。」她說著，放軟了聲調，「我回去給你做。」

第十五章　莫怕

顧九思領著徐羅去了司州，他隱藏身分，帶著徐羅去城裡柳玉茹開的鋪子。徐羅拿了柳通商行的權杖叫管事出來。

顧九思之前吩咐來司州的人，給了他兩個權杖，一個用來調司州的軍馬，另一個權杖是柳玉茹的，用來在危急時調動柳玉茹在司州所有商鋪。顧九思讓人一入城先到柳玉茹的鋪子打個招呼，也算有個知情人。他本只是以防萬一，沒想到如今真的有了用處。

「之前的確有人拿著柳夫人的權杖來了花容，還讓我們準備客房，說夜裡要留宿。」司州的管事恭敬道：「可這位公子白日來了，去了官府之後，就再也沒回來。我們以為他是臨時改了主意，回了永州……」

顧九思聽到這話，哪裡還不明白？

人到了司州，還去了官府，可卻不見了，司州遲遲不發兵，明顯這人已是沒了。

顧九思知道司州留不得，深吸一口氣，站起來道：「你好好經營，當沒見過我，什麼事都別說別問，如果有個叫江河的人來了，你讓他在永州城郊外的密林裡放個信號彈。」

管事連連應下，顧九思走出門，領著徐羅回了林子。

徐羅跟在顧九思身後，擔心道：「大人，接下來怎麼辦？」

「明日隨我去買紙筆，還有風箏和孔明燈。」

「買這些做什麼？」徐羅有些茫然，顧九思平靜道：「若是真的走到絕路，只能同他們拚了。」

徐羅還是不明白，顧九思嘲諷一聲：「幹這麼大的事，你以為只有王家一家人在後面就能幹出來嗎？這麼多人一起幹這種抄家的事，你以為他們不怕？」

「一群烏合之眾，」顧九思冷著聲，「自己一夥人怕都鬧不清楚，更何況他們把持滎陽這麼久，多的是人想取而代之了。」

徐羅感覺似乎懂了，又覺得不明白，他想了想，「所以這和風箏有什麼關係？」

顧九思直接道：「你到時候就知道了。」

徐羅點了點頭，覺得顧九思高深莫測，自己怕是不能理解大人的深意了。

顧九思和徐羅領著人，夜裡歇在山林裡。

王樹生沒想到顧九思是從山林裡逃的又回了山林，他猜想他一個人，必定要找個落腳的地方，甚至直接逃往東都或者司州，於是他讓人從周邊的客棧、村子挨家挨戶搜起。

而柳玉茹等人在府衙裡安安穩穩睡了一覺之後，第二日起來，柳玉茹便去清點府衙裡的物資。

府衙如今有三百多人在裡面，首先要考慮的就是糧食的問題，好在準備給河工的糧食倉庫放不下，於是府衙挪了兩間屋子用來存放糧食，這樣一來，糧食的問題便解決了。

府衙內院有水井，柳玉茹又帶著人去拆了幾個偏房，劈成柴火放在院子裡，於是水和火的問題也都解決了。

柳玉茹解決後勤，洛子商和李玉昌清點府衙裡存放著的兵器數量，兩人商量著，花了一整日的時間，以內院為中心，一層一層布防設置機關。

這一夜誰都睡不著。

顧九思在外面躲著王樹生追殺，王樹生四處找著顧九思，江河領著葉世安披星戴月奔向司州，而柳玉茹自個兒站在庭院楓樹下，一直看著月亮。

白日忙活了一整日，印紅有些撐不住了，她站在長廊上等著柳玉茹，終於道：「夫人，回去睡吧，折騰一日了，您不累嗎？」

「妳先回去睡吧。」柳玉茹平淡道：「我再待一會兒。」

印紅撐不住了，應了聲，便回去睡下。柳玉茹待在院子裡，過了一會兒，聽見有人道：「睡不著啊？」

柳玉茹回過頭，便見洛子商站在長廊上，歪頭瞧著她。

柳玉茹輕輕笑了，「洛大人。」

洛子商點了點頭，撩起衣擺坐在長廊上，「不知活不活得過明日，心中害怕？」

「洛大人，」柳玉茹輕嘆，「凡事心知肚明就好，何必都說出來呢？」說著，她放低聲音：「人心時時刻刻被人看穿，是會害怕的。」

「柳老闆說的是，」洛子商點了點頭，「可惜了，我瞧著柳老闆害怕，就覺得有意思的很。」

這話把柳玉茹哽住了，她也沒有搭理。洛子商循著她的視線往上看過去，有些疑惑道：「妳在看什麼？」

「以往九思心煩，就會站在這兒看看，我便學學他。」

「柳老闆煩什麼呢？」洛子商撐著下巴，笑著看著柳玉茹，柳玉茹將目光落到洛子商臉上，「洛大人不怕嗎？」

洛子商沒說話，他抬了抬手，示意柳玉茹繼續說。柳玉茹走到長廊柱子旁，與洛子商隔著柱子坐下，慢慢道：「他們之所以不對我們動手，一來是當時我唬住了他們，說自個兒在外面留了人和口供，他們若不讓我進去，我便點了信號彈，到時候九思和我的供詞一起出現在東都，我們若是死了，他們就完了。」

「他們終究還是怕，如今還想著偽裝成暴民，留著餘地。今日就算陛下領人打進來了，也都是暴民做的事，與他們沒有關係。而我們也沒什麼傷亡，也就不會深究。這是他們給自己留的後路。」

「可若他們不要這條後路了呢？」

柳玉茹轉頭看向洛子商，緊皺著眉頭，「當日我說我留供詞在外，唬住了下面那些小的，可給他們這幾日時間，他們怕是反應過來了。我拿我自個兒當王樹生想過，王家是這個案子裡牽扯最深的，按著王思遠給出來的名單，還有秦楠和傅寶元的證據，王家幾乎一個都跑不了。他們就算不暴亂，等九思從司州帶兵過來，以他們做過的事，也是要完蛋的。再加上王思遠慘死，王樹生又如何咽下這口氣？」

「我若是王樹生……」

「我若是王樹生，」洛子商接了口，笑著道：「最好的路，便是能利用暴亂一舉幹掉李玉昌、顧九思，這兩人一死，其他人不足為懼，洛子商有洛子商的打算，能談就聯手，不能談再殺。等朝廷來了，都推脫到暴民身上，這事就完了。」

「如今顧九思跑了，」洛子商撐著下巴，笑意盈盈看向前方，「要麼就是抓到顧九思，一切按照之前的計畫辦。就算查出暴民的事與他們有關，人死了，也算是同歸於盡，而且四個大家族聯手，說不定還有周旋的餘地。要麼就等顧九思領著大軍回來，到時候顧九思按著律法辦事，他們也活不了。所以他們還有什麼理由不撕破臉？」

「同歸於盡尚能掙扎，做人案上魚肉，滋味可就不太美妙了。」

洛子商說著，讓柳玉茹的心沉了下去。

柳玉茹靜靜聽著，片刻後，輕笑一聲：「洛大人如此說風涼話，也不過是因為，您身後站著揚州，關鍵時刻您還有談判的資本罷了。」

「無論如何，」柳玉茹嘆了口氣，「您終歸是有路的。」

洛子商沒說話，他靜靜看著柳玉茹。柳玉茹垂著頭，聽洛子商道：「那妳怕嗎？」

柳玉茹轉頭看他，艱難地笑了笑，「怎麼會不怕呢？」

「我若說救妳呢？」洛子商接著詢問，柳玉茹愣了愣，洛子商轉過頭去，慢慢道：「柳老闆，您這樣的才能，留在顧九思身邊，終究是可惜了。若是跟著我，」洛子商撐著下巴，笑著道：「揚州於妳，自是一番天地。」

柳玉茹聽著這話，慢慢皺起眉頭，洛子商接著道：「妳可以到揚州去，揚州富饒，商業發達，我可以將揚州財政全數交給妳，由妳來做主。日後妳可以不當顧柳氏，只當柳夫人。」

「洛大人，」柳玉茹笑起來，「聽你的口氣，不像個臣子。」

「說得好像你們信我就打算當個臣子一樣。」洛子商輕笑，眼裡帶了幾分嘲諷。

柳玉茹沒有出聲，洛子商站起來，「您好好想想。如果妳願意，緊急之時，我會帶妳，以我夫人的名義離開。」

「洛大人說笑了。」柳玉茹冷著聲。

洛子商回頭瞧她，卻是道：「我是不是說笑，柳夫人心裡不清楚嗎？」

柳玉茹不說話，洛子商背對著她，站了片刻後，突然道：「我是感激您的。」

柳玉茹愣愣抬眼，風徐徐吹過，洛子商背對著她，月華色壓金線的衣衫翻飛，他的聲音有些低：「年少時，我每個月都會去隱山寺。聽說有一位富家小姐，每月在那裡送東西送桂花糕，每次我阿爹會去領一份回來，那是我吃過最好吃的東西。」

聽到這話，柳玉茹有些懵。

她突然回想起當初去借黃河的錢，洛子商大堂上掛的那幅畫。

——「柳夫人對方才那幅畫有興趣？」

——「年少時，母親每月都會帶我去隱山寺祈福，這地方倒也是認識的。」

「那時候想讀書，沒錢，」洛子商看著前方，聲音平和，「於是偷了本書，被人追到隱山寺門口，差點被人打死。剛好遇到那位小姐在送東西，她聽到鬧聲，問了一句『怎麼了』，我聽見了。」

洛子商說著，轉過頭，看著柳玉茹輕笑，「當時我就趴在不遠處的泥潭裡，仰頭看，我很想看到這位小姐的模樣，但我什麼都看不到，就看見馬車乾淨又漂亮，然後馬車上走下來一個下人，幫我給了書錢，又給了我一兩銀子，讓我去買書醫病。」

聽到這裡，柳玉茹依稀想了起來。

那是張月兒還沒進門的時候，她和她母親過得還不錯，每月都去隱山寺祈福。

她隱約記得這麼一件事，也就是這件事後，她回家，張月兒進門，於是再也沒去過了。

柳玉茹呆呆看著洛子商，洛子商看著她，神色認真：「我這輩子有一份善念不容易，柳玉茹。」

「那你，」柳玉茹從震驚中拉回幾分冷靜，有些好奇道：「你後來知道是我？」

「不知道。」洛子商搖了搖頭，「在揚州時候，沒刻意打聽過，我一個乞丐，刻意打聽了，怕多了念想。後來到了章大師門下，更不想知道了。只是兜兜轉轉，妳還是回來。妳來同我要錢那次，我便知道了。」

柳玉茹沒有說話，似在想什麼，洛子商有些不高興，他知道柳玉茹的心思，僵著聲直接道：「給妳黃河的錢，與這事沒有關係。我同妳說這些，只是希望妳想明白。」

「我並非哄騙妳。妳若願意去揚州，我能給的，一定比妳現在得到的，多得多。」

洛子商說得認真。柳玉茹聽到這話，卻是笑了：「可你這樣說，我卻更覺得您在騙我了。」

洛子商愣了愣，柳玉茹起身溫和道：「洛大人，有些路走了，是回不了頭的。您同我說這些，或許有幾分真心，可更多的，是您看中我經商理財之能。當初揚州收糧，對揚州必有創傷，我心知此乃不義之舉，但當時本就交戰亂世，我的立場在幽州，也是無法。可你從此事上卻明白，財帛一事，運用得當，實則與兵刃無異。你今日為的不是安你那份良心，而是想要玉茹到揚州去，成為你麾下將領。」

「妳說我騙妳，」洛子商淡道：「便當做我騙妳吧，但若真的出事，我能救妳。」

柳玉茹靜靜站著，洛子商抬眼看她，「所以，妳給我什麼回答？」

「我不想欠您。所以也望您，」她看著他，說得平靜，「若要保留一份良心，別留給我。」

聽到這話，洛子商愣了愣，柳玉茹冷靜道：「對您不好。」

說完，柳玉茹行了個禮，便轉身離開。

洛子商看著柳玉茹走遠，什麼都沒說，他轉過頭，靜靜看著不遠處月下紅楓。

許久後，他輕笑一聲，似是嘲諷。

柳玉茹回房歇下後，等到第二日，縣衙裡所有人心驚膽跳等了一日，王家沒什麼動靜。外面被人圍著，他們出不去，也打聽不了情況。

而顧九思在司州買了紙筆後，被王樹生的人察覺，好在他機敏，和王家人在司州縣城中糾纏了一整日，終於甩開了人。

這樣一拖，已經足足兩日過去，滎陽城內各個大家族的人終於坐不住了。

當日夜裡，顧九思被追殺到司州遠郊，啟明星亮起來，終於領著人找到一個山洞歇下時，王家卻是燈火通明。

滎陽大家族的當家幾乎都在，他們大多年紀大了，頭上帶著斑白，只有王樹生一個人，不過二十出頭，卻坐在高座上。

年紀大的老者喝著茶，神態自若，坐在高座上的年輕人繃緊了身子，所有人都看得出來，王樹生這個位子，坐得十分不安穩。

「先前我們計畫，利用暴亂了結顧九思等人的性命，如今顧九思既然跑了，這事繼續下去，是不是，就不大妥當了？」坐在左上方的趙老爺放下茶來，慢慢道：「如今停了手，咱們把那些『暴民』先處理乾淨，這事也就算了……」

「然後呢？」王樹生冷冷開口：「等顧九思拿著證據回來把我們一鍋端掉？」

「他如今有多少證據，也難說。」陳老爺摸著他的大肚子，皺著眉頭道：「說不定你爹沒招呢？」

王樹生沒說話，他對自己的父親多少有些瞭解，他不是硬骨頭，落在沈明手裡，怕是早把人都招出來了，頂多只是不招王家人。可這城裡的關係千絲萬縷，只要查了別人，順藤摸瓜，這些人早晚把王家供出來。

可他不能當著所有人的面這麼肯定，只能紅了眼眶，做出委屈姿態：「陳伯伯，我父親自然是不會供出大家的，可是不怕一萬就怕萬一，而且他們要是硬查下來，哪裡有不透風的牆？」

這話讓所有人安靜了，王樹生這麼提醒，大家又想起王思遠的性子來。王家怕是不會招出來的，但其他家，王思遠能說的絕對不會少說一句。

「世姪說的是，」趙老爺斟酌著道：「可是就算招了，他們要查，我們推出些人來抵罪，也比把暴亂一事坐實的罪要輕些。不如我們想想其他辦法？」

「其他辦法？」王樹生冷笑，「事到如今，若有其他辦法，我們還能走到這一步？」

「我把話說清楚了，」王樹生將茶杯往桌上一磕，冷著聲道：「各位都是各家主事，若顧九思真的拿到什麼證據，在座各位一個都跑不掉。如今我們已經沒什麼路往後退了，唯一的辦法，就是抓了顧九思，把事做得乾乾淨淨！」

「到時候，陛下怕是不會輕易甘休。」李老爺終於開口。

王樹生抬眼看過去，冷著聲道：「那就讓他查去！若能查得到，是我們幾家命當如此。若是查不到，」王樹生笑起來，「那就是咱們贏了。」

所有人都不說話，王樹生見大家沉思著，提醒道：「二十多年前你們就做過一次，如今還怕什麼？」

「這次，不太一樣。」陳老爺擺了擺手，嘆了口氣，起身道：「世姪，老朽如今也是半隻腳踏進棺材的人，不想為了保自個兒的命，把家裡人都搭上。這事，恕陳家不能奉陪了。」

說著，陳老爺往外走去，王樹生怒喝一聲：「你以為你逃得掉？今日我們若是出了事，你陳家絕不要想獨善其身！我告訴你們，」王樹生站起來，「如今我們就是一條繩上的螞蚱，生死都綁在一起。既然各位如此猶豫，那不必多談了，明日清晨直接拿下縣衙，把他們全架到城樓上，只要顧九思還在，我不信他不回來。」

「你瘋了！」陳老爺震驚地開口：「若是顧九思去東都搬救兵，你這樣做等於認罪了，他帶兵直接破城進來，誰都跑不了！」

「他就在城外，我的人搜到好幾次他的痕跡，都被他跑了。況且，就算他真的不要妻子，至少也有人給我們陪葬。」

「你瘋了……」陳老爺往外面走去，喃喃道：「我不要和瘋子待在一起。」

「攔住他，」王樹生大喝一聲，外面立刻傳來急促的腳步聲，屋內所有人變了臉色，王樹生站在高處，雙手攏在袖中：「諸位莫怕，清晨我便讓人攻打縣衙，將柳玉茹抓出來掛在城頭。等顧九思來了，我必讓他千刀萬剮，死不安寧。只要他死了，」王樹生笑起來，「一切，就安定了。」

所有人看著王樹生，神色帶了懼意，王樹生伸出手：「還請諸位將家主權杖都交上來。」

「樹生，」一貫和王家交好的趙老爺終於忍不住，「起初你不是這麼同我們說的。若你做的是同歸於盡的打算，何不早抓了柳玉茹掛起來？」

「趙叔，」王樹生故作鎮定道：「此一時彼一時，我也是存過兩全其美的想法的。可是既然走到了這一步，也沒有什麼回頭路了。我父親的仇必須報。」

「報什麼仇！」陳老爺怒喝：「分明是你這崽子在王家做事太多，一旦顧九思查起來，你頭一個要死！」

「請陳老爺歇下！」王樹生抬手，直接道：「來人，從城南調足兵馬，強攻縣衙，把柳玉茹給我帶出來！」

柳玉茹早上是被驚醒的。

她聽見外面的砍殺之聲，猛地睜開眼睛，抓了一件外套，便急急衝了出去，剛出去，就見羽箭紛飛，她還沒來得及反應，被洛子商一把推了進去，怒喝道：「妳出來做什麼！」

「外面……」

「王家打算強攻縣衙了。」

柳玉茹愣了愣，隨後著急道：「他們怎麼突然就……」

「不要命了吧。」洛子商眼中露出狠意：「王樹生這瘋子，死了也要拉人陪葬。」

說完，他把柳玉茹往裡面一塞，驟然靠近她。

他的神色又冷又狠，壓低了聲道：「我說的話妳考慮清楚，我保妳一日，一日後，妳要死要活，就端看妳自己了。」

說完把人往裡面一推，猛地關上房門，大聲道：「老弱女眷全給我躲好別出來，其他人只要爬得起來都把劍給我帶上，到外院去！」

柳玉茹站在屋中，整個人愣愣的，印紅趕上前扶著柳玉茹，快要哭出來一般道：「夫人，我們怎麼辦？怎麼辦啊？」

柳玉茹沒有說話，片刻後，鎮定下來，冷靜道：「妳把九思給我的那把刀拿過來，妳自個兒也找個武器，若真的走到不得以，」柳玉茹眼中帶了冷光，「殺一個不虧，殺兩個穩賺，總不能就這麼白白去死。」

這話把印紅說愣了，片刻後，她深吸一口氣，低頭道：「是。」

說完之後，印紅將柳玉茹的刀翻找出來給她。這刀說是顧九思給的，實際上是她拿的。出門在外，總要有個東西防身，當初從顧家牆上取下這刀，便沒有放回去。柳玉茹將刀握在手中，和印紅兩人一起坐下來。兩人像小時候一樣，一起坐在床邊，靠著床，各自拿了一把刀，抱在懷裡，低低說著話。

「夫人，」印紅靠著柳玉茹，聲音裡帶著害怕，「妳說姑爺會來救咱們嗎？」

柳玉茹聽出她聲音隱隱發抖，想了想，抬起手搭在印紅肩上，將印紅攏進懷裡。

這個動作顧九思慣來常做，對兄弟如此，對自個兒媳婦兒更是。每次顧九思把手搭在柳玉茹肩上，將她整個人環住時，她就會覺得有種無聲的鼓勵和支持湧上來。

柳玉茹驚訝地發現，兩個人相處得時間長了，便會越來越像對方。

柳玉茹發著愣，印紅有些疑惑道：「夫人？」

「嗯？」柳玉茹回過神，想起印紅方才的問題，笑了起來，「當然會呀。」

「九思不會拋下我們的。」柳玉茹的聲音鎮定又溫和：「他現在不出現，一定是有他的理由和法子。別擔心。」

外面一直傳來打鬥聲，李玉昌和洛子商早有準備，王家雖然叫來了許多人，但所有人各懷心思，只有王家的人因為王思遠的死奮戰在前。

可是柳玉茹這邊的人都是精挑細選的，雖然敵眾我寡，但卻強守著沒讓人上前一步。

等到下午時分，外面零零散散有傷患送到內院，洛子商一把推開房門，同柳玉茹道：「我讓人把傷患都送到涼亭，那裡不在他們射程範圍裡，妳帶著女眷過來幫忙。」

柳玉茹聽到這話，忙帶著印紅趕到涼亭處。

地上有幾個傷患，他們帶來的大夫正在儘量縫合包紮，柳玉茹上前，大夫迅速教了她們一些要領，她們便上手開始幫忙。

洛子商和李玉昌等人領著人在不遠處奮戰，柳玉茹聽著周邊一片廝殺聲，不敢再多想什麼，只能麻木地領著下面的人不斷處理著新來的傷患。

王樹生開始攻府時，顧九思趕著從司州回來，等到午時，才趕到滎陽城外不遠，就聽見裡面的聲音。

上千人廝殺的聲音太大，哪怕在城外不知道具體的事情，都能聽到這動盪之聲。一聽見這聲音，顧九思臉色頓時大變，徐羅也有些緊張：「大人，裡面發生什麼了？」

顧九思沒有說話，捏緊了韁繩，徐羅忍不住道：「大人，是不是裡面出事了？」

「玉茹在裡面，一定會想辦法和李大人匯合，」好半天，顧九思才鎮定下來，接著道：「有洛子商和李玉昌在，他們會自己在裡面建防，如今大概是兩批人打起來了。」

「那怎麼辦？」

「王樹生坐不住了，」顧九思深吸一口氣，「他想用玉茹逼我出來。我們在城中一共有三百多人，聽這個聲響，王樹生應該是直接調了軍隊，但他們上下沒有一條心，而且有洛子商在，他們尚且能撐一撐。」

徐羅不說話，他聽出來了，顧九思是在梳理自己的思緒，顧九思說著，慢慢道：「如今，也只能搏一搏了。」

說著，顧九思抬起頭，同徐羅道：「你立刻去找五百個村民，每人一兩銀子，召集起來在城外密林，一起喊話。」

「喊話？」徐羅有些懵，顧九思點點頭，「等會兒我寫個條給你，你領著人去，讓他們一起喊，如果官兵來抓他們，就讓他們往林子裡跑。你們在林子裡設好陷阱，保護他們的安全。」

「好。」徐羅應了聲，讓人去找人，隨後顧九思往他之前躲藏的村落道：「其他人跟著我去村子裡，把村子裡會寫東西的人都給我找過來。」

說著，顧九思領著人，去村裡取了自己放置好的紙筆、孔明燈還有風箏。

有錢能使鬼推磨，徐羅出去找人，顧九思領著僅有的人開始寫東西，他拿著紙，猶豫片刻後，深吸一口氣，一封洋洋灑灑的《問罪書》便落筆下去。

這問罪書和過去寫討伐梁王的檄文不同，寫得朗朗上口，簡潔明瞭，只要是識字的人，都能看明白他在寫什麼。

他先簡要寫明如今情況，王思遠犯上作亂刺殺欽差，縣衙被困，滎陽大亂。

——「今聖上下旨，令欽差顧九思拿此賊子，還永州清明，百姓公正。日後永州生死，在於今日；百姓貴賤，在於今日。明日晨時，日出為令，顧九思持天子劍於滎陽城外，恭候諸位英雄。凡吶喊助威者，賞銀一千文；動手者，三千文；若對陣沙場，一個人頭十兩白銀；若有取王樹生首級者，賞銀百兩！」

——「有罪者可抵罪，無罪者可嘉賞。永州為王氏惡霸所困近百年，今日顧某以血投志，願意頸血換青天，永州百姓非蟲非蟻，何以任人踩之踐之？王氏在，永州亂；王氏滅，則永州可得太平矣！」

顧九思迅速寫完交給旁邊人，立刻道：「抄，把這裡的紙抄完。風箏準備好，還有孔明燈，去找朱砂來，給我寫上『殺』、『王』二字。」

所有人點頭，徐羅明白顧九思的意思了，他抄著顧九思給的《問罪書》，一面抄一面皺起眉頭，「大人，您說的我聽明白了，可這裡最後一句是什麼意思？」

說著，徐羅指向顧九思寫的紙頁的最後一句——「莫怕，我來了。」

這一句在這一番洋洋灑灑的《問罪書》裡顯得格外詭異，顧九思抬手一巴掌把徐羅推了回去，冷著聲道：「別問，抄就是了。」

按照顧九思的計畫，所有人分工做各自的事情。

等到黃昏時分，五百多個村民終於找齊了，有許多人聽說喊一喊話就有錢拿，紛紛跟過來。於是等人回來的時候，有上千人。

徐羅有些擔心，小心翼翼道：「會不會太多人了？」

「沒事。」

顧九思搖了搖頭，隨後親自領著他們到了密林高處，先同他們解釋規劃好的逃跑路線，明確指出陷阱的位置之後，便開始教他們喊話。

他需要這些村民喊的話很簡單：

「王氏謀逆，可誅九族，同黨同罪，還請三思」

「王家白銀三千萬，皆為百姓白骨堆，今日賊人若不死，永州再難見青天。」

村民們跟著顧九思學了一會兒，小聲訓練後，終於能夠整齊發聲。

徐羅那邊的《問罪書》也抄完了，他趕過來，詢問顧九思道：「大人，都準備好了。」

顧九思轉過頭去，已到黃昏，不遠處滎陽城在殘陽下帶著血色。太陽一寸一寸落下，血色與黑夜交織，餘暉落在山脈，一陣山風拂過，鳥雀被驚飛而起。

顧九思站起身，拍了拍身上的泥土，平靜道：「將孔明燈放到我說的位置了？」

「一千盞孔明燈，一千三百個風箏，都已經準備好了。」

「好。」顧九思點頭道：「動手吧。」

黃昏時，縣衙府內已經到處是傷患。

柳玉茹聽著外面的砍殺聲，從一開始的惶恐到麻木。

這種麻木說不出上好，也說不上是壞，她只是盲目地走在傷患中，不斷替傷患上著藥，包著傷口。

藥品越來越少，傷患越來越多，因為人手不夠，不是生死攸關的傷患，便重新回到外院繼續奮戰。

柳玉茹一直低著頭做事，等到夕陽西下，她面前又坐下一名傷患，柳玉茹毫不猶豫開始替對方包紮，包到一半，她才察覺不對，抬起頭看見洛子商沒有半分血色的臉。

他的傷口在肩膀，血浸透了衣衫，他的神色很平靜，沒有半點痛楚，和旁邊齜牙咧嘴的人完全不一樣。

柳玉茹看著洛子商愣了愣，洛子商淡道：「看什麼？」

柳玉茹反應過來，立刻道：「別說話。」

說著，她垂下眉眼，幫洛子商包紮。

她的神色看不出起伏，洛子商靜靜端詳著她，卻是道：「妳意外什麼？」

「你不當受傷的。」柳玉茹平靜出聲。

洛子商聽了，卻是笑了，「我又不是神仙，為什麼不會受傷？」

「你此刻可以開門出去，」柳玉茹淡道：「將我們全交出去，與王思遠做交易，你有揚州，與他沒什麼衝突，不必如此。」

洛子商沒說話，柳玉茹清理好傷口，將藥撒上去，洛子商靠著樹，垂眼看著面前的人，片刻後，他終於道：「妳還信顧九思會來嗎？」

柳玉茹沒說話。

洛子商平靜道：「最遲明日清晨，他再不來，一切都晚了。」

「他們不會殺了我。」柳玉茹言語裡毫無畏懼。

洛子商注視著她，卻是道：「妳是女人。」

柳玉茹的手頓了頓。

洛子商冷靜道：「妳知道羞辱顧九思最好的辦法是什麼嗎？」

「你方才問我，信不信九思會來。」柳玉茹抬起眼，認真地看著他，「我告訴你，我信。」

「都這個時候了，」洛子商嘲諷笑開，「妳還信？」

「我願意信。」柳玉茹說著，繼續幫他包紮傷口，同他道：「洛子商，你如果試著把一個人變成你的信仰，那麼任何時候，你都會信他。」

「如果他沒來呢？」

「那他一定有不能來的理由。」

「妳不恨？」

「我為什麼要恨？」

柳玉茹笑了笑，「我希望他能做出最好選擇，若這個選擇是捨棄我……」

柳玉茹低下頭，溫和道：「雖有遺憾，但無憎怨。」

洛子商沒有再說話，他看著面前認認真真做著事的姑娘。第一次認識這樣的姑娘。他過去見過的女人形形色色，要麼如姬夫人這樣以美色攀附他人而活，要麼如葉韻那樣愛恨分明熾熱如火。卻頭一次遇見一個女人，她如月下小溪，溫柔又明亮，涓涓流過他人的生命，照亮他人的人生。

她和顧九思，猶如天上日月，他們互為信仰，互相守護。

洛子商說不出自己有了怎樣的情緒，他靜靜注視著面前這個明月一樣的女子，好半天，突然道：「如果十六歲那年，我上門提親，妳會答應嗎？」

聽到這話，柳玉茹愣了愣，片刻後，笑起來，「若是十六歲你遇見我，你也不會上門提親。」

「我那時候啊，夢想是嫁個好男人，你若上門提親，我拒絕不了，但你不會喜歡那樣的我，而我也害怕你。」

洛子商輕輕笑起來，外面都是喧鬧之聲，洛子商轉過頭看著遠方。

他突然道：「妳給我唱首揚州的曲子吧。」

柳玉茹有些茫然，洛子商平和道：「妳為我唱首曲子，我再守一晚。明日清晨，顧九思再不來，柳玉茹，妳不能怪我。」

柳玉茹聽到這話，認真地看著洛子商，洛子商沒有看他，他靠著樹，一手搭在膝上，靜靜注視著前方。柳玉茹雙手放在身前，恭恭敬敬叩首行了個禮。

洛子商沒有回應，他閉上眼睛，沒有多久，就聽見熟悉的揚州軟語響了起來。溫柔的調子，一瞬之間，彷彿跨過千山萬水，領著許多人回到家鄉。

那曲子讓拿刀的人濕了眼眶，捏緊自己的刀鋒。

回去。

得回去。

他們不能葬在永州，他們得回家鄉。

在柳玉茹輕哼的小調中，天一寸寸黑下去。

她的曲子很短，就在曲子音落那一瞬間，彷彿回應她一般，遠處突然響起人聲。似乎有許多人，他們聲音洪亮，整齊劃一大喊著：「王家白銀三千萬，皆為百姓白骨堆，今日賊人若不死，永州再難見青天！」

聽到這聲音，柳玉茹猛地抬起頭。

遠處聲音越來越清晰，緊接著，所有人還沒反應過來，就見許許多多紙頁如雪紛飛而下，灑滿整個滎陽，這些紙頁配合著城外人的大喊之聲，再傻的人都明白發生了什麼。

「顧大人回來了！」

「顧九思來了！」

人群中發出驚喜之聲，柳玉茹看著滿天紙頁紛飛，然後看見山頭處，無數孔明燈升騰而起，照亮夜空。

那孔明燈猶如星星一般，密密麻麻，上面寫著朱砂寫好的字。

——「殺，王」。

哪怕是這樣戾氣滿滿的話語，可千盞孔明燈掛在夜空緩緩升起的模樣，依舊成了最溫柔的呢喃，最美麗的畫卷。

「這是什麼意思？」有人疑惑地問出聲：「你們看信最後一句話，『莫怕，我來了』，這語氣，怎麼像給自家媳婦兒寫信一樣？」

柳玉茹聽到這話，低下頭來，拿著手裡的信，看著信上的話語。

——莫怕，我來了。

她不知道為什麼，這麼幾日，她一直維持得很好，一直是所有人的支柱，所有人都覺得她冷靜平穩，都覺得她的情緒沒有什麼波瀾。

可在看見這紙頁上最後一句話，看見這滿城飛雪，千盞燈火，她卻忍不住，慢慢紅了眼眶。

你看，他從不辜負她。

他來了。

這樣聲勢浩大又突如其來的襲擊讓城內參與此事的富豪鄉紳慌了神，哪怕是王樹生內心也有了幾分不安，他面上故作鎮定，同王賀道：「你去看看，可是顧九思搬救兵來了。」

王賀早就想去，趕緊應下聲後離開。

被困在位子上的陳老闆見狀，憤怒道：「還看什麼看，必定是顧九思帶著人打回來了！」

「打回來了又怎樣！」王樹生怒喝：「難道我們還能停手嗎？」

這話讓所有人沉默下去，王樹生看著屋內所有人惶惶不安的樣子，心中氣悶，又掛念著外面局勢，留人看管好看他們之後，便提步走了出去。

他一路駕馬疾馳到城樓，登上城樓之後，王賀也回來了，恭敬道：「如今還沒看著顧九思的人馬，只聽見人在城外叫嚷，公子，如今怎麼辦？」

「怎麼辦？怎麼辦你還問我？」王樹生怒道：「出去抓人啊！」

「那縣衙那邊……」

「繼續攻打！」王樹生立刻道：「天亮之前，我一定要見到柳玉茹。」

「可是人手怕是不夠了。」王賀猶豫道：「城內士兵一共不過三千人，今日激戰後，可動用不過兩千，聽外面這聲音，怕是有上千人，沒有雙倍之數，迎戰怕是有差池。」

王樹生沒有說話，片刻後，他終於道：「去城外迎敵，若是不敵，回來之後，柳玉茹不出來，一把火燒了縣衙。」

「一把火燒了，」王賀驚道：「裡面的人怕是都活不了，到時候如何牽制顧九思？」

「輸了，」王樹生冷聲道：「還談什麼牽制？多一個人上路，多一個伴。」

王賀聽著這話，心涼了下去，他已知王樹生打算，心中雖然害怕，卻只能應聲下去。

王賀吩咐士兵出門去，又吩咐家丁去拿油和乾柴。

這麼安排，縣衙頓時平穩下來，柳玉茹聽到外面沒了聲音，卻沒有半分鬆懈，一直緊皺著眉頭。印紅聽到外面撤兵，頓時癱軟在地上，輕拍著自己的胸口：「總算沒事了。」說著，她轉頭看向旁邊還在揉帕子的柳玉茹，不由得道：「夫人，姑爺都來救咱們了，您怎麼還愁眉苦臉的？您聽外面，他們都走了。」

「他們是走了。」柳玉茹高興不起來，低著頭，淡道：「是去找妳家姑爺了。」

「姑爺那麼厲害，」印紅滿不在意道：「不會有事的。」

柳玉茹苦笑一下，沒有多說。

她低頭替人包紮著傷口，心裡默默幫顧九思祈禱。

而滎陽城外，王家子弟領隊，帶著滎陽的軍隊一路朝著發聲方向衝過去，顧九思站在高處，俯視著滎陽城的動靜。

他穿著紅色繡金線紋路外衫，內著純白色單衫，頭髮用金冠半挽，腰懸長劍，迎風立在山頭，顯得格外惹眼。

林中人看不清遠處，他們也不知發生什麼，就只是按著顧九思的吩咐，一直喊。

「王氏謀逆，可誅九族，同黨同罪，還請三思。」

「王家白銀三千萬，皆為百姓白骨堆，今日賊人若不死，永州再難見青天。」

那聲音飄蕩進滎陽城中，一遍又一遍，不厭其煩。

顧九思算著士兵的距離，到他預設的地方後，顧九思立刻同徐羅道：「撤！」

說著，顧九思便和徐羅等人一起，指揮護送著百姓迅速跑開。

百姓往林中散亂跑去，士兵進入林中，先遇上一堆陷阱，人仰馬翻了一陣後，軍隊便亂了。顧九思握著劍，和徐羅護在百姓末尾，送百姓一路逃竄出來。老百姓連士兵的臉都沒怎麼見過，就跑了出去。

這些百姓都是當地的村民，一跑出去，便抄著近路，翻去了另一個山頭。

顧九思和徐羅等人躲在樹上，觀察著這些進來搜人的士兵，順手殺一些落單的。沒一會兒，這些士兵就發現自己的人少了，而後另一個山頭，喊聲又響了起來。

領隊意識到不對，大聲道：「退！退回去！」

說著，領隊便帶著士兵立刻退出密林。

等退出去之後，士兵也不敢多做耽擱，旋即回城稟報。

王樹生在城樓上見軍隊回來，本以為是抓到了顧九思，結果聽到稟報之後，當即大怒：「什麼叫沒見著人？你們這麼多人進去，眼瞎了？」

「密林裡面實在複雜，顧九思又不與我們正面交戰，我……」

「閉嘴！」王樹生訓斥。

王賀沉默了片刻，慢慢道：「公子，顧九思既然已經確定了清晨來迎戰，那我們不如就等著他來就是了。如今當務之急，還是活捉到柳玉茹等人，然後安排好退路。」

王樹生沒說話，片刻後，他深吸一口氣：「你說的是。」

說著，他走上前一步，低聲道：「將家裡的人都送出去，一路直行不要回頭，去益州。」

王賀恭敬行禮，便帶著人走了下去。

而王家大堂上，各家長老家主焦急地喝著茶，一位小廝來給趙老爺奉茶，趙老爺端起茶杯，看見了盞托上的字後，頓時臉色大變。

見他臉色不對，一直觀察著所有人的陳老爺不由得道：「趙老爺的茶是什麼茶？」

「同諸位一樣，」趙老爺定了定心神，接著道：「但王家的茶，怕是同咱們不一樣。」

聽到這話，在場的人互相看了一眼，他們都看出來趙老爺知道了什麼。

外面是不斷重複著的喊話，陳老爺慢慢道：「看來顧九思對王家憎怨頗深啊，來來回回都是王家的事。」

「說起來，這事還是樹生年輕衝動，忍不下這口氣，」趙老爺抹了盞托上的字跡，從容地放在一旁，慢慢道：「我們幾家，家裡人多，有幾個孩子出息些，但也許多子弟不過普通人。人活著，終究是最重要的，你們說呢？」

聰明人說話都繞著，幾句話下來，所有人明白了意思。

這事主要是王家的事，走到今日也是王樹生忍不下父親被殺的這口氣，而顧九思惦念著要下死手的，也是王家。他們幾家人在官場上是有一些子弟，當初也是為了護著這些子弟，所以才跟著王樹生幹了刺殺欽差的事。可是除了這些官場上的子弟，他們家族還有許多沒有牽扯到的普通人。如今若是真的和王家一條路走到黑，到時候王家跑了，他們卻是抄家滅族的大罪。倒不如放棄一部分人，至少留下一些青山，未來也許還能靠著宗族裡小輩東山再起。

話說到這裡，已是沒有人再接話了。

如今誰若再接話，便是鐵了心要從這條船上下去，可是一行人誰都不信誰，就怕有人開了頭，轉頭便有人去王樹生那裡告密。他們一群人的性命都在王家，誰都馬虎不得。所有人互相猜忌著，擔憂著。而王樹生則是澈底放棄了在外抓捕顧九思，轉頭親自領著人，到了縣衙門口。

王家已經準備好油和柴火，帶著兩千人馬，將縣衙團團圍住。

而縣衙外面，柳玉茹這邊的人大多帶著傷，他們拿著刀，圍成一圈，護在縣衙周邊。

「柳玉茹！」王樹站在門外，大喊一聲：「妳給我出來！」

這一聲喊，庭院內外都聽見了，柳玉茹在內院，只聽到外面喧嘩之聲，沒了片刻，木南便進來，恭敬道：「夫人，王樹生在外面叫您。」

柳玉茹猶豫片刻，還是起身，領著人，一路走到外院，站在這裡，便能聽見門外的動靜。

王樹生在外面等了一會兒，而後聽見木南道：「我家夫人來了，有話便說。」

「柳玉茹，妳夫君顧九思，如今就在城門外，他等著見妳。」王樹生大聲道：「咱們不要再這麼打下去了，妳自己出來，我便饒裡面所有人不死。」

「王大人說笑了。」柳玉茹平靜道：「若王大人這麼容易就要了我們的命，何必要妾身出來？自己來取就是。不過是拿城外我家郎君沒辦法，又拿我們沒辦法，想把我一個婦道人家哄出去，當做滎陽城的盾牌罷了。」

「顧夫人對自己，倒是自信得很。」王樹生笑了，「我要捉你們難，要你們死可是容易得很。柳玉茹我告訴妳，現在縣衙外面，我拿了全城的油過來，還帶了足夠的柴火稻草，妳要是不出來，就不要怪我動手了。」

「王大人，」聽到這話，在一旁陪著柳玉茹的洛子商終於出聲，他冷笑道：「你若一把火燒死了我們，你就再也沒有顧九思的把柄了。而且，若我死在這裡，你可要掂量好分量。」

「洛大人，」王樹生立刻道：「在下並不願與您為敵，您也沒有與在下為敵的意願。在下只是想求一條出路，若您願意，就打開門，將顧夫人交出來，只要顧夫人出來，在下保證，絕不會動縣衙半分。」

洛子商沉默，王樹生繼續道：「洛大人，我如今已是無路可走，兔子急了也會咬人，何況我王樹生？」

沒有人說話，印紅見所有人都不表態，頓時紅了眼，急切道：「不行，夫人不能出去！他們明擺著是要拿夫人要脅姑爺，到時候……到時候……」

到時候，若是顧九思不入圈套送死，柳玉茹活不下來。

若是顧九思入圈套生死……柳玉茹怕是，也活不下來。

終歸是個死局。

印紅焦急想要求所有人，然而所有人都沒說話，大家看著柳玉茹，片刻後，柳玉茹終於出聲：「那煩請王大人稍候，妾身梳洗過後就出府。」

「半個時辰。」王樹生立刻道：「半個時辰，我不見人，便燒了這府衙。」

「好。」柳玉茹一聲應下，她轉過身去同印紅道：「去打水，我洗個澡。」

印紅站著沒動，柳玉茹往屋裡去，冷靜道：「打水。」

印紅清楚柳玉茹聲音裡的警告，她紅著眼，跺了跺腳，便領著人去打水了。

柳玉茹翻了新的衣服出來，然後翻出顧九思買給她的首飾，卸了頭髮。

之後，她彷彿去參加一場盛大的宴會一般，沐浴，更衣，挽髮，畫上精緻的妝容，插入鑲白玉墜珠步搖在兩側，而後站起身，套上紫色落白花大衫，展開雙臂，用暖好的香球熨燙過衣衫周身。

等做完這一切，外面傳來木南的聲音道：「夫人，快半個時辰了。」

柳玉茹應了聲，平靜道：「開門吧。」

說完之後，大門打開，柳玉茹便見所有人列成兩排站在門外，她抬眼往外看去，神色平靜又從容。李玉昌看著她，心有不忍，「顧夫人，妳……」

不等他說完，柳玉茹笑起來，「李大人不必多想。」

柳玉茹平靜道：「大家都會平安。」

李玉昌聽到這話，不知柳玉茹是安慰，還是不明白她此去的意義。可他卻不能在此時多說什麼了。

他嘆了口氣，沒有出聲。

柳玉茹提步出門，所有人目送她，她沒有回頭，姿態鎮定從容。

也不知是誰起頭，侍衛突然跪了下來，哽咽道：「恭送夫人。」

而後兩排侍衛如同浪潮一般，隨著柳玉茹不徐不疾的腳步，一路往前跪了下去。一聲接一聲道：「恭送夫人，恭送夫人。」

柳玉茹沒有停步，沒有說話，亦沒有回頭。

這一切是她當受的。

所有人都知道，本來作為夫人，她應當在內院，成為所有人護著的最後一人。哪怕他們全部戰死前方，這位女子也要成為最後一位離去的人。

然而她卻選擇以自己的命換他們的命，以女子孱弱之身護在他們身前。

柳玉茹走到門前，看著血跡斑斑的縣衙大門，終於停住步子，片刻後，她轉過身，雙手交疊放在身前，輕輕躬身。

「謝過諸君。」

聽到這句話，洛子商睫毛顫了顫。

他在柳玉茹轉身前一刻，突然出聲：「柳玉茹！」

柳玉茹頓住腳步，他終於道：「我帶妳回揚州。」

然而回應他的，只有柳玉茹沉穩的兩個字：「開門。」

門「吱呀」出聲，緩緩打開，而後柳玉茹看見外面站著的人。

他們密密麻麻，王樹生站在最前方，帶著他們猶如修羅地獄而來的厲鬼，隔著一道門，與他們陰陽相望。

門後是生，門外是死。

而柳玉茹朝著王樹生微微一福，溫和的語調道：「王公子。」

「顧夫人。」王樹生笑著回禮，隨後道：「請吧。」

柳玉茹點點頭，毫不猶豫踏過門檻，走了出去。

等她下了臺階，回過頭，看見府衙的門還沒關，所有人看著她，似乎她只要願意回頭，便能回去。柳玉茹輕輕一笑，卻是道：「關門吧。」

「夫人！」印紅終於忍不住，嚎哭出聲，朝著柳玉茹就要奔過去，被木南一把抓住，他控制住她，顫抖著身子，沒有說話。

柳玉茹揮了揮手，再說了一遍：「關門吧。」

門緩緩關上，柳玉茹回頭，轉身看向城樓，同王樹生道：「是要上城樓嗎？」

「顧夫人似乎一點都不怕？」王樹生對柳玉茹的模樣有些詫異，不由得詢問。

柳玉茹在他的指引下上了馬車，兩人一同進了馬車，柳玉茹淡道：「我怕什麼？」

「妳知道會發生什麼嗎？」

「無非是拿我威脅顧九思，讓他一步一步就範，最後被你所擒。」

「妳覺得顧九思願意用他的命換妳的嗎？」王樹生覺得有些意思，看著柳玉茹道：「我聽聞你們感情很好。」

「你覺得會嗎？」柳玉茹看著王樹生，王樹生笑起來，「妳認為我是怎麼想的呢？」

「你覺得不會。」柳玉茹肯定開口，王樹生點頭道：「所以我會怎麼利用妳？反正妳也威脅不了顧九思。」

「他不會用他的命換我的命，可我的死卻能干擾他。你應當設置了很多弓箭手埋伏他，若你當著他的面殺了我，他必然會亂了心，然後你再動手。」

王樹生笑不出來了，柳玉茹平靜道：「你以為，我能想到，他想不到嗎？」

「他比我聰明得多。」

「那又這麼樣？」王樹生終於板了臉，「就算他知道，就不會被干擾了？」

「王樹生，」柳玉茹勸他，「你還有回頭路。」

「我還有回頭路？」王樹生嘲諷道：「妳別為妳那好夫君來當說客了。我幹過這麼多事，刺殺他，如今還指揮軍隊困了縣衙，妳說我還有回頭路？妳倒是告訴我，顧九思會饒我不死？」

柳玉茹不說話了，王樹生接著道：「他讓沈明殺了我爹，如今又想殺了我，今日我就算取不了他的性命，至少也要取了他家人的。我要讓他就算活著，也一輩子活在愧疚裡。妳是為他死的。」

王樹生一把捏住柳玉茹的下巴，狠道：「妳要記得恨他，若不是他一定要修什麼狗屁黃河，查什麼案子，為什麼百姓求公道，妳就不會死了，知道嗎？」

柳玉茹靜靜看著他，卻是道：「我是被你殺的。」

她一雙眼平靜得令人害怕：「我若要恨，也是恨你。若要詛咒，也當詛咒你。」

王樹生沒說話了，死死盯著她，許久後，一把推開她，怒道：「瘋婆子。」

兩人到城樓下，如今已接近清晨，正是天最黑的時候，王樹生讓人將柳玉茹綁了，掛在城樓上。

柳玉茹一直沒說話，她沒受過這樣的苦，手被吊起來，感覺粗繩磨擦在鮮嫩的皮膚上，她忍不住疼得哆嗦。

王樹生笑起來，「終究是個女人。」

柳玉茹沒有說話，被綁好之後，吊在城樓上，她不願去多想，便閉上眼睛，一直掛在高處。天慢慢亮起來，周邊鳥雀鳴叫，從山林中紛飛而起。

柳玉茹聽見遠方傳來青年嘹亮的歌聲，那聲音熟悉又遙遠，彷彿她那年生日，少年高歌歡唱。

——君不見黃河之水天上來，奔流到海不復返。

柳玉茹慢慢睜開眼睛，就見遠處青年紅衣烈烈如火，金冠流光溢彩。

他一人一劍，身騎白馬，腳踏晨光，從遠處高歌而來。

秋風捲著枯草帶著他印金線紋路的衣角翻飛，停在城樓下，仰頭看她。

他一雙眼帶著笑，笑容遮掩了所有情緒。

所有人都看著他，他的目光卻只凝在柳玉茹身上。

好久後，他終於開口，所有人都以為他要說什麼時，就聽他大喊了一聲。

「柳玉茹，我來救妳了！」

柳玉茹驟然笑出來。

她一面笑，一面哭著。

所有的疼痛都不是疼痛，所有的苦難都不是苦難了。

王樹生聽顧九思說這話，頓時怒了，看著顧九思，大聲道：「顧九思，你的人呢？」

「我的人？」顧九思挑眉看他，一手拉著馬，一手將劍抗在肩上，回聲道：「我不是在這兒嗎？」

「你的兵馬呢？」王樹生立刻開口，他有些緊張，昨晚這麼大陣仗，說顧九思只有一人，誰能信？

顧九思朝城裡揚了揚下巴：「我的人在城裡啊。」

「胡說八道！」

「你不信？」顧九思挑眉，「那你就開城讓我進去，你看看我的人，在不在城裡？」

王樹生不敢應聲，顧九思繼續道：「你們幾家人，膽子倒是大得很，拿家丁偽裝百姓，偽造暴亂，刺殺欽差，圍攻縣衙，你們這是做什麼？這是謀反！知道謀反是什麼罪嗎？誅九族的大罪，你們幾個永州地頭蛇，吃得起這個罪嗎？」

「不過我大方得很，」顧九思大聲道：「我只找王家麻煩，其他幾家，趁著今日將功折罪，謀逆之罪，我可以求陛下網開一面，不做追究！」

「公子，」王賀聽到這話，有些急了，「不能讓他再說下去了。」

「再說你們這些永州百姓啊，是軟骨頭嗎？被人欺負這麼多年了，來個人幫你們出頭，你們都不敢出頭嗎？不敢就罷了，那老子給錢啊，吶喊助威一千文，陪我動手的三千文，殺了人的一個人頭十兩白銀，砍王樹生的一百兩……」

「顧九思！」王樹生一把抓住柳玉茹的頭髮，將刀架在柳玉茹脖子上，「你還要不要她的命了？」

聽到這話，顧九思安靜下來，看著柳玉茹痛苦的表情，目光落在她頭上的髮簪上。

「王樹生，」顧九思聲音冷靜，「說來說去，你不過是想要我的命給你父親抵命，你放開她，我把命給你。」

這話讓所有人愣了，柳玉茹也是震驚的。

她頓時瘋狂掙扎起來，怒喝道：「你走！顧九思，你走！」

「閉嘴！」王樹生反應過來，頓時樂了，「沒想到顧大人還是個情種，那你拔了劍自刎就是。」

「你當我傻嗎？」顧九思氣笑了，「我自刎了，你不放人怎麼辦？」

「那你要怎樣？」

「你把她放出來。」

「我放出來，你跑了怎麼辦？」

「你開城門，我入城去。」顧九思立刻道：「你放她走，只要你讓她出城走出射程之外，我便自盡。」

這話讓王樹生有些猶豫，王賀看了看，附到王樹生耳邊道：「我們在城內埋伏好弓箭手，將他引進來就是了。」

王樹生想了想，終於道：「那你扔下武器，白衣入城！」

白衣入城，便是將他當罪犯看待，而且也容不下他穿任何防身的軟甲。

柳玉茹還想掙扎，卻就看見顧九思什麼都沒說，翻身下馬，脫了外衣，卸下金冠，放下長劍，只穿著一身單衫，赤腳站在城門前，大聲道：「開城門吧！」

見他卸下所有武器，王樹生終於將柳玉茹拉了上來，剛把繩子解開，柳玉茹便一把推開周邊的人，翻身從地上爬起來，跌跌撞撞從城樓上跑了下去。

王樹生沒讓人攔她，柳玉茹一路跑得極快。她失了一貫的冷靜，瘋狂奔向城門，她眼裡含著眼淚，像一個十幾歲的小姑娘，受了天大的委屈，要去找那個能救她一輩子的人。

她一路狂奔，風呼嘯而過，等她跑到城門時，衣衫凌亂，髮髻散開，看上去狼狽不堪。

她喘著粗氣，看著城門一點點打開，先進來的是晨光，然後那個人在晨光之後，一點點顯現出來。

他只穿著一身單衣，長髮披散，赤足站在城門前，周邊都是士兵，所有人戴盔持劍，神色嚴肅以待，唯獨他，依舊是那副玩世不恭的模樣，彷彿閒事踏青看花，對這些煩人的小事，不甚在意。

柳玉茹喘著粗氣，兩人隔著三丈的距離，卻是誰都沒動。

顧九思靜靜打量著她，他的笑容慢慢散開，好久後，朝她招了招手，聲音帶了幾分啞。

「玉茹，」他說，「過來吧。」

柳玉茹毫不猶豫，猛地撲進他的懷裡。

就在那一瞬間，地面隆隆顫動出聲，王樹生大喝：「放箭！」

而後便有千萬隻帶火的羽箭從城外飛馳而來，羽箭朝著顧九思飛來，同時也有士兵在顧九思周邊立起盾牌。

頃刻間，城門前亂成一片，廝殺聲、砍殺聲、兵馬聲，兵荒馬亂，烽火狼煙，晨光與血渲染了這個清晨，而他們兩人什麼都沒想，旁若無人地擁抱在一起，彷彿這世間的一切，都與他們無關。

「這些時日，我不在，妳怕不怕？」顧九思抱著她，彷彿是失而復得的珍寶。

柳玉茹哽咽出聲：「我不怕？」

「膽子這麼大啊？」顧九思輕笑。

柳玉茹抽噎著，抓著他的衣衫。

「我知道……」她哭著說：「我知道你會回來的。」

聽到這話，顧九思抬起手，覆在她的頭髮上，他側過臉，低頭親了親她的面頰。

「玉茹真乖，」他聲音溫柔，然後看著她哭花的面容，凝視著她，沙啞道：「我以後，再也不會讓妳吃這樣的苦了。」

「妳當真是我的心肝啊。」

真的心肝。

稍稍碰著就疼，輕輕傷著就疼到絕望。

哪怕拿了命，都捨不得讓這塵世髒她裙角半分的心肝寶貝。

這是他的妻子，柳玉茹。

哪怕在外強悍如斯，於他面前，卻永遠如嬌花一般需要人捧在手心上的姑娘。

說完這句話後，顧九思替柳玉茹理了理頭髮，他時刻注意著周邊，見有人護著他們，也就不甚在意，正要同柳玉茹說幾話，就被人一巴掌抽在腦袋上，江河騎在馬上，喝道：「都什麼時候了還有心情磨磨唧唧的！把人送到安全的地方來找我。」

罵完之後，江河便騎著馬離開，柳玉茹這才來得及看周邊場景。

不知道哪裡來的士兵在城內和王家的家丁士兵廝打起來，江河和葉世安騎在馬上，正領著人追著王樹生。

顧九思昨晚鬧了一番，早就搞得城內所有人心中浮動。所有人有了思量，陳家早在昨晚就得了陳老爺的訊息，特地將家中親戚私下在守軍中走了關係，調在城門口，為的就是保護顧九思。

王家人夜裡將自家人送出城去，卻要其他幾家人一起造反，大家都不是傻子，沒有這種道理，趁著這個機會拉攏顧九思，拿王家賣人情，才是正理。

但若是提前動手，一來顧九思看不見這個人情，二來萬一王家提前發難，他們自己內鬥鬥死了，就真的什麼都落不下了。

於是一直等到這個時間，顧九思出現了，入城了，千鈞一髮，陳家人衝上來救了人。

這是陳家的算盤。

而有陳家這種人存在，也是顧九思敢入城的算盤。

第一批箭雨，顧九思沒被射殺，接著便是江河早埋伏在外的大軍壓境，先用火箭震懾住在場所有人，隨後趁著眾人沒反應過來，直接帶著人衝殺進來。這樣接連的衝擊之下，哪怕是原本還在動搖的中立人士，也立刻倒戈到顧九思這邊，哪裡還有心思跟著王樹生奮戰？

在短暫的反抗後，各家子弟跑的跑，叛的叛，只有王家的人沒有退路，負隅頑抗，但面對這樣絕對性的兵力對比，很快敗下陣來。

柳玉茹和顧九思看了戰局一眼，顧九思將手搭在她肩膀上，扶著她，同一直站在她們身邊的士兵道：「勞煩諸位送我們回縣衙。」

這些士兵原本都是守城的士兵，方才王樹生放箭，就是他們衝上前來架盾擋住了箭矢，救完顧九思後，他們也沒走，守在顧九思身邊，隨時等著吩咐。

顧九思知曉他們的心思，他們臨時叛變，就是指望送顧九思一份恩情，讓顧九思記著，這樣一來，無論之前做過些什麼，都算是將功折罪了。

於是顧九思一面領著他們回縣衙，一面問他們的名字，他們報上名字之後，明顯輕鬆了許多，他們不忘告訴顧九思，自己與當地哪一位鄉紳是親屬關係。

顧九思聽著，漫不經心道：「各位前些時日還聽王家的命令，昨夜是怎的改了主意？」

所有人不敢說話，顧九思輕笑，「時至今日，許多事大家心知肚明，各位但說無妨。」

這些人本只是在下面當差的武夫，沒有太多心思，其中一個嘆了口氣，直接道：「大人，不瞞您說，我們陳家並無謀逆之意。昨夜王樹生把我們家老爺困在王府，半夜他們把王家的人都送出城了。我們家主得知，想盡辦法用王家府上的暗樁送出消息，讓我們今日幫著大人。我們幫大人，圖什麼，想必大人也清楚。」

「我明白。」顧九思點點頭，似是諒解。

這些人舒了口氣，送顧九思到縣衙府，他們不忘道：「過往的事，我們都是下面的人，也做不得主，還望顧大人不要計較。」

「這並非我計不計較，」顧九思笑了笑，「端看律法。律法之內，顧某做不得主，但是若能通人情，各位救命之恩，顧某還是記得的。」

幾個士兵得了這話，訕訕笑了笑，也不敢多說。

顧九思領著柳玉茹進了縣衙，一進門，就聽見印紅的哭聲，她哭得極慘，一面哭一面咒罵著：「你們這麼多男人，都護不住一個女子，要拿夫人的命去給你們求一條生路，你們不要臉，你們……」

「印紅。」

柳玉茹出聲，止住印紅的話，印紅愣了愣，隨後抬起頭，看見柳玉茹和顧九思站在身前。

「夫人！」印紅驚喜叫道。

柳玉茹皺著眉頭道：「妳方才胡說八道什麼呢？」

「沒什麼，」印紅見柳玉茹回來了，哪裡還顧得上自己說錯了什麼，她趕忙擦著眼淚，站起來道：「我給大家賠不是，我口不擇言，我亂說話了，我錯了。」

「夫人回來了，」印紅說著，眼見又要哭起來，「我給大家認錯。」

「下次別再說這樣的胡話。」柳玉茹冷著臉，說著，朝眾人行了個禮，「丫鬟沒有調教好，我給諸位賠不是。」

「夫人，」一個侍衛站出來，愧疚道：「這丫頭說得沒錯，是我們沒用。」

「哪裡的話，」柳玉茹笑起來，「我是你們主子，自要是要為大家著想的，不會讓大家為我白白做事白白犧牲。」

「可是……」

「過去的事，都不說了。」

顧九思見他們互相道歉，怕是沒完沒了，打斷他們的對話，溫和道：「大家應當也是一夜沒有歇息，都還帶著傷，該休息休息，該包紮包紮，若是真覺得對不起你們夫人，日後好好為她做事就是。」

顧九思給所有人鋪了臺階，大家這才應了。侍衛散開，留下李玉昌、秦楠和洛子商。

李玉昌走上前，看著顧九思道：「你沒事吧？」

顧九思見李玉昌少有的失了那份冷淡和禮數，不由得笑起來，擺擺手道：「沒事。」

他笑著道：「李大人看上去應當無事。」

「是啊。」李玉昌舒了口氣，隨後同顧九思道：「走，我們裡面說。」

李玉昌要同顧九思聊案子的事，便拖著秦楠一起走了，庭院裡剩下洛子商和柳玉茹，洛子商沉默著，柳玉茹看著洛子商，溫和道：「洛大人看上去也累了，不妨先去休息吧。」

洛子商沒說話，好久後，他才道：「我說要帶妳回揚州，妳為何要走？」

柳玉茹知他指的是清晨的事，柳玉茹低頭笑了笑，溫和道：「我給不了洛大人想要的，便不能要洛大人給的東西。」

「我不需要妳給我什麼。」

「那不是你不需要，不過是你得不到，所以退了一步而已。」

柳玉茹說得通透。

兩人沉默下去，洛子商靜靜看著柳玉茹，他們對視著，許久後，洛子商突然笑了。

「柳玉茹，」他聲音平靜，「我不欠妳什麼了。」

柳玉茹笑得溫和：「洛大人本也不欠我什麼。」

「那時候的桂花糕是妳自己做的嗎？」洛子商沒頭沒腦地問起來。

柳玉茹愣了愣，片刻後才道：「母親做的。」

洛子商沒有說話，過了一會兒後，他伸出手，朝著柳玉茹作了一揖。柳玉茹回禮之後，他便起身離開了。

柳玉茹在門口等了一會兒，知道顧九思和李玉昌說著案子的事，一時半會兒說不完，她疲憊得不行，便乾脆先回房等顧九思。

她在房裡先卸妝洗漱，隨後吃了點東西，拿了個話本，坐在床頭等顧九思。她本是想等顧九思回來同他說話的，但緊張了這麼幾日，驟然放鬆下來，著實太睏了，於是她翻著書頁，沒一會兒，便不受控制靠在一邊睡了過去。

顧九思先和李玉昌交接了案子的事，隨後便同處理完王家的江河說了一會兒，這才回到房間。

回到房間裡，他首先聽見的是均勻的呼吸聲，他知曉柳玉茹睡了，躡手躡腳進了屋中，便看柳玉茹趴在床上，本想叫醒她，但看著她睏極了睡在床上的模樣，也不知道為什麼，就趴在床頭，雙手交疊著放在身前，將下巴搭了上去，側著頭看著柳玉茹的睡顏。

他像個孩子一樣，認真又專注地觀察著柳玉茹，看她好不好，他的目光一寸一寸打量過她每一根髮絲，每一寸皮膚，這麼趴著看，看到柳玉茹迷迷糊糊醒了過來。

她睜開眼，看見側頭看著自己的顧九思，嚇了一跳，一雙杏眼瞪得圓溜溜的。

顧九思忍不住笑了，「嚇到了？」

「你這樣趴在一旁瞧多久了？」

「也不是很久，」顧九思直起身，甩了甩有些發麻的手，平和道：「見妳睡得香，不忍打攪妳，又看妳睡得太好看，忍不住看到現在。」

「淨胡說，」柳玉茹嘀咕一聲，從床上坐起來，正要穿鞋，就被顧九思握住了腳。顧九思耐心地替她穿上鞋，隨後仰頭看她，「打算做什麼？」

柳玉茹被他的動作搞得紅了臉，小聲道：「倒杯水給你。」

說著，柳玉茹站起身，去倒了杯水給顧九思，顧九思一直站在她背後看她，一面看一面道：「我方才叫了大夫，想讓他給妳看看，瞧瞧妳有沒有什麼不妥當。」

「我能有什麼不妥當？」柳玉茹將水遞給顧九思，顧九思靠著柱子，接過水，輕抿了一口道：「多看看，終歸是好的。」

柳玉茹沒理會他，只是道：「舅舅什麼時候來的？」

「昨夜。」顧九思也沒瞞她，「王樹生讓人來抓我，我帶著人跑了，沒多久就遇上他。才知道沈明居然是去東都告狀，所以他們提前三日來了，來了之後舅舅從司州借了兵，便領著人直接過來。」

「所以今日也是你算好的了？」

「勉強算吧。」顧九思放下杯子，回答道：「我與舅舅協商好，讓他的兵藏在不遠處，我一個人來，只要讓他們開了門就行。」

「那今日……」

「可我說的話不是騙人的。」

顧九思不等柳玉茹開口說什麼，就立刻出聲，他看著柳玉茹，認真道：「今日就算沒有舅舅，我也會來。」

柳玉茹回過頭，看見青年俊朗的面容上，宣誓一般的鄭重。

她笑了笑，「這也無關緊要的。」

「這很重要。」

兩人說著，大夫來了，外面傳來了通報聲，顧九思立刻讓大夫走了進來。有了外人，兩人不再膩歪，等著大夫替柳玉茹診脈。

本來兩人只是求個放心，未曾想，大夫拿著柳玉茹左手右手輪著診了許久。

顧九思的臉色不由得有些難看了，終於道：「大夫，有什麼問題，您直說吧。」

「也沒什麼問題，」大夫皺了皺眉頭，接著道：「我就是想看看，是不是真懷孕了。」

第十六章　有孕

這話出來，顧九思和柳玉茹都呆了呆，片刻後，顧九思著急道：「什麼真的假的？懷孕還能有真假？」

「懷孕沒真假，」大夫瞪了顧九思一眼，接著道：「診脈有誤診啊。」

頭一次見到這種把誤診說得天經地義的大夫，顧九思和柳玉茹也是無言，顧九思憋了口氣，忍了片刻後，只能道：「那你趕緊看看。」

「安靜些。」大夫不耐煩地說了一聲。

顧九思趕緊捂住嘴，不說話了。大夫又是左手換右手的診了許久，顧九思有些忍不住了，正要開口，大夫就喝道：「安靜些！」

顧九思，「……」

他什麼話都沒說呢。

顧九思站在一旁，給了柳玉茹一個委屈巴巴的眼神，柳玉茹抿唇忍著笑，朝他眨了眨眼，顧九思頓時又高興起來。

兩人在一旁眉目傳情，傳出幾分趣味，也不覺得等待的時間難熬，過了一會兒，大夫注意到他們的眼神交流，大夫看看這個，看看那個，「嘖」了一聲，收回了手，拿了紙筆道：「小夫妻老朽見得多了，這麼能膩歪的還真是頭一次見。」

「怎麼樣怎麼樣？」顧九思不打算理會老頭的嫌棄，徑直詢問。大夫低著頭寫藥方，漫不經心道：「懷了孩子，但身體底子不算好，得好好養。我開個方子，主要還是要食補，然後適當活動，但也別動得太過了。」

顧九思聽得眉頭皺起，柳玉茹卻是意料之內，應聲道：「謝過大夫了。」大夫寫了個食療的方子，便被送走了。顧九思拿了方子，看了一眼，隨後走出去同木南道：「你悄悄將城中所有大夫都給我叫來，給夫人看一遍。」

聽到這話，木南驚了，忙道：「夫人她……」

「沒事沒事，」顧九思擺擺手，「你先去叫，也不是大事，不必驚動其他人。」

「是！」木南得了話，趕緊去了。

顧九思折了回來，回到柳玉茹面前，拘謹道：「那個，妳要不要吃點什麼？」

「睡之前用過飯了。」柳玉茹半臥在床上，笑著打量著顧九思，「你吃過了嗎？」

顧九思點點頭，似乎在思索著什麼，也沒說話，柳玉茹等了片刻後，出聲道：「我以為你會很高興？」

「啊？」顧九思回過神，隨後趕緊點頭，「高興！我……我就是太高興了！」

「你高興，不應當是這樣啊？」柳玉茹有些奇怪，顧九思愣了愣，「我高興當是什麼樣？」

「應該很明顯才是，」柳玉茹想了想，「總不是現在這樣，看上去像做錯事一樣。」

「我……我倒是想抱妳起來轉個圈。」顧九思有些不好意思，「又怕傷著妳。而且……我是要當爹的人了，總、總得沉穩些。」

這話把柳玉茹澈底逗笑了。

她掩著嘴，笑得頗為克制，顧九思被她笑得有些窘迫，坐到床邊，有些懊惱道：「妳別笑話我了，我這是進步，是成長，妳當誇我才是！」

「是是是，」柳玉茹笑著，「顧大人，您如今越發成熟穩重了。」

兩人有一搭沒一搭說著話，過了一會兒，就聽外面傳來江河的聲音：「九思！」

話剛說完，江河笑意盈盈進了門，高興道：「我聽說姪媳婦兒有喜了？」

柳玉茹詫異地看向顧九思，顧九思面上笑容僵住，勉強道：「您……您怎麼知道的？」

「我聽李大人問的呀。」江河有些奇怪，「我剛才在院子裡，聽到李大人說的。」

「李大人又是聽誰說的？」顧九思的笑容有些撐不住了，江河似是察覺了什麼，笑著道：「是聽洛大人說的。」

「那洛大人又是聽誰說的？」顧九思的笑容澈底消失了，江河的小扇在手裡打了個轉，「自然是聽其他人說的囉。」

「公子，」說著，門外傳來木南的聲音，「大夫來了。」

木南領著人走了進來，顧九思看著木南招呼大夫進來，深吸一口氣，將木南抓到一旁，壓低聲道：「你同多少人說過夫人懷孕這事？」

「我就路上遇到秦大人，」木南茫然道：「和秦大人說了一嘴。」

聽到這話，顧九思明白了，木南和秦楠說了，秦楠轉頭便同洛子商說了，洛子商又和李玉昌說了……

他估摸著，現下整個府邸，應該都知道了。

顧九思一巴掌抽在木南頭上，抽一巴掌吐一個字：「不是叫你別！說！出！去！嗎！」

木南被打得有點懵，一面被抽得點頭，一面道：「秦大人……也不算什麼不能說的人吧？而且這是喜事啊！」

聽到喜事兩個字，顧九思總算清醒了些，他深吸一口氣，終於走了回來，在大夫身邊打著轉。

江河看著顧九思轉來轉去，走到顧九思身邊，捅了捅顧九思道：「別轉了，滎陽各大家族都遞了帖子上來，今晚得見一見。」

顧九思聽到這話，頓時冷靜下來，沉默著沒說話，江河以為他不願意，便提醒道：「明日得開始審案，你若有什麼想法，今晚得處理，最好見一見。」

「我明白。」顧九思想了想，同江河道：「但見他們之前，我想，我們自己內部商量一下。這樣吧，我讓人通知李大人一聲，等玉茹這邊出了結果，我同你一起去商量。」

「隨你。」江河聳聳肩，沒有半點在意道：「反正我就是跑個腿，也沒什麼所謂。」

兩人站著等了一會兒，大夫們都出了結果，確認柳玉茹懷孕近三月了，大家開出了大同小異的食補方子，對於此事，柳玉茹並不算驚奇，她細細想來，其實的確已經許久沒有來月信，只是她的月信一貫不準，也就沒有太在意。到黃河來事情繁忙，偶有不適，也只當是太累了沒有放在心上。

她細細問了大夫後續如何養胎，顧九思在一旁聽著，大夫說完之後，外面木南也來了消息，說李玉昌等人都已經在書房等著了，顧九思正準備告別，便聽柳玉茹道：「我也一同去，可方便？」

顧九思愣了愣，隨後便聽江河道：「有何不方便？走吧。」

「她懷著孕……」

「懷孕又不是耳聾眼瞎，」江河斜睨了過於緊張的顧九思一眼，「你擔心什麼？」

顧九思得了這話，也沒再說，柳玉茹起了身，他趕緊去扶柳玉茹，柳玉茹有些不好意思，同顧九思小聲道：「你且正常些，你若這樣，便讓我難做了。」

顧九思覺得柳玉茹說得也是，便收斂了些，但還是扶著柳玉茹，只是省卻了各種小心囑咐。

兩人進了書房，便見李玉昌和秦楠、傅寶元都在。雙方互相行禮之後，便坐了下去，這是他們幾人頭一次一起見面，顧九思看了雙方一眼，隨後同江河道：「舅舅，我為你介紹一下。」

聽到這個稱呼，秦楠微不可聞地皺了皺眉頭，江河笑著看著秦楠，聽顧九思道：「這位是秦楠……」

「刺史秦大人，」江河卻是搶了顧九思的話，起身拱手道：「在下戶部侍郎江河，秦大人看上去十分熟悉，我們過去可是見過？」

秦楠沒說話，死死盯著江河。

江河笑了笑，「秦大人？」

「江河？」秦楠冷冷出聲，江河認真道：「正是。」

所有人注視著他們，秦楠深吸一口氣，起身朝著江河行禮。

可不知道為什麼，所有人都看出他的顫抖，李玉昌皺眉道：「秦大人？」

「老毛病，」傅寶元趕緊打著哈哈，「他老毛病犯了，一發病就全身抖，我扶他去休息一下。」

「不必了。」秦楠聲音僵硬：「老毛病，不用管，很快就會好的，一切照常繼續，等會兒顧大人要見那些鄉紳了，我們得提前商量出結果。」

「是啊是啊，」傅寶元趕緊道：「他沒問題，大家繼續就好。江大人，下官滎陽縣令傅寶元。」

傅寶元拿出他拍馬屁那套功夫，堆著笑道：「久仰江大人大名，今日可算是見到了，真是三生有幸，您讓滎陽當真蓬蓽生輝！」

江河聽慣了這些馬屁，他不鹹不淡地笑了笑，算做回應。

介紹了幾個人後，大家坐下來，顧九思明顯感覺到秦楠和江河之間的氣氛不對，可當事人不說話，他便假作不知，只是道：「這番變故後，如果細察近幾日的事，滎陽城內四大家族怕是一個都跑不掉，今日我就問大家，到底是查或不查？」

所有人不說話，過了一會兒後，顧九思接著道：「查下去，我們要解決幾個問題，首先，我許諾過四家人，這次主要針對王家人，他們臨時協助我們，雖然有過，也算有功，如果我還要追查，就是出爾反爾。其次，如果我們只處理王家一家人，還算容易，但如果是要強行處理四家，後續怕再生亂子。最後便是，如今追查官場上的人數，我怕牽扯的人已不少，如果要算上這一次幾乎算謀逆的事，四家下來，牽連處斬的，怕是要有幾千人。」

說著，顧九思看了秦楠一眼：「我如今打算將官場上的全部處理完，這已算是難事了，滎陽官場上，估計上上下下全都得清理一遍，到時候誰來做事？如果還打算處理這次暴亂，我怕牽扯人數太多，會有變數。」

「你的意思，我明白。」李玉昌開口：「但是此事已有律法言明，一切按律法處置就是。」

顧九思沒有說話，過了一會兒，顧九思點點頭，「按李大人說的意思辦。那處理了人，後續需要填補的位子，讓誰來填？」

「這樣吧，」柳玉茹在旁邊聽著，出了聲，「如今一切，就按照李大人的意思來處理，但是這次暴亂牽連人數太多，九思不如和陛下求個情，可以用錢減輕此次責罰。此事，不罰不行，但按照律法，怕是要斬幾千人，許多人不過因為家族牽連其中，當真斬了，怕是太過嚴苛，不如就讓四大家族交罰金來解決此事。這一次罰，就罰到他們元氣大傷。而官員上，如今科舉結束在即，我們把這些事處理完了，科舉也結束了，讓陛下委派高層的人手。而底層官員，秦大人和傅大人在滎陽多年，應該還是有一些人，加上滎陽還有一些小家族，普通老百姓，我們在保留一部分可靠人手的基礎上，再於滎陽搞一個小科舉，直接公開招人，讓這些老手準備課程，在短時間裡教會大多數人熟悉平日事務流程，縱然會有一段艱難時期，但總能熬過來。」

柳玉茹思索著說完，顧九思看了周邊一眼，幾個人面面相覷，片刻後，李玉昌道：「我覺得可行。」

大家這麼商量完，便定了下來，由顧九思去談。

此刻已是夜深了，顧九思讓所有人先去休息，自己將趙家、李家、陳家的三位家主請了進來。

三個人已經在外面等了許久了，他們內心十分忐忑，如今他們是魚肉，顧九思是刀，他們完全不敢多說什麼。等進去後，見到顧九思，跪了下來，顫抖著聲道：「見過顧大人，顧大人饒命啊！」

「說笑了，」顧九思笑起來，一一扶起他們，「各位迷途知返，本官十分欣慰。今夜特地將各位叫過來，商量一些事。」

三個人不敢說話，由顧九思扶了起來。顧九思讓他們坐下，親自替他們倒茶。三個人如坐針氈，看著顧九思對他們獻殷勤，不由得有些害怕，聽顧九思真摯道：「各位今夜來，必定是為了最近暴亂一事。」

「顧大人，」趙老闆深吸一口氣，「我們明人不說暗話，昨夜您這麼大費周章，又讓人喊話，又讓人發傳單，無非就是想要我們叛了王家幫您做事，我們想明白，也做到了，顧大人應當按照昨晚說的，放過我們幾家吧？」

「各位老闆說得不錯，」顧九思摩挲著茶杯，「顧某不是知恩不報的人，所以現下咱們才在這裡，能好好聊天。」

知恩圖報這話，不過是意思意思，在場所有人心知肚明。

顧九思敲打著桌子，慢慢道：「我是想放過各位，可是大家也知道，這裡管事的不只我一個，還有李大人，李大人這人為人公正古板，我也是想盡辦法了，他一定要處理這個案子……」

「顧大人，」陳老闆皺起眉頭，「若是幫你們和不幫一樣，不是在戲弄我等嗎？」

「怎麼會一樣呢？」顧九思嘆了口氣：「陳老闆，你聽我說完。本來按照律法，你們做的事，是夠誅九族的。可我既然答應過你們，自然不會讓你們走到這一步，我和李大人商量了一個折中的法子。」

「什麼法子？」三個人緊張起來，顧九思笑著將身子往前探了探，然後搓了搓手指，笑道：「給錢。」

三個人都愣了。

而這時候，江河和秦楠站在庭院裡，江河看著堵在他面前的秦楠：「秦大人有事找我？」

秦楠捏緊拳頭。

「你不當姓江的。」他顫抖著。

江河看著他，片刻後，輕笑出聲：「你當年，當真是查過我的。」

風吹得有些冷，秦楠靜靜看著江河，對面的人沒有如他這般外露半點情緒，始終保持著局外人的冷靜，彷彿二十一年前發生過的一切，與他沒有半分干係。

秦楠不能理解。

不能明白，怎麼會有這樣一個人。

他感到從未有過的憤怒湧上心頭，然而這份憤怒在對方的注視下，又在瀕臨頂點之前一分一分冷卻下去。等澈底冷下去後，秦楠竟然覺得可悲。

是的，可悲。

他的二十一年，洛依水的一生，在這個人雲淡風輕的注視下，如此可悲又可憐。

江河看著秦楠的表情變幻，一直不動聲色，許久之後，風帶著細雨飄落而下，江河收斂神情，轉過身道：「秦大人，回去吧。」

「你不覺得愧疚嗎？」秦楠驟然道。

江河頓住步子，靜靜注視著庭院前方一株開得正好的海棠，很久後，他才道：「人死燈滅，秦大人，過去了，就不要提了。」

「你愧疚嗎？」秦楠格外固執，「你知道她為你做過什麼……」

「她想讓我知道嗎？」江河驟然開口，這話讓秦楠愣住了，江河回過頭，靜靜看著秦楠。

他終於失去了笑意和平日那份玩世不恭，認真又冷漠地看著秦楠：「她願意嗎？」

願意嗎？

秦楠被問呆了。

他一貫木訥，在那個女子面前，向來理解不了女子灑脫又飄忽的想法，他從小循規蹈矩，讀四書五經長大，他不能明白，可卻也知道，當年洛依水不曾吐露過半分，又怎麼是願意？

看著秦楠的神色，江河垂下眼眸：「秦楠，其實你一直不懂她。」

「她心裡，她做的一切，都不是為我犧牲，那是她的選擇，她不願我可憐她。」

「而且，我也回答你，」江河抬眼看著秦楠，「我不愧疚，也不後悔。我江河做事，當時做了，便不會回頭。你可以怨我恨我憎我，若你有能力，可以為她報仇殺我。」

「我不想提及舊事，是顧及她的名聲。你今日要如何都使得，」江河警告道：「別把故人牽扯進來。」

秦楠沒說話，江河拱手之後，轉身離開。

江河走進屋中，這一次他出門，因為來得緊急，沒有帶著一貫帶的侍女，只有自己一個人。

他站了一會兒，隨後坐到書桌前，打開香爐，點燃爐中剛換過的香圈。

顧九思坐在屋中，看著躊躇的三人。

他把給錢的方法和三個人說了，可三個人卻一直沒有說話，顧九思也不急，留時間給他們慢慢想，許久後，趙老爺艱難地擠出笑容道：「顧大人，雖然我們有過，但也算是將功抵過……」

「趙老爺，」顧九思放下茶碗，慢慢道：「我應當同您說過，這事不是我能做主的。今日我已經儘量幫忙了，要麼，就讓李大人一直查下去，憑謀逆一條罪，諸位幾家便是滿門不留。要麼就是按照我說的，將錢給出來，我們就當這幾日的事沒有發生，之前我們拿著多少證據查多少，如果不是殺人等罪大惡極的罪過，可以讓李大人按律從輕考慮。各位老爺，」顧九思放低了聲，「留得青山在，不愁沒柴燒。」

所有人沉默了，三人來之前已經做好了打算，這並不是他們無法接受的結果，許久後，陳老爺首先起身，跪在地上叩首後，低聲道：「明日我會派人將銀子送來，謝過大人。」

有人做表率，剩下的人也不再掙扎，起身跟著行了禮，隨後走了出去。

等出門之後，顧九思在房間裡猶豫片刻，終於站起身，直接去江河的屋子。

他進屋的時候，看見江河正在發呆，他少的有看見江河這番模樣，猶豫片刻，終於出聲：「舅舅。」

江河轉過頭看向顧九思，顧九思恭敬地行了個禮，江河點點頭，「談妥了？」

「談妥了。」顧九思說著，進了屋，他坐到江河對面，江河倒了茶給他，兩人都沒說話，江河是聰明人，細節不需要和他贅述。

茶倒滿後，江河淡道：「想問什麼，便問吧。」

顧九思不說話，好久後，他才道：「今日舅舅失態了。」

江河沒說話。

顧九思接著道：「您不該搶話，提前和秦大人強調您是誰的。」

「有何不妥嗎？」江河搖著手裡的茶碗。

顧九思看著他，靜道：「秦大人認識您。」

「大概吧。」

「我之前問過您是否認識秦大人，您說不認識。」

「我有說錯嗎？」

「時至今日你還要騙我嗎？」

顧九思盯著江河，江河握著杯子的手頓住了，抬眼看向顧九思。

外面是落雨聲，江河靜靜看著他，片刻後，江河放下茶杯。

「我沒有孩子，打小將你當做自個兒的孩子看。」他靠在椅子上，看著顧九思，「我們江家原本有三個孩子，大哥死了，我沒有子嗣，只有你母親生下你，我小時候想好好教養你，可你父母太寵愛你，我也沒有太多耐心，可我知道你是聰明的，只是我未曾想，你這樣聰明。」

說著，他往前探了探：「為什麼覺得我認識秦楠？」

「他認識你，想提前叫你的名字，而你也知道他認識你，所以搶先介紹了自己。」

顧九思將結果說出口來，江河應了一聲，漫不經心敷衍道：「所以，我過去有我不願意讓人知道的事，你也一定要知道，是嗎？」

顧九思沒有說話，片刻後，他深吸一口氣，終於道：「您不願意說，我也不深查，其實細節如何我不知道，但大致情形，我已經知道了。只問您一件事。」

顧九思注視著江河，認真道：「會對未來局勢有任何影響嗎？」

江河沒有說話，許久後，終於道：「如果你是說那個孩子，我可以肯定的說，沒有。」

「但如果你說牽扯到故人，」江河笑了，目光裡帶了幾分無奈，「那就不一定了。」

「您是站在我這邊的，對嗎？」顧九思看著江河。

江河平靜道：「九思，」他聲音認真，「我們是一家人。」

顧九思深吸一口氣，俯身在地，恭敬道：「請您牢記。」

「我記得。」江河轉過頭，看外面細雨打枝：「我是江家人，這一點，我比誰都記得清楚。」

顧九思和江河的話止於此處，顧九思行禮之後，便起身回了屋中。

回到房裡時，柳玉茹正躺在床上看書，顧九思走進來，柳玉茹起身上前，顧九思叫住她，自己脫了衣裳道：「衣服上沾染著寒氣，妳別過來。」

說著，顧九思將衣服放在一旁，自己走進屋中，等緩過來後，才朝著柳玉茹招手，柳玉茹到他身前，讓他用力抱了抱，顧九思抱夠了，才鬆開來，看著她道：「怎的還不睡？」

「等著你呢。」柳玉茹笑著道：「你不回來，總覺得屋子裡少個人，睡不著。」

「那以後我早點回來。」

顧九思放開柳玉茹，親了一口後，開始洗漱，等洗漱完畢，兩人到了床上，細細說著白日裡的事。

若是尋常夫妻，夜裡床頭，說的大多是家長里短，時日久了，要麼這男人閒著無事太關注這些，要麼就得起些矛盾。但好在顧九思和柳玉茹是不存在這樣的情況的，他們每日能聊的太多。

聊了對鄉紳的安排，便聊各家的反應，聊了各家的反應，又聊柳玉茹的倉庫。

「倉庫新建起來，現在我便撒手不管了，心裡總怕出事。可是若我繼續累著去做這些事，要是孩子出了事，你會怪我嗎？」柳玉茹說著，夜裡抬了眼，看了顧九思一眼。

顧九思聽到這話，握住柳玉茹的手，嘆了口氣，有些無奈道：「說來不怕妳笑話，妳也別惱怒，其實這個孩子，到此刻了，我還是沒幾分真實感。」

「嗯？」

「最初聽著高興，覺得妳我有孩子了。可接著就有些害怕，總覺的我自個兒還是個孩子，怎麼就要當爹，當了爹，能不能當好。我想著這孩子的樣子，就希望他像妳，左想右想，我才發現，其實我也不是多喜歡這個孩子，只是因為妳是這孩子的母親，所以我才喜歡。」

柳玉茹沒說話，靜靜聽顧九思說著，顧九思翻了個身，將柳玉茹攬到身前，看著床頂，有些茫然道：「孩子是妳懷，苦是妳吃，犧牲是妳，我做不到什麼，自然也不會干涉妳什麼。妳按自己想做的去做就好，妳要是想繼續把倉庫管下去，要做些什麼，妳告訴我，能讓我做的，就讓我去做，若後續真的有什麼事，我也絕不會怪妳，只會覺得是自己無能。不能替妳懷這個孩子。」

柳玉茹聽到這話，不由得笑出聲，她靠著顧九思，低聲道：「你淨說些不靠譜的。不過我也不逞能，我問過大夫了，適當活動更好些，不用一直拘著。」

「嗯。但能讓我做的，也一定要我去做。」

「好。」柳玉茹靠著顧九思，想了想，接著道：「今日舅舅和秦大人……」

「我問過了。」顧九思直接道：「他不願意說的私事，也就罷了。」

柳玉茹聽到這話，便知道顧九思已經拿到答案了，只是這個答案他並不想多說。她不是一個熱愛探聽別人私事的人，便沒有再問。

她靠著顧九思，有些睏了，臨睡之前，她慢慢道：「在滎陽這邊把案子審完，之後就要回東都述職了吧？」

「嗯，得和陛下有個交代。」

「去多久？還回來嗎？」

「黃河還沒修好，」顧九思嘆了口氣，「應當是要回來吧。」

「至於多久？」顧九思看著天花板，有些痛苦，「這一個月，怕都有得忙。」

第二日清晨，顧九思起來，便讓人全城抓捕。王家在入城當日就已經被拿下，而剩下三家在昨夜一番交涉之後，呈現出異常的克制與平靜。

只是對於大家族來說已經接受了命運，但對於個人來說，每個人卻有每個人的想法，於是官兵破門而入的時候，隨處可見的，是家族內的互相指責推諉，以及一些人試圖逃脫的場景。

滎陽城熱鬧無比，城市裡充斥著哭鬧聲、叫罵聲、叱喝聲。

柳玉茹清晨起來，領著人穿過城，出城門到了倉庫之中。倉庫中沒剩下什麼人，大多都在前些時日被送走了，而舊貨也被卡在上一個倉庫點，柳玉茹到了碼頭逛了逛，讓人通知之前離開的人回來，同時又通知上一個倉庫的人，可以正常通航放貨。

等回來的時候，柳玉茹經過趙家，看見一個男子衣冠不整衝出來，隨後有家丁衝出來抓住那個男人，男人在大街上掙扎起來，嚎哭出聲：「官是你們讓我考的，事是你們讓我做的，你們在家享福，成日同我說一家人一家人，如今出了事，卻不管不問讓我去抵罪，這是什麼道理？哪裡來的道理？」

男人吼得所有人都聽見，然而話說完，就聽見一個年邁的老者叱喝道：「把他的嘴給我堵上！」

而後男人的聲音只剩下嗚咽聲，沒多久就被人拖了回去。

等回去之後，大街上又是乾乾淨淨，彷彿一切不存在過一般，柳玉茹轉過頭，看向趙家大門，趙老爺站在門口，看上去蒼老了許多，見到柳玉茹，微微躬了躬身子，恭恭敬敬叫了聲：「顧夫人。」

柳玉茹回了禮，趙老爺似乎是疲憊極了，沒有過多寒暄，行禮之後，便折身回了大門內。

柳玉茹沉默片刻，輕嘆一聲，由人扶著回了屋裡。

今日顧九思回來得早，他回到家裡，便看見柳玉茹坐在桌邊發著呆，帳本都沒翻，顧九思，見到柳玉茹的樣子，笑著道：「今日是怎的，誰惹著柳老闆了？」

柳玉茹聽到顧九思的話，回過頭，輕輕笑了笑。

「回來了？」

說著，她起身要替顧九思換衣裳，顧九思攔住她，忙道：「妳忙自個兒的，我自己會換。」

柳玉茹得了這話，便坐著，溫和道：「今日我瞧著城裡到處在抓人。」

「嗯。」顧九思在屏風後，扔了一件衣服上屏風，解釋道：「我讓人去的，司州的守兵不能一直停在永州，而且滎陽也算是中轉大城，一直這個樣子，對它損傷太大。本來修黃河就窮，若是因這些事又傷了元氣，我來永州這一趟，就不是修河，是作孽了。」

說著，顧九思從屏風內轉出來，繫上腰帶道：「這案子要速戰速決，反正證據傅大人和秦大人都準備好了。」

柳玉茹點點頭，顧九思走到柳玉茹身旁，坐下握了她的手，將人攬進懷裡，柳玉茹頭靠在他肩上，被他把玩著手，聽他道：「妳今日被嚇著了？」

「也不是，」柳玉茹搖搖頭，「有些感慨罷了。」

她將趙家的事說了一番，顧九思靜靜聽著，等她說完後，顧九思才道：「自從朝中允許商人子弟入仕，這便是常態了。一個家族總要培養一些孩子讀書、當官，然後反哺家族。那人也是好笑了，他說趙家對他不公，他怎的不想想，他當官升遷，個中資費來源於哪裡。而且這種家族，當官子弟自幼優待，他在趙家，個個吹捧他，平日裡讓著他，為的是什麼？不就是因著會有這麼一日，以補償他嗎？為他家中牟利，這事他本可不做，他因著家族裡的優待和資助選擇做了，到頭來又說家裡人對他不公害了他，這是什麼道理？合著他只能享福，不能受罪？」

柳玉茹聽著，不由得嘆了口氣：「若深陷沼澤，還想掙脫，這太難了。」

「九思，出淤泥而不染是人之嚮往，可人性軟弱貪婪，才是常人。」

聽到這話，顧九思沉默不言，柳玉茹抱著暖爐，靠著他，溫和道：「當一個老百姓，你黑白分明嫉惡如仇是好事。可作為官員，你得把人當成普通人。」

顧九思靜靜聽著，思索著柳玉茹的話。

柳玉茹的話他聽得明白，滎陽，或者說永州的問題不是一個地方的問題，而是大榮百年積累。這些年來，物產越發豐盛，商貿越來越發達，那麼這些商人入仕，就成為了必然。無論再怎麼打壓商人，但錢財驅使之下，商人在朝中擁有自己的權勢，是無可逆轉之事。

然而商人逐利，官者有權，沒有制度管理，滎陽今日，便是其他各州的未來。今日就算他把滎陽的貪官都斬了，下一個、下面幾百上千的官員，處在這個位子上，又能不步今日後塵嗎？

哪怕是顧九思自己——

顧九思心想，如果他自己當年在揚州，父母也是從小如此教導，他也得為家族命運投身於官場，一家人繫他一身，而周邊風氣都是如此，十年二十年，他又能比今日這些滎陽官員好到哪裡去？

柳玉茹的話顧九思放在心裡，他拍了拍柳玉茹的肩，柔聲道：「別多想了，妳好好賺錢就是，這些該是我想的。」

柳玉茹應了聲。

抓了幾日人後，顧九思開始公審。

他開了縣衙，將天子劍懸在桌上，而後審人。

秦楠、傅寶元準備了多年的證據，王思遠的口供，加上後續從各家抄家搜查出來的結果，從抓人到審判，一個接一個。

這些人的關係網，從滎陽開始，到永州，乃至東都，顧九思得到一個很長的名單，一個月後，他審完了所有人，定罪之後，全部收押。

永州最終牽連官員一共五百三十二人，滎陽官員兩百三十八人，其中處斬九十八人，其他各類處置人數不等，但總留了一條生路。

這樣的大案，顧九思必須回東都述職得到范軒的批示，於是他選出人接管城中兵防之後，又安排秦楠和傅寶元接管永州，洛子商監管黃河，隨後便領著江河、葉世安一起回了東都。

他本不打算帶著柳玉茹一起，柳玉茹懷了孕，顧九思怕她受不起這樣的奔波，然而回去前一天夜裡，柳玉茹輾轉反側，顧九思聞了聲，將人往懷裡一撈，溫和道：「怎麼還不睡？」

柳玉茹猶豫片刻，終於道：「我許久沒回東都，其實也該回東都看看，但有著孩子，我知道自個兒這事任性，我……」

顧九思靜靜聽著她的話，將她攬進懷裡，過了片刻，他嘆了口氣。

「妳想去，便去吧，這又有什麼任性？」

柳玉茹沒有出聲，顧九思溫和道：「路上我會好好照顧你，不會有事的。」

柳玉茹低著頭，顧九思親了親她，柔聲道：「妳是個好母親，可是不是所有事都是要妳一個人承擔的。別太緊張了，孩子要隨緣分，總不能懷了孩子，妳連床都不下了。」

柳玉茹抿唇笑了笑，「哪裡像你說得這樣誇大？」

但她心裡也是高興的，伸手抱住顧九思，靠著他，什麼話都沒說。

第二日，顧九思便讓人重新布置馬車，然後帶著柳玉茹一起回東都。

行了七日，他們終於站在東都城門口，從滎陽回來，頓時感覺東都城門高大，道路寬闊，街上人來人上，繁華熙攘。

只是兩人早不是當初第一次入東都時那樣小心忐忑，他們仰頭看了東都城門的牌匾一眼，柳玉茹將頭髮挽在耳後，平和地說了句：「進城吧。」

第十七章 初心不負

入城之後，顧九思和柳玉茹先去拜見顧朗華和江柔、蘇婉，同他們報過平安，顧九思梳洗之後，跟著江河、葉世安一起入了宮門。

范軒等他們有些時候，顧九思進來，行禮之後，范軒便急急上前扶住顧九思，忙道：「顧愛卿辛苦了，快起來。」

范軒這番作態，顧九思便定下心來，他推辭著站起身，恭敬道：「為陛下做事，是臣分內之事，沒有辛苦不辛苦。」

「你在永州的事，我已略略聽聞了些，」范軒嘆了口氣，讓顧九思坐下來，范軒端了杯茶道：「你去之時我就想到不容易，卻沒有想到，這樣不容易。你這麼年輕，處理這樣的事，的確是太為難你了。」

說著，范軒喝了口茶，嘆息道：「罷了，不提了，你同我說說結果吧。」

顧九思上前將結果同范軒說清楚，范軒靜靜聽完之後，顧九思將摺子放在范軒桌上，恭敬道：「剩下的官員，大半還在東都，不知陛下打算如何？」

范軒沒說話，好久後，范軒終於道：「案子既然辦了，那就一併辦下去。沒有辦到一半回頭的道理。如今馬上就要秋闈，本來這事我讓葉愛卿和左相操辦著，你既然回來了，這一次主審官，就由你來吧。讓世安幫著你，秋闈之前順便在東都把案子也結了。」

聽到這話，顧九思愣了愣，他下意識張口道：「可黃河……」

「就幾個月的事，」范軒打斷他，「黃河洛子商在那裡辦著，你等事情辦完了再回去。」

顧九思沒有說話了，他想了想，應聲道：「是。」

范軒看向葉世安，又囑咐葉世安幾句，而後將案子的事草草說了一些，隨後看了看天色：「如今也晚了，顧愛卿不如留下來陪朕用頓晚膳。」

顧九思知道范軒是想單獨留他，便應了下來，江河和葉世安是懂事的，各自告退後便離開了。

等他們都走了，顧九思留在屋中，范軒什麼話都沒說，低頭喝著茶。

他看上去神色有些疲憊，顧九思去的這幾個月，他似乎又瘦了些許，顧九思見了，不由得道：「陛下保重龍體。」

范軒得了這話，笑了笑，「顧愛卿有心了，不過人老了，身體也不是我想保重，便能保重的了。」

說著，范軒抱著茶杯，溫和道：「聽說你媳婦兒有喜了。」

范軒這個口吻，彷彿還是幽州那個節度使，閒著無事與下屬拉拉家常。顧九思聽到這話，藏不住心裡那份心思，面上帶了喜氣：「是，三月有餘。」

「頭一胎，是個男孩兒就好了。」范軒說著，感慨道：「還是多生幾個男孩得好。」

顧九思把這話品了品，便有幾分體會出來，怕是近來太子又讓范軒不滿了。范軒嘆了口氣，慢慢道：「太子近來換了好幾位老師，朕讓他多學儒家經典，可他還是不愛聽這些老師的話，時時與朕作對。朕本想讓周愛卿來當太傅，但周愛卿心裡不樂意，太子更是同我吵得厲害。他與葉世安也是不對付的……」

范軒絮絮叨叨念叨著，說著，抬眼看向顧九思，嘆了口氣道：「你性子隨和，是陸愛卿的愛徒，與陸愛卿相似，你對太子，日後多哄著幫著。」

顧九思聽明白，范軒其實知曉范玉的脾氣，周高朗與范玉是不對付的，葉世安耿直，也是范玉不喜歡的。而顧九思不一樣，顧九思能玩，以前便是紈褲子弟，若是他想哄人，倒也是簡單的。加上他拜了陸永當師父，陸永是什麼人？這天下沒他拍不穿的馬屁，顧九思跟著陸永學，憑他的手段，日後哄一個范玉，還是簡單的，只是端看他願不願意而已。

若是顧九思有能力，又願意追隨范玉，順著范玉的耳朵說話，引導范玉做事，日後范玉在朝堂，也算有了左右手。

顧九思靜靜思量著，突然明白當年范軒把陸永的人都交給他，撮合他和陸永成為師徒的原因，怕是那時候，就已經想到日後怎麼讓范玉用他了。

顧九思一面想，一面慢慢道：「臣是臣子，對君上哪裡有哄著的說法？都是據實相告，殿下就別埋汰臣了。」

「你這孩子啊，」范軒嘆了口氣，「心裡明鏡一樣，還要同我打哈哈。你以為我讓你留下來審案子是為著什麼？」

顧九思沒說話，范軒接著道：「陸永的人雖然給你用了，終究不是你自己的人，要在朝堂上立足，終歸要有自己的門生。這一次你上下清理了這麼多人，科舉得多填補一些，這是史無前例的大考，你當了主考官，要好好思量。」

顧九思應了聲，范軒輕咳著道：「平日為人做事，你自個兒也要謹慎。我這裡收到參你的摺子，已是不少了。沈明的事，你說不是你指使的，他也來認了罪，可這事絕不能有第二次。」

「陛下恕罪。」顧九思得了話，趕緊跪了下去。

范軒接著又道：「好在太子把這案子壓了下來，成玨，太子不懂事，但是卻是個惜才的人。」

「臣明白。」顧九思忙開口，急急道：「臣必當好好輔佐陛下和太子，赴湯蹈火，在死不辭。」

聽到這話，范軒舒了口氣，平和道：「這一次沈明的案子，交給你吧。」

這話顧九思愣了愣，見顧九思發怔，范軒壓低了聲，提醒道：「成玨，你得多為你的前途著想。」

「可是……」

「你是要當爹的人了，」范軒打斷他，他慢慢道：「玉茹是個好姑娘，她打從跟著你，便沒過過什麼好日子，整日奔波勞累的，就圖你安安穩穩。你年紀不小了，凡事得多考慮考慮。」

顧九思不敢說話了，那一瞬間，他想著孩子，想著柳玉茹，心裡突然像被人重重拍了一巴掌，把他火熱跳動著的心拍得疼了，疼得蜷縮起來，在暗處瑟瑟發抖。

范軒拍了拍他的肩膀，站起身來，「走，用飯去吧。」

顧九思應了聲，起身跟著范軒一起用了晚膳。

跟天子一起用飯，這是莫大的殊榮，然而這一頓飯，顧九思卻是吃得心裡沉甸甸的。

吃完飯後，顧九思猶豫片刻，終於道：「臣想去見見沈明……」

「成珏，」范軒抬眼，靜靜看著他，「你再想想。」

顧九思不敢說話了。

范軒的意思太明顯了。

他沒有再說話，行禮之後，跟著張鳳祥走了出去。張鳳祥一貫在范軒身邊伺候，鮮少這麼親自送人離開，他送顧九思到門口，笑著道：「顧大人看上去不大高興啊。」

顧九思勉強笑了笑，張鳳祥雙手放在身前，尖利的嗓子壓低了幾分，勸著道：「顧大人，有些機會許多人求一輩子也不能有。機會來了，若是握住了，那就是平步青雲。這世上有捨有得，有些人是保不住的，何必把自己也葬送下去，您說是吧？」

顧九思沒有說話，許久後，他微微佝僂了身子，低聲道：「公公說的是。」

說完之後，他朝著張鳳祥行禮，便往外走了去。

已是夜深，東都的深秋冷了起來，顧九思出宮前換了常服，此刻穿著一身藍色華袍，頭頂玉冠，失魂落魄地走上大街。他沒上等候許久的馬車，而車夫為了避寒躲在車後面，也就沒看到顧九思走過去。

車夫等了許久，沒見著顧九思出來，終於忍不住上前問守門的士兵：「各位可見顧尚書出宮了？」

士兵識得車夫，不由得詫異：「不是早就出宮了嗎？」

車夫愣了愣，旋即知道不好，趕緊回去稟告。

柳玉茹去花容和神仙香盤帳，她不敢太勞累，下午便早早回來，等著顧九思。

她正吃著滋補的藥，便聽印紅走了進來，著急道：「夫人不好了，姑爺不見了！」

這話讓柳玉茹愣了，但她還算鎮定，忙道：「怎麼不見的？妳將稟報的人叫過來，我親自問。」

印紅應了聲，忙讓車夫進門來，車夫跪在地上，戰戰兢兢將話說了，柳玉茹靜靜聽著，許久後，柳玉茹道：「你沒瞧見他出宮了，士兵卻說出宮了？」

車夫應了聲，顫抖著道：「夫人恕罪，是小的錯了，天太冷了，小的……」

「暗衛呢？」柳玉茹問，印紅愣了愣，隨後道：「我這就讓人去找。」

「從宮門前開始，問著人找。」

印紅出去後，柳玉茹又讓車夫把事情說了一遍，柳玉茹想了想，便直接去了隔壁院子，找了正在會客的江河。

江河被人從一片吹拉彈唱中叫出來，看見柳玉茹，他挑了挑眉道：「怎的了？」

「九思不見了，沒什麼打鬥痕跡，暗衛那邊也沒消息，應當是他自己不打算回家，我想知道你們在宮中說了什麼？」

江河愣了愣，片刻後，他皺起眉頭，認真想了想：「其他倒也沒什麼，陛下如果要說什麼讓他煩心的事……」

江河沒有說下去，片刻後突然道：「沈明！」

柳玉茹愣了愣，江河眼裡帶了幾分惋惜，嘆息道：「我還以為陛下是打算饒了沈明，沒想到在這兒等著九思啊。」

「舅舅的意思是？」柳玉茹試探著詢問。

江河解釋道：「沈明來東都自首，說殺王思遠的事他一人擔著，但陛下沒有馬上處理他，只是將他收押在天牢，我本來以為陛下是打算網開一面隨便處置了，但若九思舉止不對，唯一可能就是，陛下留著沈明讓九思處置。」

「為什麼？」柳玉茹脫口而出。

江河笑了，「為什麼？九思是陛下如今一手捧上來的寵臣，他的字都是天子欽賜，這是陛下多大的期望，陛下怎麼容得九思身上有半點瑕疵？」

這麼一說，柳玉茹頓時明白了。

這時候印紅也轉了回來，同柳玉茹道：「夫人，人找著了，聽說姑爺一個人走在街上，什麼都沒做，走到現在。」

柳玉茹沒說話，片刻後，她讓人準備了熱湯，便領著人走了出去。

顧九思一個人在街上走了很久。

他不太敢回去，也怕天亮。

腦子木木的，感覺自己的脊梁彎著，像一隻滑稽的軟腳蝦，弓著背，可笑的被人捏在手裡。

他一直在想，方才在宮裡，怎麼就不說話呢？

出門的時候，怎麼會同張鳳祥說那一句「公公說得是」呢？

他悶著頭一直走，覺得有種無處發洩的煩悶從心頭湧上來。

柳玉茹找到人的時候，遠遠看見顧九思，漫無目的地往前走，不自覺低了頭，有種說不出來的萎靡。

東都的街很繁華，周邊的人和滎陽城不同，他們都穿著華美的衣裳，戴著精緻的髮簪，說的話是純正的官話，字正腔圓。

可這裡的顧九思卻與滎陽的顧九思截然不同，柳玉茹看不見那個一人一馬似如朝陽的青年，她只看見一個泯然於眾的人，有些恍惚地走著。

柳玉茹感覺心裡有種銳利的疼。

她深吸一口氣，叫了一聲：「九思。」

顧九思轉過頭，看見不遠處的柳玉茹。

她穿了件粉色長裙，外面披了白色狐裘披風，手裡提了一盞燈，拿了一件披風，站在不遠處。

燈火在她身上映照出一層光，顧九思愣了愣，便看柳玉茹走了過來。

她什麼都沒說，只是將燈塞在他手裡，而後溫和又輕柔地展開披風，替他披在身上。

披風上帶著她的溫度，溫暖讓他冰冷的四肢裡的血液又重新流動起來。

「聽說郎君找不到回家的路了，我特地來接你。」柳玉茹開口，聲音有些沙啞。

顧九思提著燈，靜靜看著替他繫著披風的姑娘，慢慢道：「妳難過什麼？」

「今日聽人說書，」柳玉茹開口，「聽得人心裡難過了。」

「聽了什麼？」

「先是聽了哪吒的故事，聽他削骨還父削肉還母，一身傲骨錚錚。」

「妳也不必難過，」顧九思勸著她，「他最後好好的，還封神了。」

「我不難過這個。」

柳玉茹繫好了帶子，卻沒離開，手頓在顧九思身前，低著頭。

顧九思靜靜等著她後面的話，就聽她道：「我難過的是，後來他們又說到齊天大聖偷蟠桃被眾仙追殺，他一棒打退了哪吒太子，又敗了五位天王。」

顧九思沒說話了，看柳玉茹抬眼看他，她一雙眼清明通透，彷彿什麼都看明白了，「都是天生天養一身傲骨的胎，怎麼最後都落了凡塵？」

風吹過兩人中間，讓他們的髮糾纏在一起。顧九思在昏暗的燈光下看著仰頭看他的柳玉茹，突然有些克制不住自己，猛地扔了燈，捧住那人的臉，深深地吻了下去。

他知道柳玉茹的意思。

哪吒當年也曾傲骨錚錚，最後卻仍舊成了天庭爪牙；齊天大聖也曾雲霄笑罵，最終卻也在五百年後成了鬥戰勝佛。

有了神位，卻失了命隨己心的氣魄。從被鎮壓的人變成鎮壓別人的人，這世上所有人彷佛都是個輪迴。

柳玉茹可惜的不是哪吒也不是大聖，而是他顧九思。

他在黑夜裡彷徨前行，無非就是他隱約感知著，當這條路繼續走下去，他或許便是下一個范軒、下一個周高朗、下一個陸永、乃至下一個王思遠。

今日他為了前程捨了沈明，明日不知又會捨去什麼。

溫水煮青蛙，低著頭一步一步往前走，久了便連原本要去哪裡都忘了。

柳玉茹說出這話之後，他彷彿在黑夜裡驟然看到了明燈，絕境中猛然抓住了救命草繩。

他死死抱柳玉茹一下又放開，而後穿著柳玉茹替他披的披風，轉過身去，同柳玉茹道：「妳先回去吧，我要再進宮一趟。」

柳玉茹瞧著他匆匆往宮門趕去，不由得笑了，大聲道：「自個兒回來。」

顧九思小跑著擺了擺手，沒回頭的回應：「知道了。」

顧九思一路奔回宮中，又讓人通傳求見范軒。

范軒有些詫異他又回來，接見了他，顧九思見了范軒立刻跪下，范軒看著顧九思，詫異道：「你這是什麼意思？」

「陛下，沈明的案子，微臣不能審。」

范軒皺起眉頭，顧九思跪在地上，繼續道：「陛下愛惜微臣，希望微臣能夠不被人指責，可做人重要的是當個怎樣的人，而不是別人說我是怎樣的人。沈明是微臣的兄弟，他所做之事，的確是微臣教導無方，微臣不與他一同承擔罵名便罷了，哪裡有資格來審判他？若為了保住自己名聲，大義滅親審了他，那是不義；若不大義滅親審他，哪怕按著律法公正審了，因我和他的關係，那也是指指點點，故而還請陛下三思，換一個人主審此案。」

「顧大人，」范軒語氣中有幾分不快，「你可想好了？」

「陛下的意思，臣明白，」顧九思神色平靜，「可陛下看重臣，看重的不正是臣這一份正直嗎？若今日臣對友不義，陛下又怎敢將太子託付給微臣？」

范軒沒有說話，好久後，范軒終於道：「所以，沈明的案子，你決計是不審了？」

「不審了。」

「朕若讓人審他死罪呢？」

「按律來說，沈大人雖然有罪，卻也立下大功，就算活罪難逃，但也不當是死罪。」

「所以你打算怎麼辦？」

「替他伸冤。」

「朕讓人辦的案子，你也要讓人伸冤？」

「陛下是明君。」

顧九思這句誇讚下來，室內有了許久的沉默。

顧九思靜靜跪在地上，好久好久，才傳來范軒無奈的聲音道：「顧九思，你可知道，朕是想扶持你當丞相的。」

「微臣謝陛下厚愛。」

「未來周大人管兵馬，你管天下，朕在你身上，有太多期望。」

「臣辜負陛下信任。」

「你可知自己放棄的是什麼？」

「知道，」顧九思的聲音鏗鏘有力，「臣不後悔。」

「為什麼？」范軒有些煩躁，顧九思抬起頭，看著范軒，認真道：「臣以為，做人，比做官重要。」

范軒不說話了，他盯著顧九思。

好久後，他深吸一口氣，終於道：「你下去吧。」

顧九思知道有了結果，他叩首，站起身，退出去。

他出了御書房，便回家，他十分高興，等到了家裡，看見柳玉茹在屋中算帳，他衝進屋去，抱起柳玉茹，高興地轉了一圈。

柳玉茹受驚叫出聲，忙讓他放下自己，顧九思將她放到位子上，高興道：「我們明日去看沈明吧？」

「好啊。」柳玉茹笑起來，溫和道：「進宮同陛下說了什麼？」

「我同陛下說我不幹了，不願意審沈明。」

顧九思說著，便將自己同范軒的事與柳玉茹說道了一遍，柳玉茹靜靜聽著，顧九思抱著她，緩緩道：「我那會兒從宮裡出來，其實不知道怎麼辦。在官場久了，自個兒也不自覺染了官場上的脾氣，權衡利弊，自私自利。身上負擔越多，越往上走，就想得越多。有時候想太多了，連自個兒怎麼來的都忘了。」

「不過還好，」顧九思靠著柳玉茹，閉上眼睛，安心道：「妳在，我就覺得有了路。」

柳玉茹聽著，輕輕笑了，她輕撫著顧九思的頭髮，想了想，慢慢道：「不過也是奇怪，你說陛下是不是太急了？」

「嗯？」

「讓你修黃河，又讓你回來審案子，還讓你主持秋闈，有點……」柳玉茹皺起眉頭，顧九思笑了，直接道：「有點捧得太過了。」

柳玉茹點點頭，顧九思靠著他，閉著眼睛，平靜道：「其實這也不難明白。他需要一個人，能去平衡周大人。周大人不喜歡范玉，又有權勢，陛下害怕他們爭執。而丞相張大人與周大人有舊，又是個不倒翁，他不會刻意保太子，日後若周大人和太子有了衝突，張丞相大約是隔岸觀火。所以陛下需要一個明確的太子黨。這個太子黨不能太護著太子，就像洛子商，那會激化周大人和太子的矛盾，但也不能偏向周高朗，就像他們一干老臣，得有能力，還不是那種像李玉昌葉世安那樣的能力，而是調和所有人的能力……」

顧九思說著，慢慢睜開眼睛，「想來想去，也只有我了。」

「他不怕你同周燁的關係好，日後成為周大人的人嗎？」柳玉茹有些奇怪，顧九思笑起來，「他看重的不正是我和周大人的關係嗎？我若與周大人沒有半分關係，如何做這個中間人？陛下知道，我經歷過揚州的事，最大的心願便是天下安安穩穩的，不要再起爭執，其實只要太子不要太過失格，有周大人和我等輔政，哪怕陛下走了，大夏也會安安穩穩繼續下去。我雖然不喜范玉，可還是會儘量保著他，因為保了他，就保了天下安穩。」

柳玉茹沉默著，有些猶豫道：「可他若失格呢？」

顧九思沒有說話，片刻後，慢慢道：「如果天下註定要亂了，自然是擇明主而抉之。」

「陛下想不到嗎？」柳玉茹不太明白這些彎彎道道了，「他難道不知道，一旦太子失了分寸，你也不會再做這個和事佬嗎？」

顧九思嘆了口氣，眼裡帶了幾分無奈：「其實陛下也抉擇得很難。范玉是他唯一的兒子，如今雖然脾氣囂張，但終究沒有犯下什麼大錯，哪怕是一般帝王，也不至於為此廢太子，更何況如今太子是陛下唯一的子嗣，廢了，又要立誰？無論立誰，都是名不正言不順，都會有另外一批人擁護范玉登基，除非范玉死了，不然大夏難安。」

「可陛下也想得長遠，太子如今的性子，他日登基，太不可控，會做什麼不會做什麼，誰都說不清楚。如果他真的犯下大錯，以陛下如今的布局……」

「怕是沒有給太子留下後路。」

一個朝堂，沒有澈澈底底的太子黨派，只是在每個位子上安排了最合適的人。殿前都點檢周高朗、丞相張珏、戶部尚書顧九思、工部尚書廖燕禮、刑部尚書李玉昌……

有這些人在，哪怕有一日，范軒百年歸天，也可保大夏內外安定。

他已經為這個國家盡力了，只是他始終還是有私心，還是希望自己唯一的子嗣能夠好好的。所以他希望顧九思不僅僅只是一個戶部尚書，還希望顧九思能夠站穩腳跟，成為一個能和周高朗平衡的人。

周高朗與范玉不對付，周高朗看著范玉長大，內心裡始終認為范玉是個孩子，又不大看得上他，過去常常諫言范軒續弦再生一個孩子，甚至在立太子一事上十分反對，范玉對周高朗恨之入骨，周高朗位高權重，范玉若是被欺負得狠了，半點都奈何不了周高朗，怕是要走極端，那范玉便完了，大夏又是一番動盪。

所以這個朝堂需要顧九思。他與周家交好，能勸著周高朗，又能哄著范玉，讓范玉以為自己有一顆平衡周高朗的棋，不至於走到絕境。這個過程中，范玉慢慢長大，或許有一日，能明白父親的苦心。

柳玉茹和顧九思把這些彎彎道道一講，柳玉茹不由得嘆息道：「天家也不容易，若陛下不是陛下，也就不用想這麼多了。」

說著，柳玉茹放低了聲音，小聲道：「只是，做得這樣急，陛下怕是……」

話沒說出來，顧九思卻明白了。顧九思嘆了口氣，搖搖頭，什麼都沒多說。

第二日清晨，顧九思便出門去打點，約柳玉茹下午去看沈明。

柳玉茹清晨到了神仙香，同葉韻一起看了神仙香如今的經營狀況，等用過飯後，顧九思便派人來接柳玉茹，葉韻不由得道：「還這麼早，顧大人是接妳去做什麼？」

「去看看沈明，」柳玉茹笑了笑，接著道：「妳一同去嗎？」

葉韻聽到沈明的名字，嘆了口氣：「自然是要去的。」

柳玉茹點點頭，領著葉韻一同上了馬車，坐在馬車上，柳玉茹想起離開東都之前沈明那驚天動地的一哭，不由得抿唇笑了起來，偷偷打量葉韻。葉韻看見她那眼神，有些不自在道：「妳這是什麼眼神？」

「離開東都那日，沈大人哭了一日。」

葉韻聽到這話，便知道柳玉茹要問什麼了，她輕咳一聲道：「他孩子氣了。」

「與妳過去，倒是挺像的。」柳玉茹輕描淡寫說了一句，她想了想，手肘搭在小桌上，瞧著葉韻道：「妳是如何想的呢？妳年紀也不小了，妳叔父不管妳的婚事？」

「管是管的，但也不敢多說，怕傷著我的心。」葉韻平靜道：「說句實話，其實我也沒有多想過，就是覺得，家裡讓我嫁給誰，我就嫁給誰，若我的婚事能給別人帶來幾分快活，也是好的。」

「你……」柳玉茹皺起眉頭，葉韻笑了笑，「說來也不怕妳笑話，之前家裡替我相看了江大人。我心裡也有了幾分心思的。」

說著，葉韻有些不好意思，低頭道：「想著若是嫁過去，一來和妳也算是親戚，日後互相照應。二來我們葉家、顧家、江家就算是真的連在了一起，為家族貢獻了幾分。三來嫁給江大人，也算體面，沒有對不起門楣。只是沒想到江大人心中有人……」

葉韻說著，嘆了口氣，轉頭看向窗外：「後來我想明白了，我還年輕，還有許多機會，未來的事，慢慢看吧。」

「說來說去，」柳玉茹笑道：「就是不說沈明。」

葉韻沉默下去，好久後，她才道：「他救了我，對我好，心疼我，我視他為好友。他說喜歡我，我怕糟蹋了他的心意，也怕糟蹋了他的人。」

「妳說得奇怪了。」柳玉茹有些疑惑，「叫妳嫁江舅舅，妳不覺得糟蹋，問妳回應沈明，妳倒怕糟蹋了沈明？」

聽到這話，葉韻苦笑起來，「妳不懂。」

葉韻轉頭，低聲道：「沈明這個人，乾淨得很。」

聽到這話，柳玉茹便明白了。

如今的葉韻，彷彿當初的自己，面對顧九思那份感情，總覺得配不上。因為她心思重，而顧九思的感情就如今日的沈明，乾淨得很。

她突然有了那麼幾分感同身受，可奇怪的是，當年她覺得自個兒配不上顧九思，如今卻沒了半分這樣的想法，她察覺到自己的變化，不由得有些愣神，葉韻見她發愣，也沒說話，過了一會兒後，柳玉茹慢慢道：「再等等就好了。」

「等什麼呢？」葉韻有些疑惑，柳玉茹卻是笑起來，「再等等，或許妳便會知道，對於一個人來說，被人真正愛著，會有多麼神奇。」

會治癒你所有殘缺，會讓你脫胎換骨。

「或許吧。」葉韻嘆了口氣。

兩人說著，便到了天牢，下了馬車後，就看見顧九思和葉世安在門口候著，顧九思見柳玉茹出來，忙上前，扶著柳玉茹走下來，葉韻見到葉世安，和葉世安問候了一聲，葉世安了然道：「看沈明啊？」

葉韻應了一聲，葉世安想說點什麼，最後只是皺著眉頭，什麼都沒說。

四個人一起進了天牢，還沒走進去，就聽到沈明的聲音。

他在裡面敲著碗，閒著沒事唱著歌。

他沒什麼學識，唱的都是山寨裡的歌，活生生把天牢唱出幾分寨子的感覺，似乎隨時隨地會跳出兩個土匪揮舞著大刀喊：「此山是我開……」

四個人走進去，沈明聽到聲音，背對著牢房的門，百無聊賴道：「世安哥，我想吃桃子，下次帶點桃子進來。」

「好。」顧九思開了口。

聽到顧九思的聲音，沈明驟然僵了背，隨後猛地回頭，看見顧九思後，他趕緊爬起來，高興道：「九哥！」

顧九思臭著臉，看著沈明，冷笑道：「還知道我是你哥？」

「哥，」沈明趕緊討好道：「你是我親哥哥。你怎麼來了？事情解決了？王家人都砍了吧？秦大人好不好？滎陽什麼情況了？你……」

「你還有臉問這麼多問題，」顧九思冷著臉打斷他，「怎麼不反省一下自己做了什麼？」

「我錯了，」沈明從善如流，趕緊開口，「我下次再也不敢了。」

「還有下次？」顧九思嚴肅地看著沈明，認真道：「你的確沒有下次了。」

這話讓沈明愣了愣，葉世安和葉韻聽到這話，震驚地看了過來，葉世安立刻道：「陛下……」

「陛下讓我主審此案。」顧九思看著沈明，「滎陽一案牽扯東都眾多官員，陛下希望我來審案。可因為你的關係，我牽扯其中，為了洗清我指使你殺王思遠的嫌疑，我得做點什麼，然後我才能去審案、立功，讓陛下給我一個升官的機會。」

「這是陛下給我的考驗。」顧九思眼裡沒有半點說笑，「沈明，你說我該怎麼辦。」

「九思……」葉世安急急開口，顧九思怒喝：「你讓他說！」

沈明沒有說話，片刻後，他平靜道：「九哥是要做大事的人，接受了陛下的考驗，九哥主審此案，便可以平步青雲扶搖直上了，日後說不定是咱們大夏最年輕的丞相呢。到時候九哥還得像現在一樣，多為百姓辦事。」

「我問你我該怎麼辦。」顧九思不讓他有半分逃避，沈明嘆了口氣：「自然是要重判。律法裡最重怎麼判，就怎麼判。九哥你也別擔心，我看過《大夏律》了，我這個情況，最重是夷三族。我沒有三族可以夷，你就這麼判，這麼判下來，誰都不敢說你指使我了。」

「你是不是以為我不敢判？」顧九思帶了幾分怒意。

沈明看著顧九思，神色一片清明，「九哥，我知道你心裡不好受。如果可以，我可以自個兒了結自個兒，不讓你為難。可我若自個兒了結了，那就是畏罪自殺，你的嫌疑就洗不清了。」

「我不是衝動做事，」他靜靜看著顧九思，「從我做那事開始，便做好打算了，我不連累你，你若是讓我連累了，我還不如死在路上不回來。」

顧九思沒說話了，看著面前的沈明，片刻後，同旁邊獄卒道：「開一下門。」

這獄卒是他安排的人，獄卒開了門，顧九思道：「你到門口，我說幾句私下的話。」

獄卒猶豫片刻，但想著顧九思的身分，還是出了門，在門口等著。

獄卒才出門片刻，就聽到裡面傳來沈明的嚎叫聲。

「你這腦子！你這腦子！」

顧九思進了牢房裡，對沈明拳打腳踢，沈明嚎叫著在牢房裡四處逃竄，葉世安、葉韻、柳玉茹趕緊進去攔著顧九思，顧九思一面打一面罵：「你還不如不懂事！還不如什麼都不想！逞你大爺的英雄！我今日把你打死，打死算了！」

「不懂事的東西，王家那一家子的命抵得上你的嗎？」

顧九思被另外三個人聯手攔著，還是追著沈明作勢要打。

葉世安連連勸阻：「罵罵得了，別動手，別動手。」

柳玉茹趕緊道：「你冷靜些，要打也回去打，在這兒打出事來不行。」

葉韻聽到柳玉茹的話，也道：「他回來的時候被人捅了好幾刀，如今剛養好，真的會打死的。」

聽到這些話，顧九思打累了，他緩了動作，往床上一坐，喘著粗氣道：「沈明我和你說，我真的是上輩子欠了你。」

「九哥我真的知錯了。」沈明抱著頭，蹲在一旁，低著頭認錯。

顧九思緩了緩，不知道為什麼，突然體會到當初顧朗華打他的那種心情。

他真的很想提一根木棍打死沈明，就算打不死，把木棍打斷或許會覺得舒服些。

沈明見顧九思不說話，低聲道：「九哥，你真的別為難。」

「我為難你大爺！」顧九思罵出聲。

葉世安在旁邊看明白了，「所以這個案子，你不打算審？」

「不審。」顧九思扭頭道：「審什麼審？我回去修黃河！我就留在黃河不回來了，我和黃河天天待在一起萬古長青。我修完黃河修長江，我修完長江修淮海，我這輩子都不回東都，一輩子修河算了！」

葉韻在旁邊聽著，忍不住笑出聲，顧九思冷冷地看了她一眼，葉韻趕緊退了一步，躲在葉世安後面。

柳玉茹聽著顧九思說氣話，忍住了笑，輕咳一聲，同沈明道：「你自己是打算扛了所有事，可你九哥怎麼會讓你一個人扛？沈明啊，日後做事，你得知道，你身邊的人心裡都惦記著你，不可能放你不管。你想犧牲容易，可你也得問問旁人難不難過，允不允許。」

「你不是以往山上一個人吃飽全家不餓的山匪了，」柳玉茹聲音裡帶了幾分無奈，「你既然來了顧家，便是有個家了。」

沈明沒說話，他蹲在一旁，低著頭，手環著自己，好久不出聲。

葉韻走到沈明身旁，輕輕踹了踹他，小聲道：「說句話，啞巴了？」

「我知道了，嫂子。」沈明終於開口，沙啞著，又重複了一遍：「我真的知道了，九哥、嫂子。」

他知道，他不是一個人了，他有一個家。

顧九思聽到這話，也沒了找沈明碴的心，他坐在床上，抿了抿唇，終於道：「你最近好好養傷，只要我不審這個案子，陛下也沒了一定要判你重罪的理由。他應當會派李玉昌主審這個案子，你的情況他清楚，我猜著，你最後不是充軍，便是流放了。」

「嗯。」沈明低著頭，沒有出聲。顧九思接著道：「我會幫你想辦法，儘量充軍到幽州去，到了周大哥的地界上，你好好跟著周大哥做事。日後也別總是衝動想著用蠻力，多讀點書，不喜歡看那些文縐縐的書，兵法什麼的多看看。」

「好。」沈明沒了往日的活脫勁兒，什麼都說是，什麼都說好，顧九思也沒法罵了。

幾個人閒聊了一會兒後，顧九思走出門，到了門口，同葉世安道：「你從你家拿些兵法的書來，扔給他看，別在牢裡就過得像養老一樣，什麼都不學。」

葉世安點點頭，隨後道：「你推掉陛下的，不只是主審滎陽案的機會吧？」

顧九思沉默片刻，許久後，他才道：「陛下本想讓我當此次科考的主考官。」

葉世安愣了愣，嘆息出聲：「九思。」

顧九思轉頭看他，葉世安笑了笑，「願你我幾人兄弟，能永如今日。」

「嗯？」顧九思有些不明白，葉世安有些不好意思，卻還是道：「你放心，若我是你，也會如此。」

聽到這話，顧九思也笑了。

他拍了拍葉世安的肩，只能道：「我真的是上輩子欠了他，我覺得養個兒子，就是這樣了。」

說著，他有些難過：「真的，」他同葉世安感慨，「我感覺自己年紀輕輕，就養了個叛逆兒子。我爹當年的心情，真的已經提前感受到了。」

「什麼心情？」柳玉茹笑著插嘴。

顧九思嘆了口氣：「就是想打死他，非常想打死他。」

如顧九思所料，沒幾日後，范軒就下令讓李玉昌審理此案，但出乎顧九思意料的是，范軒並沒有完全拋棄他，反而是讓他聯同李玉昌共同審理此案，只是將沈明的案子另案處理，由李玉昌單獨審理。

這個結果是在朝堂上給出的，命令一下來，整個朝堂都是議論之聲，顧九思站在前方，聽見各路聲音，沒了片刻，便有大臣站出來道：「陛下，沈明刺殺王思遠一案尚未審理清楚，顧尚書與沈明關係密切，讓顧尚書同李大人一同審理滎陽案，怕是不妥。」

聽到這話，范軒抬眼，看著說話人道：「朕與沈大人也時長說說話，朕是不是也和沈大人關係密切得很？這個案子從頭到尾都是李愛卿和顧愛卿辦的，你如今臨時換人，倒給朕找個合適的人來？」

這一句胡攪蠻纏的話表明了態度，眾人不敢多說。強行將朝堂上的意見壓了下去後，等到下朝，范軒便將顧九思叫了過去。

顧九思進了御書房，看見范軒正在喝茶，一進去便跪在地上告罪，范軒沒讓他起來，喝著茶道：「等辦完了案子，你便主持今年科舉之事。」

顧九思有些忐忑，他不明白范軒為什麼最後還是將他推到這個位子上，范軒也沒多說，只是道：「你不願處理沈明，朕也不逼你，但你得記著，今日朕可以幫你壓了此事，來日此事必定成為你的一個汙點，未來若有人想捅刀，這就是缺口。」

「微臣明白。」顧九思連忙回答：「微臣知道陛下一片苦心。」

范軒嘆了口氣，不再多說，轉頭同顧九思說了下事務細節，而後顧九思便站了起來，退下的時候，顧九思見人端著湯藥進來，他看了湯藥一眼，沒有做聲。

等出宮之後，他心裡有些發沉，隱約知道范軒這樣做的原因，但這事無可逆轉，他也只能在事情發生之前，儘量把事做好。

范軒讓顧九思和李玉昌審滎陽這個案子，是為了讓他們兩人多些政績。有了這個案子作為基石，後續讓顧九思主持科考一事，才能順理成章。

顧九思在滎陽便已經掌握了許多供詞，在東都辦案，直接動手抓人。

滎陽牽扯東都的，大多是前朝留下來的老人，早在前朝就和滎陽那邊有不少的關係，多年來只要修黃河，就是他們發財的好機會。這些人人脈廣，顧九思審案期間，顧家府邸來來往往都是人，什麼親戚都找了上來，搞得顧朗華和江柔不敢見人，連蘇婉都不堪其擾。

柳玉茹本也是不大清楚顧九思在做些什麼，只是她店裡的客人不知道怎麼就多了起來，日日都有人找她，要同她做生意，多來兩次，柳玉茹便明白過來。乾脆謝絕見客，每日待在顧家不敢出門。別人送禮來，她都退還回去。

這樣的事過去她做習慣了，以往還覺得難堪，如今做起來，也沒了什麼不好意思。

這個案審了大半個月，從滎陽審到東都，最終定案牽連下來的人，有一千二百人之巨。

這是大夏建國以來最大的案子，甚至在大榮立國百年來也少見如此大案，一時之間，李玉昌和顧九思聲名遠播，罵者有之，懼者有之，更多的，卻是將二人當做青天大老爺供了起來。

如此盛名之下，由顧九思主持這次科舉，沒有人有多少異議，甚至在民間讀書人之間，還頗有幾分榮耀。因著顧九思主持此次科舉，他們在此次科舉中高中，也就間接成了顧九思的「學生」。顧九思公正清明，剛正不阿，必定會給他們一個公平的考試，而且他未來前途不可限量，更是東都風流人物，能成為他的學生，也是一件幸事。

這一年的秋闈舉行在十月初三，相比過去晚了許多。秋闈舉行前，沈明的罪也定了下來，李玉昌明白顧九思的意思，判處沈明充軍幽州。

沈明走的那日是十月初一，顧九思領著柳玉茹、葉世安、葉韻一起送他。沈明是跟著其他一起充軍之人走的，他穿著囚衣，戴著枷鎖，手腳都戴著鐵鍊，看上去十分沉重。

他的臉上仍舊帶著笑，笑容明朗，但相比過去，的確是沉寂了許多。顧九思替他倒了酒，他和所有人逐一碰了杯子，隨後笑道：「此去不知何時是歸期，你們若有時間，便多來看看我。」

「別這樣說，」葉世安嘆了口氣，「你早晚會回來的，我們都會想辦法。」

沈明笑了笑，點頭道：「行，我知道你辦事最妥帖，我會等你想辦法。」

葉世安聽出裡面的調笑，想罵罵他，又覺得送行的氣氛不當與他有什麼爭執。沈明見葉世安憋了氣就高興了些，他轉過頭，看著顧九思，片刻後終於道：「哥，我走了。」

顧九思看著他，平靜道：「我讓人帶了信給周大哥，讓他平日多給你點書看，你也老大不小了，別總和個山匪一樣。」

「知道。」沈明笑起來，「我會好好看書。」

「到了幽州戰場，便是你的天地，在戰場上好好建功立業，也當有你的一番事業。」

「我知道。」沈明有些不好意思道：「不過建功立業這事，玄乎，我儘量就是了。」

顧九思沒說話，過了一會兒後，他慢慢道：「沈明。」

「嗯？」沈明有些不解，顧九思認真地看著他，「我與世安，都是文臣，我們都需要一個人，手裡拿著兵權，同我們一條心來幫我們。」

沈明聽到這話，不由得愣了，顧九思的目光挪都不挪地看著他，眼裡滿是期許：「我知道你是一隻鷹，會有廣闊的天地，我和世安都會在東都等你，等你滿身榮光回來。到時候，我們執筆，你提劍，共守大夏江山百姓。」

沈明沒說話。

他聽著顧九思的話，感覺有什麼在內心翻騰不休。

旁邊傳來官差的催促聲，沈明回過神，有些狼狽地低下頭，啞聲道：「行，我知道了。」

顧九思拍了拍他的肩，想了想道：「我去旁邊等著你們，你還想和誰說幾句，就和誰說吧。」

這話提醒得明顯，於是顧九思一走，柳玉茹和葉世安也趕緊走了，就剩葉韻還在原地，有些躊躇不安。

沈明靜靜看著葉韻，片刻後，卻是問了句：「妳今年幾歲了？」

葉韻愣了愣，她沒想到沈明會問這麼一個問題，有些茫然道：「十九。」

「大好年華。」沈明笑了。

葉韻不明白沈明的意思，只是站在原地，兩人沉默著，沈明靜靜注視著她，隔了一會兒後，他笑著道：「回去吧，好好經營店鋪，妳得當個有錢的姑娘。」

葉韻聽著沈明的話，她不由得怔住，下意識道：「你沒有其他話同我說了嗎？」

「該說的，我沒藏著，也都說過了。」沈明轉過頭，看向遠方：「不該說的，也不必說了。」

葉韻聽著，抿了抿唇，片刻後，卻是道：「你還打算回來嗎？」

「九哥在這兒，我自然是回來的。」沈明平靜回覆，葉韻看著他，認真道：「既然打算回來，不同我說些什麼嗎？」

沈明沒說話了，靜靜看著葉韻。葉韻有些緊張，看著沈明，卻是道：「我記得，你說過你想娶我。」

沈明聽到這話，慢慢笑了，「是。」

「那麼，」葉韻看著他，認真道：「我可以等你，你早些回來。」

沈明看著面前的人認真的眉眼，聽著她的話，心裡酸楚又歡喜。然而他沒有回應，只是道：「你不必刻意等我，也不必同我說這些。」

「葉韻，」他叫她的名字，「妳得自己過得好。別總想著為別人好，也別總想著回報別人，妳若嫁給我，只能是因為喜歡，除此之外的理由，我都不接受。」

「我沒有……」葉韻急切地開口，沈明卻道：「我不傻的。」

他認真地看著葉韻，「以往我不明白，可如今卻是懂的，妳今日應我，只是想給我一個回東都的盼頭，讓我高興些。妳願意嫁給我，也只是因為，妳視我為好友，覺得妳的這樁婚事，至少能讓我高興些。」

葉韻不說話了，她以往覺得沈明蠢笨，如今卻發覺這人比誰都通透，比誰都聰明。

沈明看著葉韻不語，笑起來，「可我卻不樂意這樣，我喜歡妳，妳可以不喜歡我，但我卻希望，當妳回應我，只是因為喜歡。我會在幽州好好生活，也會儘快回東都。我回來時，會有與妳般配的身分，也會有不辱妳門楣的品級，到時候，妳若喜歡我，我必定三媒六娉、八抬大轎上門娶妳，我會讓所有人看著，妳嫁給我不是因為將就，也絕不會折了妳的身分。」

「在我回來之前，我希望妳也和我一樣，」沈明眉眼裡帶著溫柔，「好好生活。如果遇到合適的人，妳想嫁，妳覺得高興，妳就嫁，我也會很高興，因為妳過得好。如果沒有遇到合適的人，也別害怕，我會一直等著妳，有朝一日，只要妳喜歡上我了，我隨時隨地，都等著娶妳。」

說著，沈明似是有些不好意思，他垂下眼眸，旁邊的官差又喊了一聲，這次真的留不得了。

沈明同所有人告別一聲，轉過身，同其他犯人一起，往遠處走去。

葉韻看著沈明背影，看著風捲著他殘破的囚衣，看著他被上百斤枷鎖壓得佝僂的背。

她發現，自己終於可以以一種平等的姿態，審視沈明。

過往她總覺得他幼稚，總覺得他無法體會她內心的想法和艱辛。然而看著那人遠走時，她突然明白。

他或許不是不懂，他可能比誰都清楚，比誰都明白。

只是他不像他們這些聰明人，想得多，煩惱得多。一件事，他想做，便做了。一個人，他想愛，便愛了。

沒有猶豫，也無遲疑。

他沈明踏上的路，從不後悔，也不回頭。

第十八章 思歸

沈明走後，當日晚上，顧九思和葉世安進了貢院，開始準備科考一事。

此次顧九思擔任主審官，葉世安、江河從旁協助。而考題則由范軒擬定，在科考前一日晚上才交到顧九思手中。

秋闈一共三場考試，每場三晝夜，第一場考八股，第二場為官場上往來文章，第三場則是策論。

往年秋闈在八月份，然而這一年大夏新朝初建，事務繁忙，於是秋闈被推遲到了十月，而范軒意在選拔治國實用之才，因此私下同顧九思說過，此次批卷，重在策論，前面兩場考試，將就就行。

考生考試的時候，顧九思得陪著，他和葉世安等人一直被關在貢院裡，百無聊賴，三個人沒事就去巡查。

顧九思以前讀書不行，逢考必作弊，讓他來查考場，對這些作弊手段簡直是清楚得不得了，每日都會抓到幾個考生扔出去，於是開考沒有幾日，整個考場再也沒人敢作弊了。而顧九思明察秋毫的名聲，也在考生心裡印下了去。

九日後，所有考生考完，考生出來了，考官卻得全關在一起，等人把卷子糊了名字，他們匿名批完卷子才能出來。

柳玉茹是知道的，可心裡還是有那麼幾分掛念，於是貢院開門的時候，她早早到了貢院門口，而後就看見考生一個接一個走出來，有的歡天喜地，有的鬼哭狼嚎，甚至有一位，出了門，便披頭散髮，赤足狂奔了出去，然後直接跳進護城河。

柳玉茹本來是來看顧九思的，卻不由得被這些考生吸引了目光，她坐在馬車裡，靜靜瞧著他們。

這便是這些人一生最重要的時刻了。

他們一輩子，最努力的時光在這裡，最艱辛的時光在這裡，最重要的時光亦是在這裡。

考生相互認識的，三三兩兩結著伴，說著此次考試。他們議論著題目，悄悄說著顧九思。

「此次主考顧尚書，怕是有史以來最年輕的考官了，我這次文章引經據典，萬一他看不出來怎麼辦？」

「這你不必擔心，」另一個考生道：「在下幽州望都人士，去年梁王攻城，顧大人與梁王謀士城頭罵戰，在下剛好在旁，二人論戰半日，互相考究學問，顧大人雖然年紀輕輕，卻無一不知，可謂學識廣博。顧大人之才能，兄臺大可放心。」

「顧大人當真是人中俊傑啊，」之前那個考生接著道：「先前只聽聞顧大人力保望都，又修黃河、滅貪官，只當顧大人有實幹之能，不想學識也是出眾……」

考生說著從柳玉茹身邊走過，柳玉茹抿著唇，笑著聽著這些人說話。她也不知道怎的，聽著這些人這麼誇顧九思，就覺得好笑，總覺得這些人若真知道顧九思是個怎樣的人，怕是要大跌眼鏡。

顧九思在考場裡待了五日，終於澈底批完卷子，而後放了榜單。放榜當日，顧九思才回到顧府，柳玉茹本以為他要等下午才回來，沒想到顧九思大清早就自己騎著馬回了家。

他來得匆忙，柳玉茹甚至還沒起床，迷迷糊糊睡著，就感覺有人披了一身寒意，突然掀開被窩擠了進來。

她驚得叫起來，顧九思一把摟住她，趕緊道：「別怕是我！」

柳玉茹愣了愣，顧九思抱著柳玉茹，疲憊極了，含糊道：「多睡睡，我也睡睡。」

柳玉茹看看天色，沒回過神，顧九思眼周黑了一片，比在滎陽時看著嚴重多了，柳玉茹整個人呆呆的，也不知道顧九思怎麼回來了，更不知道顧九思怎麼什麼都不幹就往床上撲過來睡了，她搞不明白，想想也就不管了，往被子裡一縮，擠了進去。

兩個人窩在溫暖又擁擠的被窩裡，顧九思抱著柳玉茹，發出一聲舒服的嘆息道：「還是抱著媳婦兒好睡。」

柳玉茹迷迷糊糊的，但也覺得顧九思說得對，她往他懷裡又擠了擠，找了個合適的姿勢，伸手攬住他。

她有些迷蒙的時候想，還是相公在好睡。

柳玉茹懷著孕，睡得本就多些，之前不知道，她每日都是拖著睏強行起來做事。如今知道了，便放任自己隨便睡。加上顧九思不在這幾日，她睡得也不大好，如今人回來了，她心裡安定下來，睡得熟了許多。於是兩人一覺睡到日上三竿，柳玉茹覺得餓了，才迷迷糊糊睜開眼。

她想著顧九思也是累了，本不打算打攪他，誰曾想她一動，顧九思便醒了，他將她拉進懷裡，撒著嬌道：「我覺得餓了。」

「我讓人弄東西吃。」

「想吃肉。」

「好，」柳玉茹笑著道：「我讓人弄一桌子肉。」

顧九思在她肩頭蹭了蹭，埋怨道：「以後我再也不幹這事了，累死我了，五日的時間看了這麼多卷子，我的頭都要看炸了。」

柳玉茹聽著他的話，有些奇怪，「看看試卷而已，難道比修黃河還累？」

「累。」顧九思果斷道：「心累。」

柳玉茹推他起來，吩咐人準備飯菜和洗漱的東西，自個兒起身洗漱。

顧九思盤腿坐在床上，披頭散髮看著柳玉茹梳洗，夫妻倆有一搭沒一搭的閒聊，柳玉茹漫不經心道：「你這麼怕讀書？」

「不是怕讀書，我是怕遇見腦子有問題的人，」顧九思抓了抓腦袋，有些煩躁道：「讓我看東西也就罷了，一大半都是些狗屁不通的文章，腦子這麼不清楚的玩意兒，怎麼通過鄉試送上來的？我隨便讀幾年書也比他們強。」

柳玉茹聽著這話，忍不住笑了，知道顧九思是看卷子看煩了。她轉了個高興的話題道：「就沒幾個讓你看著好的？」

「那自然是有的。」

顧九思說起這個，有些高興，說了好幾個人的文章，因為糊了名字，他不知道姓名，只能點評內容，柳玉茹靜靜聽著，時不時就著他的話發問幾句。顧九思說得高興，便停不下來，兩人一起吃飯，一面吃一面聊，等快吃完的時候，顧九思突然道：「妳瞧，都是我在說，妳聽著也乏味吧？」

「沒有啊。」柳玉茹笑著道：「你說什麼，我聽著都高興。」

顧九思愣了愣，片刻後，他夾了一塊肉給柳玉茹，湊在她身邊道：「不能總是我在說呀，妳說說妳的事吧。」

柳玉茹聽了這話，有些苦惱：「我不會說話，不知道有什麼好說的。」

「怎麼會呢？」顧九思立刻道：「來同我說說妳這九日怎麼過的？」

柳玉茹認真想了想，回答道：「每日起床，去同公婆問安，然後同我母親說些話，再去花容看看、神仙香看看，而後就回來，看看書，睡覺。」

顧九思聽著，柳玉茹說完後，顧九思疑惑：「然後呢？」

「就這些。」

柳玉茹說完後，顧九思有些無奈，他問柳玉茹，「妳最近吃了什麼？」

柳玉茹一五一十把每日吃過的東西都答了。

顧九思又問她穿了什麼衣服，柳玉茹把每日穿的衣服都答了。

兩人一問一答，柳玉茹的回答，標準得彷彿是用筆記錄下來的帳本，什麼都清清楚楚，但也規規矩矩。

他們這麼說著話吃完了飯，就傳來葉世安叫顧九思一起入宮的通報。顧九思忙道：「糟，我才想起來要見陛下。」

說著，他慌慌張張去拿衣服，柳玉茹知道他的衣服平日都放在哪裡，柳玉茹不慌不忙取了官服，同時又拿了狐裘披風，讓人備了香茶。

顧九思在最短的時間裡穿上衣服，柳玉茹送顧九思出去，顧九思穿著官服，頭上戴著官帽，自己給自己披了披風打著結，等打完結後，他急急忙忙道：「我走了。」

柳玉茹得了話，卻是一把抓住他的披風，顧九思正要問她什麼事，就見柳玉茹踮起腳尖，將他拉得彎下了腰，在他臉頰旁邊輕輕親了一下。

顧九思愣了愣，詫異地抬眼看柳玉茹，柳玉茹抿了唇，壓著笑意，眼裡帶了幾分閃爍的羞澀，溫和道：「我不會說話，便親你一下，讓你覺得我也不是那麼乏味。」

顧九思聽到這話，高興得一把捧住柳玉茹的臉，在柳玉茹錯不及防之間，抱住她就「麼麼麼」換著位置滿臉親了幾大口。

柳玉茹又羞又惱，忙推著他道：「葉大哥還在等著，還不出去！」

顧九思親高興了，最後狠狠親了一口，終於放開她道：「行了，我真走了。」

柳玉茹捂著眼睛，背對他，「趕緊。」

顧九思抱著公文，高興地跑了出去，柳玉茹聽到腳步聲遠去，才轉過身，又聽到腳步聲，看顧九思探出半個身子，亮著眼看著她道：「以後妳每日這麼親我好不好？」

柳玉茹被他惹惱了，從旁邊書架抽了本書砸了過去，叱道：「再不走，我就親自送你入宮去！」

顧九思被氣勢洶洶砸出來的書嚇到，趕緊縮回頭跑了。

等顧九思跑著離開，柳玉茹才揚起笑，低聲說了句：「孩子氣。」

隨著秋闈的結束，滎陽一案也終於塵埃落定，這一案牽扯人數之多、之廣、影響之深遠，都算得上大夏排得上名的大案。

此案發生在大夏康平甲子年間，史稱修河大案。此案彰顯了大夏新帝對於舊朝貴族強硬之態度，以黃河為引，澈澈底底立了國威。此案之後，各地豪強紛紛收斂，范軒之聲望，在民間越發高漲。

而與范軒這位明君聲望一起水漲船高的，便是處理完修河一案後，緊接著主審了科舉的顧九思。

這位年輕有為的顧尚書，以從未有過的速度，在政壇迅速崛起。所有人清楚，如果說之前顧九思尚書之位是范軒強行托起，那麼在科舉之後，屬於他的門生迅速入朝遍布朝廷，他再修完黃河，積累了民間聲望，那顧九思尚書之位，便算是澈澈底底坐穩了。

等顧九思從黃河歸來，他將是整個朝堂之上，僅次於周高朗和張玨的第三人。

而這時候，他不過二十一歲而已。

對於這樣一個年輕人，外界或懷疑、或嫉妒、或欣賞。

他成為整個東都最熱門的話題，茶餘飯後，都是他的名字。柳玉茹每次出門，都能從不同的人口中，聽到顧九思的名字。

政客議論著顧九思的仕途，商人議論著顧九思的家庭，而女子則紛紛議論著，顧九思是個俊朗的美郎君。

柳玉茹靜靜聽著這些言論，感覺自己彷彿懷揣了一塊璞玉，這塊玉磨啊磨，終於有了光輝。

秋闈之後，便是殿試。按理殿試要放在開春，然而因為修河一案導致朝廷人手極度不足，只能提前殿試，早日將人安排下去。

於是十二月中旬，顧九思便主持了殿試，由范軒親自選出前三甲，昭告天下後，結束了大夏第一場科舉。

科舉結束當日，顧九思扶著范軒回御書房。天冷了，范軒越發疲乏，顧九思扶著他的時候，能感覺到他手腳冰涼，顧九思低聲道：「陛下要多當心身子，大夏千萬百姓，還指望著陛下呢。」

「他們哪裡是指望我啊？」范軒聽著顧九思的話，慢慢笑起來，「他們指望的，是你們啊。」

「有君才有臣，」顧九思扶著范軒坐到高座上，溫和道：「我們不過是幫陛下的忙罷了。」

范軒聽著顧九思的話，搖了搖頭，他有些累了，張鳳祥送上暖爐，范軒抱在手裡，他靠著椅子，慢慢道：「人都會老，會死，朕這輩子，已經差不多了，朕創立了大夏，未來的大夏，是你們這些年輕人的。」

「成玨啊，」范軒輕咳了幾聲，張鳳祥忙奉了藥茶，范軒輕咳著喝了藥茶，緩過來後，接著道：「朕許久沒這麼高興了。」

「今日這些年輕人，都很好，朕很欣慰，也很高興。有你們在，朕就放心了。」

「我們都還年輕，」顧九思聽出范軒話裡交托之意，忙道：「都得仰仗陛下照拂。」

范軒笑著沒說話，抬起手，拍了拍顧九思的肩。

他似乎有很多話要說，然而最後，只是說了句：「回滎陽的路上，多多照顧玉茹。」

顧九思沒想到范軒會關心這個，他愣了愣，隨後笑起來，恭敬道：「陛下放心，臣會照顧好內子的。」

范軒笑了笑，寒暄幾句後便讓顧九思下去。

等顧九思走後，張鳳祥添了茶，低聲道：「陛下對顧大人，簡直是當親兒子一般看待了。」

范軒聽到張鳳祥的話，笑了笑，「瞧著他，便想起年輕的時候。」

張鳳祥沒說話，范軒端了茶，看著門外，東都烏雲黑壓壓一片，他有些懷念道：「年輕時，朕也是他這樣。只是朕沒他懂事得早，早年一心想著百姓、國家、權勢，沒花多少時間在念奴身上，也沒時間好好管教玉兒。」

楊念奴是范軒的妻子，也是范玉的生母。

張鳳祥知道，范軒與這位髮妻感情極好，然而楊念奴卻因早年跟著范軒太過奔波，生下范玉後沒有好好調養，落了病根，在范玉小時候便撒手人寰。

楊念奴死後，范軒哪怕只有范玉一個兒子，也一直沒有再娶。許多人都以為這是范軒對楊念奴情深所致，然而張鳳祥卻從這話裡，多聽出幾分意味。

「陛下如今，是在自己罰著自己啊。」張鳳祥嘆息。

范軒笑了笑，卻是道：「本想登基後，好好教導玉兒。沒想到上天卻不給這個時間了。」

「不過還好，」范軒看著遠方，神色裡帶了幾分苦澀，「上天待大夏不薄。」

范軒說著，天空慢慢飄下雪來。

顧九思穿著官袍，雙手攏在袖中，一路從宮中走出門去。

范軒閉上眼睛，輕嘆出聲：「大夏還有顧九思。」

科舉之後，顧九思在范軒的默許下，又多待了些時日。他同周高朗、江河、張玨等人一起，陪同著吏部安排好了此次科舉仕子的去處，而後顧九思又去東宮拜見范玉幾次。

在太子這個位子上磨了許久，或許也是范軒訓斥得多了，相比過去，范玉收斂許多性子，雖然仍舊傲慢了些，但至少面子上也是給了的。

范玉知道顧九思是如今范軒的寵臣，也知道顧九思是范軒交給他日後輔佐他的人，因此他雖然不喜歡顧九思，但也強撐著面子，每次顧九思過去，都陪顧九思說幾句話。

顧九思同周高朗這些人不同，他與范玉同齡，又愛玩，每次去見范玉，都要搜羅些有意思的東西，放低身段過去，撿著好話給范玉聽，於是多見了幾面，范玉反而有些喜歡起顧九思來。

有一次顧九思提了一隻鸚鵡送去給范玉，恰巧遇到葉世安給范玉講學，下人提了鸚鵡進來，范玉眼睛落在鸚鵡身上就不能動了，葉世安皺了皺眉頭，同提著鸚鵡的奴僕道：「哪兒弄來的東西？這時候提進來做什麼？」

「是顧大人送過來的，」奴僕趕緊跪了下來，解釋道：「奴才便提進來，給殿下瞧瞧。」話剛說完，鸚鵡就叫了起來，高興道：「太子殿下千歲千歲千千歲！太子殿下英明神武天下第一！」

一聽這話，范玉「噗嗤」笑了出來，葉世安的臉色有些難看，正經道：「正在講學，什麼畜生玩意兒也弄上來，拿下去！」

奴才聽到葉世安叱罵，趕緊將鸚鵡提了下去，這一罵打了范玉的臉，范玉當下便有了脾氣，但之前他與葉世安衝突得多，也被范軒訓斥得多，他都忍了下去，沒有多說。葉世安罵完了鸚鵡，又覺得這樣太不給顧九思面子，只能僵著聲道：「顧大人送這鸚鵡給殿下，是為了提醒殿下，若要對得起別人的誇讚，需得好生學習功課，配得上的才叫誇讚，配不上的好話，便是諷刺了。」

范玉聽著葉世安的話，頓時心頭起火，他知道葉世安是為顧九思說話，但他竟覺得，葉世安說得沒錯。

他知道自己不學無術，成日被葉世安這些清流世家鄙視。這些人天天逼著范軒重新立后生子，就是因為瞧不起他。今日葉世安已算是克制，不過是看在顧九思的面上。一想到這一點，好不容易對顧九思生出的幾分好感，頓時又消了下去。

范玉扭過頭，沒有多說，他敲著桌子，不耐煩道：「葉大人，繼續講學吧。」

葉世安見他的態度，臉色難看了許多，只是范玉沒有頂嘴，他也不好多說，只能就著之前的話，將課繼續講了下去。

等下學之後，葉世安立刻去找顧九思。

已是接近春節的時候，顧九思在家裡忙著。葉世安氣勢洶洶進來，顧九思還踩在凳子上踮著腳尖貼春聯。

「顧九思，」葉世安衝過去，焦急道：「你給我下來。」

顧九思貼著春聯沒回頭，嘴裡叼了根沾著漿糊的木棒，含糊不清道：「有話就說。」

「我問你，你好端端送鸚鵡給太子做什麼？」葉世安焦急道：「他本就貪玩你不是不知道，還送這些東西給他，你讓他如何放下心思來讀書？」

顧九思沒說話，把春聯黏好，才慢吞吞道：「你說得有意思了，」顧九思拍著手從凳子上下來，「他不讀書，是他不樂意讀，別把事賴在鸚鵡身上。」

「你還有理了？」葉世安有些生氣，「你可知我為了教他讀書費了多少力氣？」

「世安啊，」顧九思從旁人手裡拿了帕子，領著葉世安往書房走，一面走一面擦著手，嘆息道：「你得想開點。」

「想開什麼？」葉世安皺起眉頭，有些不明白，兩人走進書房，顧九思關上門，讓葉世安坐下來，他給葉世安倒了茶，慢慢道：「你得想明白，太子殿下，該是什麼人。」

「什麼叫該是什麼人？」葉世安還是聽不懂，顧九思慢條斯理喝了口茶，平和道：「你打算讓他當個盛世明君嗎？」

「不可能。」葉世安教范玉有些時日，對范玉瞭解得透澈，顧九思一開口，他斷然否決。

顧九思接著又道：「那你這麼費心教他聖賢之書做什麼？」

這話把葉世安問愣了，顧九思看著葉世安，嘆息道：「世安，同你說句明白話，陛下如今身體不好，你是太子的老師，你心裡得明白太子日後要做什麼，才決定好怎麼教。你看陛下的布置，是希望你把太子教成一代英才的嗎？就如今的形式，太子最好不要太有想法，也不要太有才華。日後有什麼事，是大夥做不了的呢？太子只要好好當著皇帝，多納幾個妃子，多生幾個孩子，不要管太多，他愛做什麼做什麼，這就夠了。所以什麼四書五經資治通鑑這些你都不需要教，只要好好哄著他，」顧九思靠近葉世安，輕聲道：「讓他覺得你好、尊敬你，同你有幾分感情，聽你的話，那就夠了。」

這話讓葉世安有些懵。

顧九思收回身子，喝了口茶，隨後道：「明夜除夕，你家大業大，怕是不會同我們一起過了。今年沈明和周大哥也不在，」顧九思舉起杯子，溫和道：「我先祝你，新年大吉。」

顧九思的話衝擊了葉世安，他出門的時候，整個人渾渾噩噩的。

柳玉茹走出門時遇到他，見葉世安的模樣，不由得有些疑惑，進了屋裡，看見顧九思一身常服在家裡瞎晃悠，不由得道：「你同葉大哥說了什麼，他走的時候看上去不大好。」

顧九思擺了擺手，「沒事，正常。」

說著，顧九思把葉世安來尋他的話粗粗一說，柳玉茹聽了，不免笑了，「葉大哥是這麼個規矩的脾氣，你說這些話，他怕是得緩好一陣了。」

「他只是規矩，不是傻。」顧九思雙手背在身後，笑著道：「他心裡會明白。」

說著，顧九思上下打量一下換了套衣服正在化妝的柳玉茹，靠在門柱邊道：「妳這是做什麼？」

「明日除夕放假，我晚上訂了館子，帶著店裡的人去下館子。」柳玉茹說著，有些高興，扭頭看了顧九思一眼道：「你去嗎？」

「去呀。」顧九思立刻站直了身子，端正道：「這種場合，我必須在。」

「不過你去不好吧……」柳玉茹聽顧九思真要去，頓時有些猶豫，「你如今官大了……」

「官大怎麼了？」顧九思聽到這話立刻急了，「官大了，連頓飯都去不得，都要被妳嫌棄了？」

說著，顧九思撅起嘴，不開心道：「不行，我得去，我要去露露臉，讓大家知道我的地位。」

柳玉茹聽到這話，挑了眉，有些好奇道：「什麼地位？」

「我老闆夫的地位啊。」顧九思立刻回道：「免得一些不長眼的把主意打到妳身上。」

「你胡說八道什麼呀。」柳玉茹哭笑不得，「我都嫁了人的，還有誰把主意打我身上？」

「那可不見得，」顧九思一本正經圍著坐在梳妝檯邊的柳玉茹打著轉，誇張地比劃著，「妳看看，妳長得這麼好看，脾氣這麼好，人還這麼有錢，這牡丹花下死，有錢鬼推磨，就算妳嫁了人，也擋不住美色和金錢的誘惑啊。」

說著，顧九思半蹲在柳玉茹身邊，將臉搭在柳玉茹腿上，眨著眼睛看著柳玉茹，「人家說女人有錢就變壞，妳不是變壞了，想瞞著我吧？」

「瞞你個鬼，」柳玉茹戳了顧九思腦門一下，忍不住笑道：「你要去便去，不過可別胡鬧，砸我的場子。」

「好嘞！」顧九思高興地跳起來，跑到衣櫃前翻著衣服道：「現在就要走了是吧？妳瞧瞧我穿哪件衣服合適些？不能太素淨，我得去撐場子，也不能太花哨，顯得不端莊……」

柳玉茹笑著看著顧九思在一旁嘀嘀咕咕選衣服，整個人樂得不行，等到最後，顧九思選了一套紅色繡金線的長袍，然後逼著柳玉茹也去換了一套紅色金線繡秋菊的長裙，兩個人往鏡子前一站，紅燦燦一片，明眼人都看得出來，這衣服是搭配的。

柳玉茹很少穿這樣的衣服，她看著鏡子裡幾乎要融在一起的兩個人，不由得有些羞怯，小聲道：「還是換了吧，太張揚了些。」

說著，便要轉身去換衣服，卻被顧九思一把攬進懷裡，顧九思看著鏡子裡的兩個人，下巴放在柳玉茹身上，溫和道：「我瞧著正好，妳這麼穿，冬天都不冷了。」

柳玉茹聽到顧九思說這話，看著鏡子裡的兩個人，內心鼓起幾分勇氣，竟也想試一試顧九思慣用的顏色。於是沒有說話，讓顧九思抱著，顧九思抱了一會兒後，從旁邊抽了一支金蝴蝶鑲珠步搖，插在柳玉茹髮間，端詳片刻，握住柳玉茹的手，高興道：「就這樣吧。」

說完後，顧九思便拉著她往外走去。

不知道為什麼，被顧九思拉著，柳玉茹那份羞澀和焦慮竟是少了許多。顧九思走在前面，她跟在後面，他大搖大擺開著道，她就低著頭跟著。

旁邊的人都被這兩個人吸引了目光，不由得看了過來，靠得近的，低頭叫著柳玉茹和顧九思，「公子、少夫人。」

顧九思高興點點頭，而柳玉茹只能低著頭，尷尬應著聲。

走了一會兒，顧九思便察覺柳玉茹尷尬，他停下步子，轉頭看向柳玉茹，皺眉道：「妳是不是覺得不好意思？」

柳玉茹聽了這話，小聲道：「也……無妨。」

無妨便是了，顧九思想了想，隨後笑起來，「我想出個辦法來。」

柳玉茹有些疑惑，抬起頭，看著顧九思，有些茫然顧九思想出了什麼好辦法，然而就在她抬頭之後，顧九思卻是燦然笑一下，猛地伸出手，便將柳玉茹一把抱了起來，柳玉茹驚叫出聲，一下子摟住顧九思的脖子，顧九思抱著她，往外狂奔。

柳玉茹反應過來，趕緊道：「你這是做什麼，快放我下來！」

顧九思不放，只是道：「快，把臉埋進來，妳就不尷尬了！」

「什麼歪理！」柳玉茹哭笑不得。

顧九思抱著她小跑到門口，將人往馬車裡一放，隨後自己躲了進去，同車夫道：「趕緊走！你家少夫人尷尬呢！」

車夫笑呵呵駕了馬車，柳玉茹坐在位子上，抿了唇不說話，扭頭不看顧九思。顧九思湊過去，笑著道：「怎麼樣，不尷尬了吧？」

「你離我遠點，」柳玉茹瞪了他一眼，將自己被他壓著的裙子扯了過來，不高興道：「什麼歪主意，怕是你自個兒想出風頭吧？」

「這不是出風頭，」顧九思笑著道：「這是以毒攻毒。妳不是覺得尷尬嗎，我讓妳再尷尬些，等會兒下了馬車，我拉著妳走，就不覺得尷尬了。」

這一番理論算得上是胡說八道，可柳玉茹卻驚奇地覺得他竟然說得有幾分道理。她故作生氣不理他，顧九思就湊過來，一會兒叫她娘子，一會兒叫她媳婦兒，一會兒叫她心肝，一會兒叫她寶貝。

嘴抹了蜜一般換著法子逗弄她，直到最後，柳玉茹綳不住笑出聲，才終於道：「我不同你鬧了，日後不准這樣。」

「妳若當真不准，」顧九思握著她的手，摸著上面的染了顏色的指甲，用清朗的聲小聲道：「跳下去便是了。」

「我可捨不得讓妳當真不高興。」說著，顧九思將她的手按在自己胸口，笑咪咪道：「我可靠哄您開心吃飯呢，妳說是吧，柳老闆？」

柳玉茹將手抽出來，輕輕「呸」了一聲，低聲道：「油嘴滑舌。」

顧九思笑著沒接話，帶了風流的桃花眼注視著柳玉茹，放柔了聲音：「我油嘴滑舌，不也是想讓您喜歡嗎？您倒說說，您是喜歡，還是不喜歡？」

那聲音與顧九思平日的聲音不同，清朗中無端端生出幾分獨屬於男人的喑啞，和著放緩的語調，讓人不禁想起春日裡大片大片盛開的桃花，如火一般，一點便遍野成山的燃燒開去。

柳玉茹覺得心跳有些快，故作鎮定，扭頭看著窗外，偏偏顧九思還伸出手，半蹲到柳玉茹身前，拉過她的手。

柳玉茹被逼著扭頭看他，顧九思注視著她，緩慢又優雅地吻上她的手背，低啞道：「喜不喜歡我？」

柳玉茹沒說話，慣來自持的人，面對著喜歡的人這樣，還是慌張無措。

可對著顧九思帶著笑意一切盡在掌握中的眼，她又有了幾分不甘心。過了片刻後，她抿了抿唇，抽了手，從袖子裡拿出一疊銀票，塞進顧九思手裡，僵著聲道：「還可以吧。」

顧九思拿著一疊銀票有些錯愕，柳玉茹卻是高興了，壓著唇角的笑意，扭過頭輕咳一聲道：「我挺喜歡你的，這個是賞你的。」

顧九思緩過神，拿著一疊銀票，想了片刻後，默默收了銀票，隨後抬頭看著柳玉茹，認真道：「這麼多銀子，看來晚上我得好好服侍才對得起這個價。」

柳玉茹身子僵了僵，好在外面車夫叫道：「公子、夫人，到了。」

柳玉茹如蒙大赦，趕緊往外走去：「到了到了，不胡鬧了。」

說著，柳玉茹便下了馬車，顧九思跟在後面，笑得春風滿面。

芸芸和葉韻站在門口招呼著人，柳玉茹匆匆走過來，同她們稍稍打了個招呼，便匆匆走了進去，反而是顧九思慢悠悠走過來，同她們行了個禮。芸芸見著這個景象便笑了，含著笑道：「大人可是又欺負我們東家了？」

「那他可慘了。」葉韻在旁邊添了話，笑著道：「玉茹可是個記仇的。」

顧九思低低笑了，看了看往來的人，詢問道：「二位還不進去？」

「人還沒來齊，」芸芸手裡抱著暖爐，「你們先進去吧，我和葉掌櫃是管事的，得在這裡招呼人呢。」

顧九思行了個禮，便往裡去了。

進門之後，顧九思入眼便是熱熱鬧鬧的男男女女，他們穿得樸素，但無論男女，面上都洋溢著在外少見的高興。這種高興與普通的高興不同，能明顯看到這個人笑著的時候，他挺直了腰背，眼裡帶著對未來的期許。

顧九思站在人群中，突然希望，有朝一日，整個大夏，都能是這番模樣。

他稍微站了站，印紅便折了回來，同顧九思道：「姑爺，夫人在上面等著您了。」

顧九思笑了笑，朝著旁邊同他打招呼的人點了點頭，便往上走去。

這酒樓一共四層，全被柳玉茹包了下來，在東都的員工都被她請了過來，根據職位坐在不同的位子。

最頂層的雅閣只有一間，顧九思進門後發現雅閣裡已經坐滿了人，桌子圍成一圈，中間留了一大塊空地。

房間裡應當有幾十人，與其他商鋪裡都是男人的局面不同，這裡面坐著許多女人，有年輕有老，柳玉茹坐在正上方，顧九思進門，所有人看了過來，那些人都是柳玉茹後來的員工，有許多沒見過顧九思，目光裡帶著好奇和打量。

顧九思笑著繞過人群，走到柳玉茹身邊，柳玉茹拉了顧九思的手，彷彿和娘家人介紹一般道：「這位就是我夫君，他姓顧，大家叫他……」

說著，柳玉茹頓住了，一時竟找不到一個好的叫法。

要是放在其他鋪子裡，東家的伴侶，要麼叫夫人，要麼叫老闆娘，可她是個女人，叫老爺顯得顧九思老，叫大人彷彿又把顧九思的官職扯了進來，叫……

「叫公子吧。」顧九思替她解圍，笑著舉了杯：「在下顧九思，字成珏。外面年紀比我小的，叫我九哥，差不多年紀的，賞個薄面叫我九爺，年長的長輩，叫我公子或者小九，都可以。在座有許多與我是第一次見面，這一年來，多謝各位替內子操持生意，顧某在這裡先敬各位一杯，以作謝意。」

顧九思說著，大大方方喝了一杯，然後將酒杯翻過來，不漏一滴，以示敬意。

這一杯酒端的是生意場上的做派，沒有半分扭捏，所有人頓時放開來，籌光交錯，你來我往，氣氛熱鬧起來。

柳玉茹本也不大能喝酒，加上懷了孕，更是被顧九思攔著，滴酒不沾。但顧九思也給面子，敬柳玉茹的酒，都進了他的肚子。

芸芸和葉韻回來的時候，屋中十分熱鬧，兩人都有些呆了，葉韻坐到柳玉茹旁邊，看著顧九思拉著一個來跟他敬酒的大爺胡侃，她湊到柳玉茹耳邊，低聲道：「今個兒真熱鬧，我從來沒見過咱們鋪子裡這麼熱鬧過。」

柳玉茹抿了抿唇，抬眼看了旁邊喝著酒話異常多的顧九思一眼，小聲道：「他呀，在哪兒都熱鬧。」

葉韻看了顧九思一眼，又看了柳玉茹一眼，隨後搖搖頭道：「當真與妳差別大得很。」

柳玉茹笑而不語，將手放在肚子上，沒有出聲。

酒過半巡，印紅端了匣子上來，同柳玉茹道：「夫人，到發紅包的時候了。」

柳玉茹得了提醒，便聽到外面的起鬨聲。柳玉茹點點頭，顧九思扶著她起身走了出去。

她走到門外，從四樓往下看過去，整個酒樓站滿了人，所有人看著她。

酒後的氣氛洋溢著興高采烈，柳玉茹一一打量過每個人的眼睛，她自己都不知道是什麼時候，有了這麼多員工，有了這麼多產業，她慣來知道一個人的成功會給自己帶來無法言說的成就感，可卻不知道除了成就感之外，還能帶來無法言說的，對於生命的滿足和踏實。

柳玉茹本來準備了很多話，可是當看著這些人仰望著她的時候，卻是什麼都說不出來了，想了想，她揮了揮手道：「什麼也不說了，發錢吧。」

這話一出，所有人笑起來，然而在大笑之後，一個大漢大聲道：「東家，從來沒聽您說過什麼，還是說點吧！」

「是呀，」芸芸站在一旁，接著道：「就算說個新年好，也當說點什麼的呀。大家好不容易聚一起吃頓飯，您也別太害羞啊。」

聽到這話，柳玉茹有些無奈地笑了，只能回到原來的位子上，看了所有人一眼，慢慢道：「那我就隨便說點吧。今日我們一共來了二百三十七人，都是花容和神仙香的夥計，在座各位，每人平均每月八兩銀子，最低二兩，最高一月可達百兩。這個數目，玉茹不敢說比其他商家都好，可卻也不算差了，是吧？」

「是。」下面傳來一片響應聲，柳玉茹笑了笑，接著道：「可這只是我們的開始。這是花容過的第二個年，神仙香過的第一個年，今年我在十三州各地，一共鋪設了三十二家花容，七家神仙香，因為運輸成本昂貴，我建立了商隊，在明年，黃河修好，汴渠會打通連接到淮河，到時候，我們和揚州、幽州，便再也不遙遠，神仙香的成本會減少至少一半，而花容的成本也會降低至少三成。我早在幽州購買了沃土，也會在明年計畫於黃河一帶買下土地，用以種植適合的糧食。不出三年，我們就會成為成本最低、品質最好的商家，我們會有最好的貨，最便宜的價格。那個時候，你們會有更高的酬勞，更多陪伴家人的時間，更好的人生。」

柳玉茹說著，頓了頓，看著燈火下一雙雙眼睛，那些滿是希望和期待的眼神，明明沒喝酒，卻有一種莫名上頭的感覺，她感覺熱血沸騰，忍不住開口：「這些，是我十八年來做過的，最讓我驕傲的事。說句實話，我看到在座各位，有這麼多姑娘站在這裡，覺得特別高興。」

「我不知道妳們有沒有同樣的感覺，當我們走出來，當我們擁有了錢，當我們用自己的才能、努力獲得認可，我們的人生與過往，就不一樣了。」

「我們可以做出選擇了。」

柳玉茹說出這句話，許多姑娘聽著，悄無聲息紅了眼眶。

顧九思感覺到柳玉茹情緒的起伏，他走到柳玉茹身旁，輕輕握住柳玉茹的手。

溫暖讓柳玉茹緩過神，她回頭看了顧九思一眼，深吸一口氣，稍稍收斂情緒，轉頭笑道：「看我，說多了，來來來，明日就是除夕，今日我先提前給大家發個紅包，祝大家新年大吉，明年我們柳氏商行旗下所有生意，都得紅紅火火，蒸蒸日上！」

「紅紅火火，蒸蒸日上！」

屋中爆發出大家的祝賀聲，印紅端著紅包，葉韻和芸芸跟在柳玉茹身後，顧九思扶著柳玉茹，一行人往下走去，柳玉茹一個一個將紅包發下去，拿到紅包的人趁著機會，和柳玉茹說幾句他們一直想說的話。

柳玉茹靜靜聽著，不斷聽著有人同她說著謝謝，或哽咽或歡喜。

她知道這裡有姑娘是逃婚跑出來的，也知道這裡有姑娘為了養活家裡人，差點去了青樓。她聽著眾人的感激，一一發完所有人的紅包。

然後所有人舉杯對飲，來到了除夕這一日。

柳玉茹本該同他們鬧一夜的，但她懷著孕，便在發完紅包，說完祝詞之後，與雅閣裡的人最後告別了一番，然後同已經有些醉的顧九思一起離開。

顧九思雖然喝了許多酒，但他在照顧柳玉茹這件事上十分清醒，他上了馬車，鋪好了墊子，才扶著柳玉茹坐下來。

等柳玉茹坐下來後，他坐在一旁，看著柳玉茹一個勁的笑。

柳玉茹察覺他的目光，轉頭看他，「你笑什麼？」

顧九思低下頭，拉住柳玉茹的手，低聲道：「玉茹，妳好厲害。」

「嗯？」

「我以前、以前覺得，」顧九思話有些說不清楚，斷斷續續開著口，「覺得這個世間，得當官，才能幫百姓。可妳好厲害，妳沒當官，但妳做到的，比我做到的，好很多。」

「妳給他們錢，給他們能力，妳養活了好多人，救了好多人……」顧九思說著，將頭靠在她身上，抱住她，含糊道：「我覺得妳好厲害呀，還好、還好我娘……我娘幫我把妳娶回來了……」

「不然我都配不上妳，娶不到妳了。」

柳玉茹聽著，忍不住笑了，「是我配不上你才對。」

她拉過他一隻手，與他交握在一起，垂下眼眸道：「你想想，如今多少姑娘等著嫁你呀？」

顧九思有些茫然地睜眼，片刻後，他抱緊柳玉茹，彷彿怕柳玉茹跑了一般，低聲道：「可是我只喜歡妳呀。」

柳玉茹被這直白又幼稚的話逗得笑出聲，顧九思緊緊抱著她，認真道：「妳也要一直喜歡我，不要理其他人，尤其是洛子商。」

「好好好，」柳玉茹忙道：「我不理他，我只賺他的錢，好不好？」

顧九思聽到這話，心滿意足了。

顧九思一路抱著柳玉茹，等到了顧家，也一路抱著不放，柳玉茹扯不下來，旁人誰來扯他就踹誰，說人家要搶他的寶貝。

柳玉茹不想鬧醒江柔和顧朗華，只能讓他抱著，將他帶到屋中。

顧九思抱著柳玉茹睡了一夜，等第二日清晨，他們還沒醒過來，就聽外面傳來通報，說是秦婉之來看他們了。

顧九思和柳玉茹驚醒起來，兩人慌慌張張穿上衣服，才到正堂去，看見正在正堂等著他們的秦婉之。

出來的時候，秦婉之坐在位子上，她穿著緋色長袍，袍子下的小腹有著明顯的起伏，顧九思和柳玉茹愣了愣，秦婉之撐著自己的肚子站起來，顧九思這才反應過來，忙道：「嫂子先坐下，別累著自己。」

秦婉之笑了笑，溫和道：「哪這麼容易累？」

說著，秦婉之指了指旁邊的盒子，同顧九思道：「你大哥從幽州寄過來的禮物，讓我交給你，昨個兒才到的，我算著就當個新年禮物，今日送了過來。」

「這樣的事，讓下人送過來就好，」柳玉茹走到秦婉之身旁，扶著秦婉之坐下來道：「妳懷著身孕，怎麼還勞妳親自跑一趟？」

「許久沒見你們了，」秦婉之笑了笑，「在家裡也煩悶，便同婆婆說了一聲，出來走走。」

聽到這話，顧九思和柳玉茹對視一眼。

周燁的母親對周燁的態度一向不太好，秦婉之的日子自然也好過不到哪裡去。按理說，秦婉之如果能跟著周燁去幽州，天高皇帝遠，自然是過得最好的。但是周燁任幽州留守，如今手握幽州大軍，因范軒就是幽州節度使出身，他上任之後，便下令要求所有邊關武將必須有家眷被扣押在東都。周燁沒有孩子，秦婉之只能待在東都，一直到秦婉之生了孩子，至少留一個孩子在東都，她才能去找周燁。

而在此期間，秦婉之只能和周夫人在一起兩看相厭。

柳玉茹稍稍一想，便明白秦婉之很少來看望他們的原因，應當是周夫人不允許。她心中嘆息，也不好過問，坐到秦婉之對面，看了看她的肚子道：「妳懷孕這事也不早告訴我們，看肚子應當也有六個月了吧？」

「快七個月了。」秦婉之笑了笑，「你們走了之後才發現的，這麼點事，我也不好專門寫信通知你們不是？」

說著，秦婉之上下看了柳玉茹一眼，「你們還沒動靜？」

「有了有了，」顧九思趕緊獻寶一般插嘴道：「三個多月了！」

「你出門幫著貼對聯去。」柳玉茹瞪了顧九思一眼，顧九思縮了縮腦袋，似是怕了柳玉茹一般，趕緊道：「昨個兒貼了。」

「昨個兒貼的是內院，」柳玉茹立刻反駁道：「大門等著今日貼，快去。」

顧九思被柳玉茹趕走了，柳玉茹才能和秦婉之好好說話。兩人其實算不上熟悉，但秦婉之許久沒同人說話，而柳玉茹看在周燁的份上，好好應答著，倒也說了許久。

等說到午時，秦婉之看了看天色，隨後道：「我也得回去了，不然婆婆又要多話。」

柳玉茹不敢干預別人家事，只能勸道：「等過些年生了孩子，妳便可以同周大哥一起在幽州好好生活了。」

聽到這話，秦婉之苦澀地笑了笑，低頭道：「只能等著了，不過我倒是希望，什麼時候公公能想開些，讓夫君回來東都才好。」

人人都知道周燁是被周高朗趕出東都的，不然以當初周燁的身分和功勞，怎麼也能在東都謀一個大官。安安穩穩待在東都享受繁華，不比到幽州那種苦寒之地賣命得好？

柳玉茹聽出秦婉之話中的埋怨，沉默片刻，只能道：「放心吧，總有這麼一日，如果對周大哥好，九思也會想辦法的。」

得了這句話，秦婉之終於笑起來，柳玉茹也算是明白秦婉之的來意。

柳玉茹送秦婉之出去，顧九思貼完對聯回來，看見柳玉茹愁眉不展，不由得道：「妳們說什麼了，妳滿臉不高興？」

「說了些周大哥的事。」柳玉茹頗為憂慮道：「嫂子過得太難了。」

聽到這話，顧九思的心也沉下來，他想了想，終於道：「熬一熬吧。」

柳玉茹有些不明白，顧九思慢慢道：「只要是事情，總會有一個結果。是嫂子去幽州，還是大哥回東都，熬過這幾年，便有結果了。」

「周大人也太狠心了些。」柳玉茹聽著顧九思的話，忍不住嘆息：「雖然周大哥不是他的親生兒子，也不至於防範至此啊。」

聽到這話，顧九思忍不住笑了。

「周大人和陛下，都是下棋的好手。」

「嗯？」柳玉茹不明白。

顧九思轉頭看向宮城的方向，慢慢道：「會下棋的人，任何一顆棋子，都不會白白落下。」

「所以妳放心，」顧九思神色悠遠，「收官之時，便會知道，這一步棋走出來，是做什麼的了。」

顧九思和柳玉茹在東都過完了新年，等到第二日，顧九思便啟程去了滎陽。

柳玉茹本打算同顧九思一起去的，但江柔和蘇婉出面遊說，說柳玉茹懷著身孕，不能跟著顧九思這麼四處奔波。兩人打從在一起後就沒分開過，但顧九思念著柳玉茹的身體，最後還是決定讓柳玉茹留下來，讓家裡人照顧。

柳玉茹知道顧九思說的在理，心裡雖然有那麼些不樂意，但在東都這兩個月，她的肚子一日日大了，也的確覺得有些力不從心，只能讓顧九思一個人去了。

顧九思一個人趕回滎陽，首先同秦楠傅寶元瞭解了最近的情況。他離開滎陽之後，修河這件事便由洛子商接管，秦楠和傅寶元協助。洛子商這個人，雖然心眼不好，但是做事的能力卻是不能質疑的，尤其是章大師原就精於土木之事，他是他的得意門生，這方面來說，要比顧九思強上許多。

顧九思查看一圈已經修好的部分，確認沒什麼問題之後，便按著計畫，繼續督促所有人將活兒幹下去。

春節後不久，周燁奉命入京，柳玉茹便同葉韻葉世安一起上門，探望周燁。

周燁黑了不少，人看上去結實了許多，他領著秦婉之一起招呼幾個人，同大家說了說邊境的情況。

「本來是打算回來過春節的，結果北梁想著我們過節了，就趁機偷襲了一把，劫掠一個小城，於是大過年的，我也只能守在前線。」

周燁解釋了一番沒有回來過年的原因，柳玉茹嘆了口氣道：「我們在後方活得富足，全靠周大哥這樣的將士庇護了。」

「本也是應該的。」周燁說著，突然想起來，「我之前聽說你們這邊出了事，沈明似乎去幽州了？」

沈明是十二月中旬出發的，顧九思也是那時候給周燁帶信過去，周燁剛看到信就趕了回來，沒見著沈明。

葉世安得了話，有些沉重地點了頭，「流放過去的，到幽州去是陛下開恩了，你到時候多幫幫他吧。」

周燁了然點頭，葉世安同他將前因後果說了說，周燁頗為感慨：「沒想到不過半年，便已發生這樣多的事了。」

說著，周燁將目光看向柳玉茹，眼裡帶了笑，「弟妹看樣子，也是沒幾個月就要生了。」

柳玉茹聽了這話，有幾分不好意思，低下頭去，溫和道：「還有四個月呢。倒是嫂子……」

話沒說完，就聽秦婉之驚叫一聲，她捂上自己的肚子，周燁忙道：「怎的了？」

秦婉之皺起眉頭，似乎是在感受，片刻後，轉頭看著有些慌張的周燁，顫抖著道：「我……我似乎是……要……要生了！」

聽到這話，周燁眼裡閃過一絲慌亂，但還算鎮定，立刻抱起秦婉之，同下人道：「快，去叫產婆。」

說著，周燁便急急忙忙往內院走去，柳玉茹和葉世安對看一眼，葉韻猶豫著道：「我們是不是先回去？」

「不行。」柳玉茹一口否決，小聲同葉家兄妹倆道：「周夫人管著內院，他們的關係怕有照顧不周之處，我們得在這裡看著。」

這麼一說，葉世安和葉韻立刻想起過去關於周燁與周夫人的傳聞，周夫人本就一心一意防範著周燁搶她小兒子的位子，如今周燁又要生下第一個孩子，周夫人心中怕是芥蒂更深。

葉世安點了點頭，於是三個人沒人招呼著，就自己站在周家，陪著周燁等秦婉之產子。

生產的整個過程，周夫人都沒有露面，反倒是周高朗匆匆趕回來看了一眼。

秦婉之生了足足一日，她剛開始生孩子，柳玉茹便讓人請了宮裡的御醫過來幫忙，而後又讓人去家裡拿夠了人參，給秦婉之含著續力。

然後指揮著下人燒了熱水，一鍋一鍋端進去。

起初周燁不允許進產房，便只能是柳玉茹和葉韻進去幫忙看看，秦婉之是個能忍耐的，生產時一聲不吭，柳玉茹陪在她身邊，瞧著她道：「我聽說生孩子是極疼的。」

秦婉之流著汗，慘白著臉，苦笑道：「那自然是疼的。」

柳玉茹替她擦著汗，頗為驚訝道：「那妳未免也太能忍了。」

秦婉之笑了笑，捂著肚子，一陣疼痛湧來，她猛地一抽，隨後大口大口喘息著，等她緩了過來，轉過頭看著窗戶外，艱難解釋道：「阿燁還在外面，我不能嚇著他。」

柳玉茹聽到這話，心裡對秦婉之有了幾分疼惜。她突然覺得，相較於秦婉之，她的日子，著實過得太好了。

沒有婆婆煩憂，而顧九思也為她撐起了一片天。他們與周燁秦婉之全然不一樣，他們的難，是因在理想之路上前行，而秦婉之和周燁的難，卻是在一襲華美袍子之下，那滿地的雞毛碎屑。

母親防備，君臣猜疑，他們成為這一大盤棋下的棋子，被別人牢牢把控著命運。

陣痛時秦婉之還能忍耐，等到了孩子要出來時，秦婉之終於忍不住了，她驚叫了一聲，而外面的周燁聽到這一聲驚叫，再也克制不住，往產房衝進來。下人慌張攔住他，焦急道：「大公子，產房您去不得……」

「滾開！」

周燁一把推開下人，直接衝了進去，入眼便是一地狼藉，秦婉之躺在產床上，柳玉茹和葉韻陪在她身邊，周燁急急朝她衝過去，然後腳下一軟，跪在她面前，他握住秦婉之的手，痛苦地將她的手抵在自己的額頭之上。

他有種深深的無力感。

這種無力感，為人子，為人臣，為人夫，不斷環繞著他。他的身子微微顫抖，眼淚大顆大顆落下，秦婉之被他握著，似乎便有了某種力量，在一聲毫不壓抑的尖叫聲中，將孩子生了出來。

然後她大口大口喘息著，旁邊傳來孩子的哭聲，所有人圍到孩子身邊，御醫高興道：「是位公子。」

然而周燁卻沒有理會，他如釋重負，爬到秦婉之身前，用臉貼著她的臉，眼淚沾著她的眼淚。

「我剛才好怕。」周燁哽咽。

秦婉之笑了笑，虛弱道：「有什麼好怕？」

「我怕妳離開我。」

秦婉之得了這話，突然不覺得疼了，周燁年少老沉，慣來穩重，少有這樣失態。柳玉茹和葉韻不便打擾人家夫婦，柳玉茹便走到一旁，瞧著那孩子，看人擦了他身上的血水，把他包裹起來。

秦婉之有些累了，周燁陪著她，她緩了片刻，握著周燁的手，低喃道：「阿燁，你什麼時候才回來？」

周燁僵了僵，他不敢說話，秦婉之也沒追問，睏得睡過去了。

柳玉茹回過身，同周燁道：「先讓嫂子休息吧。」

周燁沒說話，他點了點頭，也很疲憊。

這時候他才想起自己的孩子，走了幾步到旁邊去，葉韻正在逗弄這個孩子，見周燁來了，葉韻笑著將孩子交給周燁道：「周大哥，取個名兒吧？」

周燁感覺孩子被交到手中，他抱著孩子，看著孩子哇哇大哭，但慢慢的，孩子似乎意識到什麼，茫茫然睜著眼，盯著周燁，看了一會兒後，他突然「咯咯」笑了，然後軟軟嫩嫩的手朝著周燁伸了過去。

周燁看著這個孩子，也不知道是怎麼，突然落了淚，他深吸一口氣，將孩子轉交給柳玉茹，低著聲道：「勞妳幫我看著孩子，我出去一趟。」

說著，周燁便轉過身，急急朝著周高朗的書房走了過去。

周高朗正在和人議事，周燁帶著一身血腥氣衝了進來，周高朗頓時皺起眉頭，他見周燁站在門口，不滿道：「你要來見我，至少換套衣服過來，這成什麼樣子？」

然而周燁沒說話，他只是站著，周高朗知道他有事一定要此刻說，便只能請旁人迴避離開。

等房間裡只有父子兩人，周高朗頗為不滿道：「有什麼事，一定要用這樣的法子來同我說？」

話音剛落，周燁就跪了下去，然後重重將頭磕在地上，發出一聲悶響，沙啞著聲道：「我請求父親，將我調回東都。」

周高朗沒說話，周燁立刻道：「我不求高官厚祿，一個八品小官也好，甚至當個捕快也行，要是父親再不放心，怕我還是起了同弟弟爭什麼的想法，那就將我從周家族譜上去了名字，我帶了婉之和孩子，自己出去謀生也好。」

周高朗聽著周燁的話，許久未曾出聲。周燁見周高朗不說話，跪在地上不起來，顫抖著身子，痛哭出聲：「父親，雖然我不是您的血脈，可我自幼由您一手撫養長大，從您落魄開始，您在外做事，我在家中操持，您需要錢，兒子經商，您需要權，兒子當官。這二十多年，沒有功勞也有苦勞，您當真就如此心如頑石，為了防備著兒子，一定要讓兒子如此妻離子散，逼兒子到如斯境地嗎？」

周燁說著，抬起頭看著周高朗，一直壓抑著的情緒驟然爆發：「血緣就這麼重要，因為我不是您的血脈，所以這二十年，您養育我、培養我，我孝敬您、陪伴您，這些，都不是感情，都不作數了嗎？」

「你其實就是想同婉之在一起，」周高朗聽著，思索著道：「如今有了孩子，將孩子放在東都，讓婉之陪你過去，不就好了？」

「那孩子呢？」周燁冷冷看著周高朗，「孩子如今還這麼小，婉之怎麼可能走？就算大了，我們夫妻走了，讓他一個孩子留在東都，誰養他？」

「還有你母親……」

「她算得上母親嗎？」周燁怒喝：「若她真將我當兒子，我又怎會難堪至此！您以為我只是想著和婉之在一起嗎？是因為我知道，我知道她在這東都周家，承受著多少委屈和難堪！我為人丈夫，」周燁哽咽看著周高朗，「又怎能明知她為難不聞不問，我為人父親，又怎能明知孩子留在這裡意味著什麼，還讓他留下？這算什麼留下？」

「這叫放棄！是放棄！」

周高朗聽著他的話，垂下眼眸，他看著茶碗裡的茶湯，好久後，終於道：「那麼，你又要讓周家，怎麼辦？」

周燁愣了愣，周高朗似乎做了什麼決定，抬起頭，看向周燁，平靜道：「你以為我是為了防備你？我若要防備你，當年為何要教你，要培養你，要把你一手養到這麼大？我若介意你身上的血脈，當年隨便一個意外讓你死了，不就好了？」

這話把周燁說懵了，周高朗笑起來，「你莫不是還以為，我不殺你，只是因為你當年會做事，能幫我弄到錢回來？」

「一介稚子。」周高朗搖了搖頭，「我放你在幽州，不是因為防備你，我是為了給周家留一條路啊。」

「我不懂……」

「你范叔叔身體已經不行了，」周高朗放低了聲音，「我早勸他續弦再生一個孩子，他對嫂夫人一往情深，堅持不肯。我又勸他多教導玉兒，他又下不去手，我那時心急，插手許多事，讓玉兒十分厭惡我，若我們還在幽州，他厭惡也就厭惡了，可如今呢？」周高朗看著周燁，「他是太子，是未來一國之君，我是殿前都點檢，手握兵權，以他之品性，一旦登基，你以為會如何？」

「我若不放權，他怕是時時刻刻都想著我要謀朝篡位。我若放權，以他之品性，周家還能留下誰來？」

「我放你在幽州，讓你掌兵權，就是希望有朝一日，如果周家在東都出了事，你至少還能活著。只要你還在幽州掌著兵權，他們才會投鼠忌器，不敢肆意妄為。阿燁，你在幽州，不是為了你自己，是為了我，為了婉之，為了你母親，為了整個周家。」

「你以為我如今身在高位，陛下與我生死之交，周家就可以高枕無憂？我告訴你——」周高朗認真看著周燁，「周家，早已危如累卵，如履薄冰。我與你弟弟在東都，那是拿命放在這裡，你這麼哭著鬧著回來，回來做什麼，一起送死嗎？」

「你以為你母親為什麼對你不好？那是因為她知道，如果有一日周家滅頂之災，你是最有可能活下來的那個人。她不甘心啊。」

周燁呆呆看著周高朗，周高朗看著他，沙啞道：「你是我一手養出來的孩子，阿燁，二十多年來，你一直是我的驕傲。這些話我本不想這麼早告訴你，你沉不住氣，可如今你既然這麼說了，我只能告訴你。」

「你得回去，回幽州去，你得裝作忠心耿耿，將把柄都交在東都，不要提接自己家眷離開東都這種事，會引起陛下猜忌。然後你要一直等。」

「等到什麼時候？」

「等到，」周高朗平靜開口，「太子誕下子嗣。」

「又或者，」周高朗轉頭，看著周燁，「與周家，兵戎相見。」

周燁沒說話，周高朗垂下眼眸，淡道：「我知道你介意你母親，我會好好再同她說。日後我讓玉茹多上門來陪伴婉之，如此一來，你當放心了吧？」

周燁聽著，好久後，他終於放棄一般，低聲道：「聽父親吩咐。」

「阿燁，」周高朗看他的模樣，有些疲憊，「你的付出不會沒有結果，未來的一切，都是你的。」

「父親，」周燁平靜道：「我做這些，從來不是為了什麼結果。我的願望很簡單，我要不起這河清海宴，也要不起太平盛世，我如今只想要一件事——」

他注視著周高朗，認認真真開口：「我就希望，我的妻子、我的孩子、您、母親、弟弟，我們一家人，能夠平平安安過一輩子，就夠了。」

周高朗沒說話，他看著面前的青年，他被打磨了銳氣，消磨了稜角，可他和過去似乎沒有多大不同。

他永遠恭順、孝敬、謙和、正直，他是所有人的大哥，幫著所有人，卻從不是個爛好人。

周高朗嘆息出聲，擺了擺手，「你走吧。」

周燁恭敬行禮退下，等回到屋中，柳玉茹已經讓人把所有事打整好了，周燁從柳玉茹懷裡接過孩子，看著孩子，孩子什麼都不知道，睡得香甜。

「取個名字吧。」柳玉茹輕聲道：「我們方才逗弄他，都不知道叫什麼才好。」

周燁看著他，好久後，他終於道：「思歸。」

周思歸。

周燁只在東都待了十幾日，秦婉之還沒出月子，就離開了周家。他走之前囑咐柳玉茹，要多多照看秦婉之，柳玉茹應下來，時常同葉韻一起去看秦婉之。

三個女人在東都時常閒聊，聊起來，除去柳玉茹和葉韻的生意和平日的雜事，便是在外那些男人的事。

周燁常常寫信給秦婉之，信裡一定會提到沈明，據說沈明在幽州進了衝鋒軍，周燁本是不同意的，這是些囚犯組成的隊伍，專門用來當箭靶子，衝在前面的人，風險太大。但沈明堅持要進，周燁也沒了法子。

葉韻每次從秦婉之的信裡聽到沈明的事，總覺得信裡那個人不像沈明，那個人比起她記憶裡的沈明，沉穩太多，聰明太多。

據說他開始讀書了，每日晚上營帳裡，大家都睡了，他也要翻出本兵法來看。起初看都看不懂，後來兵法計謀，也說得頭頭是道起來。

關注一個人成了習慣，便時時想知道他的消息，後來柳玉茹慫恿著她寫了一封信給沈明，那封信她寫了又寫，寫了好多遍，才被柳玉茹逼著寄出去。

信寄出去半個月後，她便收到了回信。信裡的字寫得不好，但也算端正，看得出下筆之人捏筆極重，一字一字，寫得鄭重又克制。

沒有什麼多餘的話，卻句句都是多餘的話，規規矩矩的回答之前葉韻問的問題，沒有多說一句不該說的，不該問的。這信彷彿不是沈明寫的，可那一個一個看上去鄭重極了的字，卻又表明這的確是他寫的。

兩人就這麼沒頭沒腦的通著信，相比他們守禮克制，顧九思的來信則又多又放肆。

隨著黃河的修繕，柳玉茹的商隊越來越多。商隊盈利不菲，不僅第一個月就開始盈利，還讓她其他生意的成本降低下去，整體收益增加了五成。

時間越長，柳玉茹商行的名聲越響，各地小的商店都將貨物交托給柳通商行，由柳通商行運送。

錢如流水而來，柳玉茹按著原先的規劃開始買地，擴張店鋪，神仙香和花容都完成了從原材料到售賣整個流程的自給，原料有了控制，成本也大大降低。

生意越好，商隊通勤越頻繁，而顧九思的信就搭著便車，幾乎是每日一封從滎陽寄回來。他每日晚上寫好，讓人早上送到滎陽的碼頭，跟著去東都的船隊過去。

這麼頻繁的通信，自然不會有太多營養，顧九思其他沒什麼長進，寫情詩的水準在這半年倒有了大大的提升。

四月的時候，柳玉茹到了快生的時間，她信裡跟顧九思說了大夫預產的時候，顧九思卻沒回信。

柳玉茹覺得有些奇怪，不由得而擔心顧九思出了事，這麼一擔心，便驚動了肚子裡的孩子，柳玉茹當時正在屋裡，感覺肚子一陣劇痛襲來，她倒吸一口涼氣，印紅忙扶住她道：「夫人怎麼了？」

柳玉茹等著那一陣疼痛緩過去，她扶著自己，有條不紊道：「去將何御醫和產婆都叫過來，通知大夫人和我母親，我可能快生了。」

聽到這話，印紅愣了愣，隨後慌慌張張應了聲，趕緊讓人按著柳玉茹的話做了。

柳玉茹雖是產婦，但異常沉穩，她指揮著人將她扶到產房，然後有規律的呼吸著緩解疼痛。沒一會兒，江柔和蘇婉匆匆趕了過來，看著柳玉茹的模樣，江柔迅速問了柳玉茹情況如何，柳玉茹清晰又緩慢將自己此刻的感受說了，江柔點點頭道：「怕是還有一陣子，妳先吃點東西，省著點體力。」

柳玉茹點點頭，沒一會兒，產婆就進了房裡，又過了一會兒，何御醫也到了。

何御醫到的時候，顧朗華江河葉世安葉韻等人都聞訊趕了過來，端的是熱鬧無比。便是剛從刑部出來的李玉昌從江河的同事那裡聽聞了此事，想了想，也趕了過來。加上秦婉之等和柳玉茹交好的官家夫人、花容和神仙香的一眾管事，縱使顧九思不在，柳玉茹這孩子卻生得一點都不寂寞，甚至可以說是熱熱鬧鬧。柳玉茹在產房裡時，還能聽見外面的人嗑著瓜子聊天的聲音，還有作法祈禱之聲，她也不知道這批人是來看熱鬧還是擔心她的，一面生一面哭笑不得。

她生到半夜，疼得厲害了，最疼的時候，便想起顧九思。她生平第一次有些埋怨顧九思了，把這麼一個折騰人的大娃娃塞進她肚子折磨她，讓她如今受著這種罪過，他卻好，遠在黃河那兒為國為民，半點罪都受不著。

柳玉茹一面想著，一面有些委屈，她想罵幾聲，又怕浪費了力氣，理智讓她沉默不言，只是低低喘息。蘇婉見她吃苦，替她擦著汗，眼淚都要流出來了，哽咽著道：「妳若是個男孩就好了，免得受這種罪過。九思也是，這種時候不在妳身邊，妳一個人……」

兩人正說著話，便聽外面傳來喧鬧聲。

這時候顧九思領著木南，一路急急衝到顧家門口。木南追著顧九思，小聲道：「公子你動靜小些，咱們偷偷回來……」

只是話沒說完，顧九思就朝著內院狂奔進去，大吼道：「玉茹，我回來了！我回來陪妳了！」

柳玉茹艱難之中，恍惚著聽到顧九思的聲音，她抓著衣袖，喘息著轉過頭去，神色複雜地看向大門的方向。

而顧九思衝到內院，風風火火一進院門，就看見院子裡熱熱鬧鬧一大批人，轉頭靜靜看著他。

顧九思被這場景驚呆了，下意識道：「你們這麼多人在我家做什麼？」

說著，他看向李玉昌。

其他人也就算了，刑部尚書在他家，顧九思覺得心裡有點慌。

李玉昌神色平淡，冷靜地回了句：「柳夫人正在生孩子。」

這話讓顧九思更加不解了，立刻道：「是了，我夫人生孩子，你們這麼多人在我家做什麼？」

「來為玉茹鼓把勁兒。」葉韻開口了。

顧九思朝著葉韻看過去，然後就看見葉韻那邊坐了一堆神仙香的管事，她旁邊是芸芸，芸芸身旁也坐了一堆花容的管事。

這批人後面還有一些穿著奇怪衣服跳來跳去作著法的，叮鈴鈴唱著咒語，搞得院子裡十分熱鬧。

顧九思覺得有些恍惚。

一時之間，他都分不清，自己到底是回來參加奇怪聚會的，還是陪媳婦兒生孩子的。

第十九章　新帝

顧九思恍惚片刻後，很快清醒過來，馬上意識到這群無聊人士是來看熱鬧的，他也顧不上李玉昌會不會參他，趕緊往產房裡去，下人正想要攔，顧九思一個眼刀甩了過去，誰也不敢攔這胡作非為慣了的混世魔王，就讓顧九思衝了進去。

顧九思進了門，趕緊到柳玉茹身邊，他從旁邊搶過蘇婉手裡的帕子，一面幫柳玉茹擦著汗，一面查看著柳玉茹的情況，同時問守在一旁的何御醫道：「何大人，現下什麼情況？大人孩子都還好嗎？」

何御醫也被驟然出現的顧九思嚇了一跳，緩了好久才反應過來，好在他當了多年御醫，大風大浪見慣了，恭敬行了個禮後，同顧九思道：「顧大人放心，夫人目前狀況很好，只是孩子不是一時出來的，現下一切正常。」

聽到這話，顧九思緩了口氣，終於看向柳玉茹，握著柳玉茹的手，軟了聲調，又重複了一句：「我回來了，妳莫怕。」

柳玉茹沒出聲，緊緊握著顧九思的手，她覺得奇怪，這人來了，替她擦著汗，握著她的手，照顧著她，明明沒什麼用，她卻覺得沒有那麼疼了。

她低低喘息著，小聲道：「你怎的回來了？」

「我都安排好了，」顧九思立刻知道她要問什麼，趕緊道：「我讓人替我盯著黃河的事，我回來得急，陪妳生完孩子，明日就走。」

「那還來做什麼？」柳玉茹緊皺著眉頭，「空勞累一番，我一個人也成的。」

「我知道妳一個人也行，」顧九思慢慢擦過她額頭上的汗，溫和道：「可是我不見到妳母子平安，我不放心。」

柳玉茹沒說話了，顧九思靜靜凝望著她，他一路奔波過來，身上衣裳都沒換，還帶著塵泥和汗，而此刻的柳玉茹也決計算不上美好，甚至可說是她最狼狽的時候。兩個狼狽的人緊握在一起，竟覺得雙方是最好的。

顧九思來了之後，柳玉茹也不緊張了，天快亮的時候，孩子生了出來，這孩子生下來後，哭得嘹亮，院子外面等著的人本都趴著睡了一片，驟然驚醒了過來。

顧朗華最先反應過來，著急道：「這是生了？」

「生了生了，」印紅從裡面走出來，高興道：「是位千金！」

如今是千金還是公子都不重要了，聽到生出來了，所有人鬆了口氣，葉韻忙道：「玉茹沒事吧？」

「沒事呢。」印紅笑著道：「夫人現下正在休息。」

孩子生出來，柳玉茹覺得疲憊極了。但她想著許多人還在外面，那些人都是擔心她過來的，便同顧九思道：「你出去招呼一下客人，別怠慢了寒了大家的心。」

「好，」顧九思應了聲，替她擦乾淨臉，溫和道：「我先安置好妳，就去招待他們。」

柳玉茹應了一聲，顧九思讓人先照顧著她，抱著孩子走出門給所有人看了一圈，又同所有人表達了謝意。

在門外等了這麼一夜，大家不過是等柳玉茹一個平安的消息，如今母子安好，所有人也都累了，見過顧九思後，要麼直接歇在顧府，要麼直接離開。顧九思將人安排好，對於直接離開的人，便讓人備了點心作為薄禮，在他們走的時候一一送給他們，也算是感激他們這一晚對柳玉茹的惦念。

他與柳玉茹做事向來客氣，雖然看上去與人玩笑打鬧，但禮數周全，因此人緣極好。大家本來只是出於自己顧念來探望柳玉茹，得了這麼些點心，不算珍貴，但這番心思卻是感覺到的，也覺得這一趟來得不錯。

除了李玉昌。

顧九思把東西給李玉昌的時候，還特地多加了一籠點心，賠著笑道：「李大人……」

「你不當來東都。」李玉昌冷冰冰開口，「違律。」

「李大人，」顧九思的笑有些掛不住了，「這點心您收著，我明日就走，您當沒看見行不行？」

「行賄官員，」李玉昌繼續開口，「罪加一等。」

「點心也算行賄？」

顧九思想要罵人了，李玉昌沒說話，從顧九思手裡拿了點心，轉過身去，淡道：「今日請假，明日參你。」

說完，李玉昌就提著點心施施然走了。顧九思整個人是懵的，等李玉昌走遠了才反應過來，他怒喝：「李玉昌你個小王八羔子！你等老子從黃河回來弄死你！」

罵完之後，顧九思又有些心虛，想了想，趕緊去找柳玉茹了。

反正要被參了，被處置之前開心一陣是一陣。

顧九思送走了人，便去找柳玉茹，柳玉茹已經被換到房間裡，周身用熱帕子擦乾淨，又重新換了薰香，顧九思一進房裡，便察覺到自己身上的味道。趕忙退了回來，匆匆洗澡換了身衣裳。這時候柳玉茹已經睡了，顧九思小心翼翼上了床，靠在柳玉茹身旁。

柳玉茹深深沉沉睡了一覺，才慢慢醒過來，還沒睜眼，就感覺到身邊熟悉的溫度和氣味。她往那個方向移了移，靠在顧九思胸口，什麼都沒說。

顧九思伸手梳理著她的頭髮，柔和道：「黃河的事也快結束了，至多兩個月，我就修完了。」

柳玉茹低低應了一聲，顧九思知道她沒力氣，又想同自己多說些話，便道：「我說話，妳聽著就是了。也不必回應我，我知道妳心裡怎麼回的。」

「你又不是我……」

「可我知道呀，」顧九思笑起來，「妳住在我心裡，妳想什麼我都知道。」

柳玉茹沒出聲，她靠著顧九思，聽著顧九思同她道：「妳如今在外名聲可響亮了，妳的產業到處都是，人家都叫妳女財神，說這天底下最有錢的人就是妳了。」

「他們胡說。」柳玉茹聽到這話，終於忍不住，低低開口，「才沒有。」

「遲早會有的。」顧九思輕輕親了她的額頭，柔聲道：「妳已經是女財神了，首富不首富，不過是早晚的事。」

「大家都很喜歡妳，」顧九思誇著她，說著她在外的名聲，「妳建學堂，開善堂，帶著百姓賺錢，給窮人藥和吃的，我走哪兒都能聽到別人誇妳，還有人給妳立了像，放著供奉。我聽說人被供奉久了，就會變成神仙，也不知是不是真的。」

「哪裡會是真的？」柳玉茹聽著笑了，「這世上哪兒來的神仙？」

「有啊。」顧九思理所應當，柳玉茹有些疑惑：「你見過？」

「見過呢。」

「在哪兒？」

「我面前。」

聽到這話，柳玉茹便知顧九思是在打趣她。

她同他鬧不動，輕哼了一聲，便不做聲了。

顧九思低笑起來，「脾氣倒是越來越大了。」

顧九思待了一日，他剛學會抱孩子，又得走了。

孩子取了名，叫顧錦。剛取了名，顧九思便駕馬回了。

他走的時候，江河送他出城，出城前，江河同他小聲道：「陛下身體不行了，每日咳血，太醫說撐不了幾個月。」

顧九思聽了這話，沒多說，想了想後，只是道：「這事你同玉茹說一聲，讓她在城邊開個鋪子。」

江河點點頭，明白顧九思的意思，便送顧九思走了。

等江河回來，他同柳玉茹道：「九思讓妳在城邊開個鋪子，專門賣些花草，妳覺得如何？」

柳玉茹頓了頓，隨後抬眼定定看了江河片刻，驟然想起宮中那些傳聞，許久後，她點了點頭，平和道：「明白。」

她坐著月子，這事是不能自己去辦，也不方便自己去辦。於是她找了芸芸，又讓芸芸找了一個與顧家毫無關係的人，用著對方的名字，買了一間城牆邊的宅子，用來當做花店。

這花店面積不小，內裡種花，便需要泥土來鋪，於是叮叮噹噹動著工，修著養花的院子。

而顧九思回到滎陽後，秦楠和傅寶元先上來求見他，他們大致說了下這幾日的近況後，傅寶元詢問顧九思道：「如今修河收尾在即，夏汛也就兩三個月的光景了，大人是等夏汛後檢驗各地成果後走，還是黃河修好就走？」

顧九思笑了笑，「這哪裡是我來選的？得看陛下的意思。先幹這事，到時候陛下怎麼說，我怎麼做吧。」

沒有范軒的命令，顧九思也就老老實實待在滎陽修河。

一修就是兩個月，這時候東都城內，早已是風起雲湧。

一次劇烈咳血之後，范軒過了兩日才醒過來，他醒來後，察覺到自己不大好了，將御醫叫過來，詢問道：「朕還有多長時間？」

御醫不敢說話，范軒咳嗽著道：「說話！」

「陛下！」

御醫跪了一地，范軒便明白了，他閉眼躺在龍床上，許久後，睜開眼沙啞道：「黃河也修得差不多了。立刻下令，召戶部尚書顧九思回東都。」

張鳳祥紅著眼，壓抑著聲道：「是。」

范軒緩了一會兒，揮了揮手，御醫便下去，而後他低聲道：「召丞相張珏覲見。」

「陛下，」張鳳祥有些著急，「您還是歇歇吧。」

「召，」范軒壓低了聲音道：「張珏覲見！」

張鳳祥聽了這話，深吸一口氣，終於道：「是。」

說完，張鳳祥便退了下去，走到門外，同小太監道：「去召張丞相入宮。」

范軒剛遣散御醫，召張玨入宮的消息傳了出去。

整個東都得了消息，都緊張起來。

當晚大雨，周高朗站在庭院裡，看見大雨淅淅瀝瀝，好久後，他終於道：「讓黃平準備，一旦張丞相出宮，立刻將張丞相帶到偏殿保護起來。」

聽到這話，跟在周高朗身後的管家周善德微微一愣，片刻後，他明白了，低聲道：「是。」

而東宮之中，范玉高座在位子上，下面坐了兩排幕僚。

電閃雷鳴之下，所有人聽到這個消息，范玉看著眾人，慢慢道：「如今父皇先找了張玨，諸位以為，父皇是何意思？」

「您是陛下唯一的兒子，」一個幕僚道：「虎毒不食子，陛下既然沒有廢太子，宣誰入殿，都並無大礙。」

「那父皇為何還不召孤？」范玉看向幕僚，又狠又急道：「御醫都說他沒多少時間了，他還不讓孤入宮去……」

「陛下是為殿下著想。」幕僚打斷范玉，冷靜道：「周高朗向來不喜殿下，如今是周高朗唯一的機會，他若要動手，必然就是在今夜，殿下如果在現下入殿，豈不危險？」

「我們就這麼等著？」范玉皺起眉頭，幕僚立刻道：「自然不是，殿下還需再做一件事」

「何事？」

「今夜周高朗必將所有人換成自己的人手，屬下已經讓人在宮中盯著，只要周高朗的人有異動，殿下便可正大光明領著人入宮與周高朗對峙。」

「孤哪裡來的兵？」范玉皺著眉頭。

幕僚笑了笑，卻是道：「殿下不必擔心，如今宮中禁軍不過三千，周高朗今夜敢調動的必然是自己親信，頂多不過五百人，殿下只要有五百人便足夠了。而這五百人，洛大人已經替殿下備好了。」

說著，幕僚拍了拍手，外面走進一個人，跪在地上，恭敬道：「微臣南城軍守軍熊英，見過殿下。」

范玉聽著這名字有些熟悉，卻想不起來是誰。但他也來不及多想，聽幕僚接著道：「五百人潛伏在城中，如今我等已將他們召集到東宮，只等陛下一聲令下，他們偽做南城軍，由熊大人帶領，陪殿下一起入宮，今夜守城門的指揮使不是周大人的人，他們若是察覺周高朗之行徑，不敢管但也不敢放，到時我等強行入宮，入宮後只需要做一件事，便是護著張大人出殿，宣讀遺詔。」

范玉緊皺著眉頭，「若是張大人拿的遺詔是……」

「不會有這樣的結果。」幕僚從袖中拿出了聖旨，他雙手捧著，端放到范玉面前，看著范玉，認真道：「張玨大人的遺詔，只會有一個結果。」

范玉沒有說話，他盯著遺詔，許久後，慢慢笑起來。

「好，」他站起身，「就當如此！張玨的手裡，只能有一份遺詔！」

說著，范玉拿過遺詔，高興道：「我們就在這裡等著！」

范玉在東宮等著，而周高朗的人也進了宮。黃平正是今夜值班的禁軍守衛，他得了周高朗的命，猶豫許久後，終於道：「是。」

而這時候，張玨已經入了宮中，他心中慌亂得不行，面上卻要故作鎮定，他進了屋子，看見范軒坐在病榻上，先是跪下行了禮，范軒點了點頭，同他道：「坐吧。」

張玨大概知道今夜他是來做什麼，他不敢出聲，假作什麼都不知道一般，坐在范軒邊上，勉強笑道：「陛下看上去氣色好些了。」

范軒似笑非笑地看他一眼，沒有多說，靠在枕頭上，緩了一會兒後，慢慢道：「你也莫怕，朕召你過來，不是為了遺詔的事。」

張玨愣了愣，范軒躺在床上，看著床頂，平靜道：「朕不過是想知道，若朕真的去了，會發生什麼罷了。」

聽到這話，張玨腦子迅速運轉起來，想知道范軒是什麼意思，可范軒不說，他也不敢問，范軒閉上眼，平靜道：「落明，你琴彈得好，彈首曲子給朕聽吧。」

張玨沒說話，他聽范軒叫了自己的字，恍惚片刻，這時候張鳳祥已經抱著琴進來，他將琴放在張玨面前，隨後彎下腰，附在范軒耳邊道：「陛下，黃平動了。」

范軒閉著眼，應了一聲，張玨勉強聽清這話，便知道范軒的打算。

他本是不打算參與這些的，如今得了這話，心中惶惶不安，但面上不顯，只是道：「陛下要臣彈什麼？」

范軒沒說話，他想了一會兒，才道：「當初我們在幽州的時候，你常彈的是不是〈逍遙遊〉？」

「是。」

「彈這首吧。」

范軒開口，張玨聽了話，便坐到琴邊，手放在琴上，一聲琴響，悠揚的曲聲響徹宮中。

與琴聲一起響起的，是大殿外士兵急促而來的窸窣聲。

而相比內宮的偷偷摸摸，宮門之外，范玉領著人疾行入宮的聲音，則顯得張揚了許多，五百輕騎衝到宮門，范玉看著守著宮門的人，大喝道：「陛下急招孤入宮，讓開！」

守著宮門的人不敢動彈，他惶恐道：「殿下，按令……」

「這位大人，」不等守門人說完，范玉身邊的幕僚便道：「您不如入宮去問問陛下？」

守門人聽到這個建議，立刻道：「是，請太子殿下稍等，我等這就入內容通稟陛下。」

說完之後，守門人疾跑衝向內宮。

所有人都知道，太子帶著這麼多人夜闖宮門，絕對不是一件普通的事，但沒有人敢在這個時候做出任何有違規矩的事來，此時此刻，規矩彷彿是一根綁住了野獸的繩子，一旦解了繩子，一切都會失控。

守門人按令上報，士兵按著規矩傳達到內宮，然而內宮門口，卻早已被人圍得嚴嚴實實。士兵戰戰兢兢報了太子入宮的消息，黃平站在前方，冷聲道：「內宮戒嚴，未有傳召，不得入內。」

士兵得了這話，立刻回來通稟。守門人也知道情況不對，但他不敢多說，只能按著黃平的話傳達。范玉一聽這話便急了，忙著道：「你……」

「這位大人，」范玉身邊的幕僚不等范玉罵人，率先笑起來，他雙手放在身前，恭敬道：「您可知您面前站的是太子，是陛下唯一的子嗣，太子聞訊陛下病重，欲入宮探望，陛下焉有不見之理？這其中定有人撒謊，意圖阻攔殿下入宮，殿下雖然明辨是非，但秋毫難查，這位大人，還是不要把自己攪和進去為好。」

守門人不敢說話，他心中清楚此事有異，若是能不捲入，他自然不願捲入此事。幕僚拿出東宮權杖，冷著聲道：「太子殿下聞得賊人挾持殿下，入宮救駕，誰敢阻攔，視為同謀，讓開！」

聽到這話，太子身後所有人拔出劍，幕僚盯著守門人，怒喝出聲：「讓！」

守門人猶豫著，幕僚舉劍往前，守門人終於散開，幕僚領著太子及身後眾人，急急入了宮門。

范玉舉動如此張揚，自然驚動了所有人，柳玉茹在夜夢之中便被驚醒，她慌張穿上衣服，起身急急去找江河。

她本以為江河還睡著，然而出乎意料的，江河已經是穿好了官袍，坐在燈旁替自己束冠。此事顧朗華和江柔也趕了過來，所有人圍在門口，柳玉茹緩了緩神，慢慢道：「舅舅，太子帶人入宮了。」

「我知道。」江河將玉簪插入冠中，從旁拿了一個盒子，平靜道：「不必驚慌，各自睡去吧，我即刻入宮。」

說著，江河抱著盒子，往外走去。

柳玉茹一把抓住江河的袖子，她咬了咬牙，終於道：「花鋪的花已開了大半，可要去摘了？」

江河聽到這話，卻是笑了，他拍了拍柳玉茹的手臂，安撫道：「放心，等花開好了再說。」

柳玉茹不知道江河是哪裡來的信心，但還是放下心來，放開江河的袖子，同顧朗華、江柔一起送江河出府。

而江河出府之後，詢問外面的侍衛：「望萊，陛下可傳消息到滎陽了？」

「傳了，」望萊立刻道：「急招大公子回來。」

「嗯。」江河應了聲，「派人護送，確保消息到滎陽。」

望萊應了一聲。江河垂下眼眸，摸著手裡的盒子，慢慢道：「九思啊，回來後，就是他的天下了。」

太子領著人疾行入宮，一路衝到內宮門口，黃平領著人駐守在內宮門外，見范玉來了，他心叫不好，但事已至此，也不敢多做什麼，只能硬生生站在最前方，等范玉來了，他恭敬行了個禮道：「殿……」

話沒出口，范玉一巴掌抽了過來，打在黃平臉上，怒道：「你們這是做什麼？父皇還沒死呢，你們就圍在他門口，是要造反嗎？」

這一巴掌抽寒了黃平的心，本不安的情緒倒是鎮定了許多。

周高朗說得對，這樣的人是不配為君的。

他平靜地看著范玉，恭敬道：「屬下奉命行事，還望太子見諒。」

「奉命？你奉誰的命？你……」

「奉我的命！」

范玉還沒罵完，就聽身後傳來一聲渾厚又鎮定的男聲。所有人看了過去，便見周高朗穿著官袍，腰上佩劍，領著士兵站在宮門外，冷靜地看著范玉。

范玉看著他身後的士兵，心裡有些發慌，好在他旁邊的幕僚上前一步，厲喝道：「周高朗，你這亂臣賊子，安敢殿前佩劍！」

周高朗面色不動，領著人直接往前走去，卻是無人敢攔，他一路走到范玉面前，像看著孩子般看著范玉道：「太子殿下深夜領兵強行闖宮，怕是不妥。」

范玉慣來怕周高朗，一時竟不敢回話，旁邊幕僚見了，立刻上前一步，正要怒喝，就被周高朗一巴掌抽得滚在地上，周高朗冷眼看過去，斥道：「本官同太子說話，哪裡輪得到你這狗奴才插嘴！給本官拖下去砍了！」

聽到這話，范玉再怕周高朗，也知道自己必須站出來。連幕僚都護不住，他這個太子的臉面就是澈底落下了。他上前一步，指著周高朗怒道：「周高朗，你敢！你囚禁我父皇，還想殺我的人，周高朗，你今日是反了嗎？」

「殿下，」周高朗看著他，「您說本官囚禁陛下，可有證據？如今陛下病重，按規矩本就要守住內宮不得任何人進入，殿下如此強闖，到底是本官不守規矩，還是殿下不守規矩？」

「你……」

兩人正爭執著，內宮的門忽地開了，張鳳祥從裡面疾步而出，所有人同時看了過去。

太子一見到張鳳祥，立刻大喊起來，「張公公，我父皇怎麼樣？你告訴父皇，周高朗要反了！他欺負我，讓父皇為我做主啊！」

張鳳祥聽到這話，朝著范玉討好一笑，隨後轉頭看向周高朗，恭敬道：「周大人，陛下請您進去。」

周高朗沒有說話，雙手攏在袖中，聽見內宮裡正彈著〈逍遙遊〉，沉吟片刻後，周高朗點了點頭，朝裡面走去。

范玉在外面叫嚷著要跟進去，所有人攔著范玉，張鳳祥沒有理會，領著周高朗走了進去。

周高朗一入寢殿，便聞到濃重的藥味，范軒坐在床上，張鈺坐在一旁，從容地彈著琴。

屋內平和的景象與內宮外兵戎相見的景象形成鮮明對比，周高朗恭敬向范軒行禮，叫了一聲：「陛下。」

范軒朝他笑笑，讓他坐下來，隨後同張鈺道：「落明，你去休息一會兒吧，我和老周說說話。」

張鈺站起來，行了個禮，便退了下去。

他不敢出內宮，只能到偏殿等著，寢殿裡留下范軒和周高朗，兩人靜默片刻後，周高朗笑起來，「看你的樣子還好，我差點以為你快死了。」

「死還有一會兒，就是想看看，我若是死了，會發生些什麼。」范軒笑起來，「我猜著我若死了，你要欺負我那兒子，沒想到我還活著，你便打算欺負他了。」

周高朗沒說話，范軒沉默著，過了片刻後，終於道：「你去幽州吧。」

聽到這話，周高朗有些詫異，范軒想要直起身，周高朗趕忙去扶他，給他墊了枕頭，范軒輕輕喘息著，接著道：「等我走了，你也別待在東都，去幽州吧。」

「你讓我去幽州，」周高朗抿了抿唇，「就不怕放虎歸山？」

他若去了幽州，拿著兵權，想反便反了。

范軒聽了這話，笑起來，「你把家人留下。」

周高朗詫異地看著范軒，范軒嘆息出聲：「老周，我知道你的，你這個人重情重義，只要你家人在這裡，你絕不會反。」

周高朗抿緊了唇，並不答話，范軒接著道：「登基這麼長時間來，我其實什麼都不擔心，大夏有很多人才，有你、有落明、有清湛，往下年輕的，還有顧九思、李玉昌……大夏穩穩當當的走，不說千秋萬代，但南伐一統，百年可期。這一年來，我對內休養生息，廣開商貿，引導百姓耕種良田，物盡其用，顧九思修理黃河，接通南北，又整頓滎陽，立下國威震懾地方，最難的事情，我已經做完了，剩下的，你們穩穩當當走，便沒什麼了。可我唯一擔心的，就是你和玉兒。」

范軒抬眼看著周高朗，他苦笑起來，「你與玉兒結怨太深，你我是兄弟，你是大夏名將，我不能殺你。」

「你也殺不了我。」周高朗平靜出聲。

范軒頓了片刻，笑起來道：「你說得對，這天下本就是你我二人的天下，我若殺你，那就是自毀長城。我不能殺你，可我也不能廢了玉兒，他是我唯一的孩子……」

「可你看看他成什麼樣子！」周高朗怒喝：「我讓你續弦早生幾個孩子，你偏生不聽我的，如今走到這個地步，你以為我想走？這個孩子我眼睜睜看著長大，你以為我又下得去手？你把他廢了，」周高朗盯著范軒，「從宗族裡重新選個孩子，人我為你選好了。我不會殺他，我會讓他衣食無憂一輩子。」

「那你還不如殺了他。」范軒低頭輕笑，「他是我唯一的孩子，他活著一日，就一定會有人藉著他的名義作亂。你同我說今日不殺他，等我走了，日復一日年復一年，你又能忍他多久？」

「那你要怎麼辦？」周高朗冷聲開口：「我已經擁兵圍了內宮，就沒想過走回頭路，就算我放過他，他又能放過我？」

「所以，你去幽州吧。」范軒嘆息道：「你在幽州，拿著兵權，他不能把你怎麼樣。玉兒他並不壞，天生耳根子軟，好哄得很，我會讓人在東都穩住他，再給你家一道免死金牌，除非你起事，不然我保證你家無事。」

周高朗沒說話，范軒繼續道：「我在東都都安排好了人，到時候新上任的輔政大臣會給他進貢美女珠寶，哄著他遊玩。等他生了孩子，你們便讓他當太上皇送出去，就當養一隻金絲雀一般，高高興興養著便好了。等他當了太上皇，你便回東都來。」

聽到這話，周高朗笑了，「你倒對我放心得很。」

「怎麼不放心呢？」范軒溫和道：「你還欠著我一條命呢。」

周高朗不說話了，他看著范軒蒼白的臉。他慣來是這副書生模樣，說話也是溫溫和和的，但身邊卻沒人不服氣他，沒人不把他當大哥。

因為他重情重義，對待妻子，他答應一生只有那一個，就當真一輩子只有一個；對待朋友，他赴湯蹈火，兩肋插刀。

周高朗靜靜看著范軒，他欠他的不是一條命，是好多條。

戰場之上，范軒為他擋過的刀，陪他吃過的苦，數不勝數。

甚至他如今的病，也是當初攻打東都時，范軒為他擋下的箭所致。

周高朗突然意識到，范軒是當真要去了。若不是真走到這一步，范軒的性子，怎麼可能說出這樣挾恩相報的話來？

「答應我吧。」范軒有些疲憊地笑了，「看在兄弟一場的份上，給他一條活路。」

這是范玉唯一的活路。

若是不當皇帝，他就會成為別人的棋子，早晚要死。

若是當了皇帝，周高朗一日在東都，他們就一定要鬥個你死我活。倒不如放周高朗去幽州，便似自立為王一般，只是留他的家人在東都，以作牽制他的韁繩。

周高朗看著范軒，許久後，他終於道：「好。」

范軒得了這話，拍了拍周高朗的手，溫和道：「我知道，你會答應我的。」

說完，范軒同外面人道：「鳳祥，將玉兒叫進來吧。」

張鳳祥應了聲，走了出去，范軒轉頭看看周高朗，慢慢道：「你說，走到今日，你後悔嗎？」

「後悔。」周高朗果斷開口，苦笑道：「還不如在幽州，至少劍對的都是敵人。」

「我卻是不後悔的。」范軒語調緩慢，「每當我後悔的時候，我就會站在望都塔上，看一看東都。我看到百姓活得好，便覺得，一切都是有價值的。」

「我就是覺得我活得太短了。」范軒嘆了口氣，「若我活得再長一點……」

他或許有時間再教導范玉，又或許能再生一個孩子。

周高朗沉默不語，兩人靜默時，外面傳來了著急的腳步聲，隨後就聽范玉著急地衝到大殿外，大聲道：「父皇！父皇！」

說著，范玉急急忙忙衝了進來，他撲到范軒面前，擋在范軒身前，警惕地盯著周高朗道：「你要對我父皇做什麼！」

「玉兒，」看見范玉如此維護他，范軒笑了笑，他拍了拍范玉的肩膀，平和道：「周叔沒有惡意。」

「父皇他……」范玉回過身，看見范軒，他便愣了。

范軒看上去精神還好，甚至比平日還好些，可是不知道為什麼，范玉卻覺得有種莫名的恐懼湧上來。他覺得有些害怕，似乎感知到什麼，跪在范軒面前，顫抖著聲道：「父皇……」

「玉兒，」范軒伸出手，拉住范玉的手，認真地凝視著他，慢慢道：「是爹對不住你。」

范玉愣在原地，范軒靜靜凝視著他，認真地用手替他梳理了頭髮，他的動作做得有些艱難，卻十分認真，他慢慢道：「以前爹心裡有太多東西，太忙，沒有好好照顧你。這些時日，我總在想，我這輩子做了些什麼，虧欠些什麼，我想來想去，虧欠得最多的，便是你。」

「你年少時，我沒好好陪你，沒好好告訴你什麼該做，什麼不該做，長大後卻指望著，你能什麼都明白，你不明白，我便說你不對，我便罵你。」

「父親……」范玉覺得眼睛有些模糊。

范軒神色溫和：「你是個好孩子，我一直都知道。其實叔叔們都很疼愛你，你周叔叔以前罵你，只是希望你能過得好。等我走了，你就把他們當成我來孝敬，好不好？」

「您不會走的，」范玉抓緊范軒的手，焦急道：「您都說了，您對不住我，您已經對不住我十幾年了，如今您又要把我拋下嗎？」

「父親，」范玉湊上前，死死抓住范軒，慌張道：「您別走，我害怕，您別拋下我，您別走好不好？」

范軒沒說話，他靜靜看著范玉。

范玉的眼淚大顆大顆落下來，他們父子慣來爭執，許多年了，打從范玉懂事開始，頭一次露出這樣倉惶的模樣，彷彿還是小時候，他小時候膽子小，遇到什麼就緊緊抓著他衣袖，驚慌失措地喊：「父親！父親！」

如今他也快十七歲了，卻恍如稚子一般，惶恐道：「您答應我，父親，您不能丟下我一個人！」

「玉兒，」范軒嘆息：「我沒法陪你一輩子，我這輩子到頭了。」

他說著，轉頭看向周高朗，「日後，你周叔叔會幫你鎮守幽州，他在，北梁絕不敢越界。顧九思、葉世安還有你葉叔叔、張叔叔，他們會幫著你料理朝中內政，讓國家富足安康。李玉昌也是個好臣子，有他在，朝綱便不會亂。還有一位叔叔，他雖然過往與你不親近，可他卻是我最好的朋友，他會永遠站在你這邊幫著你。」

「我雖然不在了，」范軒看向范玉，急促咳嗽起來，張鳳祥趕緊上來替他順著背，緩著氣，范軒覺得自己的五臟六腑都要咳出來了，可激烈咳嗽過之後，喘息著抬起頭來，接著道：「可是，我已經為你安排好了，以後你什麼都別管，就像以前一樣生活，好不好？」

范玉哭著沒應聲，他紅著眼，看著范軒。

范軒似乎是不行了，他艱難地問了句：「好不好？」

范玉捂著他的手，哭著低下頭，好久後，卻是問了句：「父親，你心裡，是我重要，還是天下重要？」

范軒不出聲了，他看著范玉，又看向周高朗。

他眼裡帶著懇求，周高朗看明白。

「你放心。」他出聲：「放心吧。」

外面淅淅瀝瀝下著雨，范軒聽著雨聲，慢慢閉上了眼睛。

范玉渾然不覺，他還緊握著范軒的手，低著頭，抽搐著肩膀，等著答案。

周高朗靜靜看著這一切，張鳳祥最先反應過來，尖利的聲音驚叫起來，「御醫！快讓御醫過來！」

范玉艱難地抬起頭，周高朗走到范軒身前，將手指放在范軒鼻下，然後不動了。

僵硬片刻後，他才慢慢直起身，靜靜看了范軒片刻，才同范玉道：「我們出去吧。」

范玉抱著范軒的屍體，嚎啕大哭。

「父皇！」

隨著他這一聲哀慟的哭聲傳出去，外面的士兵猛地破開大門，衝了進來。

兩邊的士兵都擠了進來，范玉的幕僚衝過去，一把扶起他，忙道：「殿下。」

周高朗沒說話，他大步走出去，幕僚立刻低聲同范玉道：「殿下快攔住他，他去找張鈺了！」

聽到這話，范玉立刻衝過去，追在周高朗身後道：「周高朗，你要做什麼！」

周高朗直接走出去，這時候他的士兵、范玉的士兵僵持著將張鈺圍在中間，張鈺被另一群人護著，看見周高朗，張鈺驚慌道：「周大人，你做什麼！」

「把遺詔給我。」周高朗出聲，張鈺焦急道：「陛下說得還不夠清楚嗎？老周你不要發瘋了！」

周高朗抿緊了唇，范玉追了出來，大聲道：「張大人，把遺詔給我！」

「我沒有遺詔！」張鈺立刻道：「殿下，周大人，如今陛下屍骨未寒，你們要在這裡鬧得這樣難看嗎？陛下操勞一生，你們要讓他死都不安息嗎？」

周高朗不說話了，他似乎是在劇烈掙扎，而范玉直接撲了過去，抓住張鈺道：「怎麼會沒有遺詔？你騙孤、你騙孤！你是不是要夥同這個老匹夫一起謀反？你……」

「殿下！」張鈺一把推開范玉，怒喝道：「你失態了！」

范玉被推在地上，他又怕又慌，周高朗看著面前這個彷彿瘋子一樣的太子，緊皺著眉頭，許久後，他深吸一口氣，轉頭同張鈺道：「落明，遺詔……」

「遺詔在我這！」

一聲清朗的聲音從宮門前直直傳來，所有人同時回頭，便看見江河身著緋紅色官服，頭頂金冠，手中捧著一個盒子，一雙眼鎮定又冷靜，對著寢殿方向，朗聲道：「微臣江河，奉陛下之命前來，宣讀遺詔！」

聽到這話，所有人愣了，江河的目光落在周高朗身上，聲音強硬道：「跪！」

周高朗沒說話，張鈺最先反應過來，趕緊跪了下來，而范玉也在呆愣之後，被幕僚扯著立刻跪了下來。周高朗和江河靜靜對視，他上前一步，宮牆上立刻多出許多箭矢，周高朗環顧四周，便看見周邊已經布滿了士兵。江河看著他，再喝了一聲：「跪！」

周高朗沉默著，片刻後，他輕笑出聲，慢慢跪了下來。

江河打開手中盒子，將聖旨取出，旁人接過盒子，江河展開聖旨，朗聲道：「奉天承運，皇帝召曰，朕悉聞天生萬物，未有不死，星斗輪迴，天理常倫。朕體感天命之期將近，留此書告身後事，大夏毋論臣子王親，皆循此安排。」

「太子范玉，乃朕唯一血脈，性情溫和，恭孝有加，可堪大統。然念其年少，特安排左相張珏、戶部侍郎江河、御史大夫葉青文、殿前都點檢周高朗及戶部尚書顧九思五人輔政，組為內閣，並擢江河升任右相，周高朗兼任幽州節度使，駐守幽州，留家屬親眷於東都照看，非內閣召不得入東都。」

「此後凡政令，皆由內閣商議，報以天子宣讀。一國戰事，由周高朗主持決議，政務之要，唯江河是瞻。如此，臣子盡其能，天子盡其心，君臣和睦，共治天下，待到時機，可揮兵南下，收復江山，一統大夏。」

「如此，」江河抬眼，看向眾人，「朕雖身死，亦心慰矣。」

念完之後，所有人都是懵的，江河走上前，雙手將聖旨交給范玉，笑著道：「陛下，接旨吧。」

范玉呆呆接過聖旨，片刻後，猛地反應過來，豁然起身道：「江河你這是什麼意思？你拿一個聖旨出來，說是真的就是真的？什麼內閣，什麼輔政，父皇不會下這種旨意，你騙人！你……」

「陛下，」張鈺站起身，平靜道：「這封遺詔是真的。方才陛下宣我入宮，已說過此事。」

范玉震驚地看著張鈺，江河笑起來，放低了聲道：「陛下何必動怒呢，您想想，無論如何，我們都只是臣子，都是要聽您安排的。陛下組建內閣，無非只是想讓您別太過操勞，我們幫些忙而已。陛下以前同我說過，您打小身體不好，如果政事都讓您來操勞，這不是太過勞累了嗎？」

范玉聽著這話，心裡舒心了不少，旁邊幕僚上前一步，怒道：「你休要信口雌黃，你這話簡直是在誆騙陛下，內閣掌握所有政要，你卻說是幫著陛下分擔，你當陛下是小兒由你欺騙嗎？」

聽到這話，江河笑了，他雙手放在身前，笑咪咪道：「敢問閣下是？」

「東宮幕僚陳雙。」

「哦，陳先生，」江河拱手，笑著道：「洛大人手下的名士，失敬失敬。」

一聽這話，陳雙和范玉臉色都變了，江河轉過頭，看向范玉身後的熊英，接著道：「哦，我聽說上次陳茂春大人因七夕祭祀出了岔子、丟了官職這事，洛大人就是舉薦這位熊大人的是吧？怎麼陛下當初沒舉薦，今個兒又用上了？陛下，」江河看向范玉，「您身邊怎麼能文能武的，都是洛大人的人啊？人家好歹是揚州的小天子，把人這麼給您用著，也真是大方了。」

「你……」

陳雙上前一步，江河冷了臉，怒道：「區區白衣也敢持劍入內庭，當真沒個王法了？來人，將這賤民抓起來！」

說著，旁邊士兵極快拿下陳雙，江河轉過身，朝著范玉恭敬道：「陛下，您看這陳雙如何處置？」

范玉沒說話，神色難測，江河平靜道：「微臣知道陛下不信微臣，但陛下想想，但凡微臣對陛下有二心，如今又為何會拿聖旨出現在此處？先帝組建內閣，當真是為陛下著想，陛下貴為天子，怎能為案牘所累，這天下是陛下的，我等也是陛下的，是生是死，不過陛下一句話，陛下若不放心，那這內閣就先放著，陛下先當政一段時間，若陛下覺得乏累，再建內閣，陛下以為如何？」

聽到這些話，范玉慢慢放鬆神色，他挺直了腰背，點頭道：「就依你說的辦吧。」

江河笑起來，「那現下，陛下不如先去休息，由臣來料理先帝後事。」

范玉一夜沒睡，如今也累了。他點了點頭，旁邊跟著他來的太監劉善攙扶著他，范玉道：「那就勞煩江大人，朕先去睡一覺。朕帶過來的人，不要為難他們。至於陳先生，」范玉看過去，淡道：「江大人看在朕的面子上，放了吧。」

「謹遵陛下吩咐。」江河答得恭敬。

等恭送范玉離開後，江河轉過頭，看著熊英道：「熊大人請？」

熊英抿了抿唇，氣勢洶洶走了。

等所有人走後，江河走到周高朗面前，笑著道：「周大人是今日啟程還是改些時日？」

周高朗不說話，他靜靜看著江河，江河接著道：「在下以為，還是越快越好。」

「本官倒是不知道，」周高朗慢慢開口，「江大人和陛下，何時如此親近的？」

江河笑而不語，他轉過頭，看著宮門外，慢慢道：「我知道周大人不甘心，周大人放心。」

他轉頭看著周高朗，眼裡意味深長，「陛下還有一道詔令，只是還沒到時候罷了。」

聽到這話，周高朗和張鈺都愣了愣，片刻後，他們明白了什麼。江河見他們都懂了，笑了笑，躬身做了個「請」的姿勢：「周大人請。」

周高朗抿了抿唇，終於一言不發，轉過身，疾步走了出去。

等周高朗走了，江河看著張鈺：「得勞煩張大人同在下一起勞累了。」

張鈺點了點頭，他有什麼想問，卻沒出聲，想了片刻後，才選著問題道：「江大人，在下有些不明白……」

「我知道，」江河截過他的話頭，應聲道：「你想問為什麼我讓太子先處理政務，而不是強行建立內閣。」

張鈺不出聲，全做默認。江河笑了笑，「陛下如今的安排，就是希望我們能與太子和諧共處，太子這人吃軟不吃硬，磨一磨就好了。」

「磨一磨？」張鈺有些不明白，江河輕咳一聲，壓低了聲道：「他要管事，我們就拿些雞毛蒜皮的事讓他管，再往後宮裡多送點人，他過了新鮮勁兒，自然是要請我們回來的。」

聽到這話，張鈺頓時笑了，點了點頭道：「江大人想得周到。那顧大人……」

「陛下已讓人去通知了。」江河站在高臺上，平靜道：「就等著他回來呢。」

消息八百里加急，在第二日夜裡到的滎陽。

當日晚上，顧九思正和秦楠、傅寶元一起喝酒。

黃河終於澈底修完，他們舉行慶功宴，所有人都來了，大家載歌載舞，顧九思和秦楠、傅寶元喝得高興了，便特地留下來，單獨在後院聊天。

三個人年紀相差得大，卻仍舊像朋友一般，在院子裡喝著酒，嘮著嗑。

「黃河修完了，」傅寶元靠在椅子上，漫不經心道：「成玨也該回去了，等回去後，便是朝廷裡的大官了。」

「我如今不是嗎？」顧九思笑起來，「好歹也是個戶部尚書啊。」

「不一樣。」秦楠淡道：「他說的，是像周大人一樣的大官。」

顧九思聽到這話，擺了擺手，「窮鄉僻壤待著的，回去也就是幫個忙，哪兒能和周大人比？」

「不一樣，」傅寶元立刻道：「你同他，你同其他的官都不一樣。」

「成玨，」傅寶元把手搭在顧九思肩膀上，打著酒嗝道：「你是我見過，最不一樣的官。」

「有什麼不一樣？」顧九思有些疑惑。傅寶元數落著道：「別人當官，都是爭權奪利往上爬，可你不一樣，你幹一件事，是一份功勞，你做的都是為百姓好的事。你的未來，比周高朗要走得高，走得遠，你知道為什麼？」

傅寶元說著，把手砸在胸口拍了兩下，認真道：「百姓心裡有你。」

聽到這話，顧九思笑起來，「百姓心裡也有你們。」

「我們老啦，」傅寶元擺擺手，「而且，最重要的是，你是大夏的榜樣。」

他看著顧九思，顧九思有些不明白，傅寶元眼睛有些紅：「有了你，大夏的年輕人才知道，不鑽營，不成天想著勾心鬥角，好好做事，做實事，也能成為大官。」

「或者說，」秦楠接著道：「大夏的大官，本來就該這樣當上去。」

「未來是你的。」傅寶元說著，又哭又笑，「是你們的。」

顧九思聽著傅寶元的話，心裡有了幾分酸澀，他扶著傅寶元，啞聲道：「等我回東都，我們一起回去，我替你們向陛下請功，讓你們也回東都。」

「不必啦，」傅寶元笑起來，他靠著秦楠，拍著自己的肚子，看著天上的月亮，「我在這裡二十多年了，老婆孩子都在這裡，我就想繼續待在滎陽，多為滎陽百姓做點事，現在滎陽需要我呢。」

「秦大哥呢？」顧九思看向秦楠，秦楠笑了笑，神色平淡，「我也一樣。」

「我們本就在下面做事做慣了，」秦楠溫和道：「守好這一方百姓，便已是很好了，我們也不需要做再多了。以後你有時間，回來看看就好了。」

顧九思聽著，嘆息了一聲，他舉起杯子，同兩人碰了杯。

三個人喝著酒，等到夜深，幾個人都醉了，這才散去。

秦楠被下人攙扶著送到家裡，他頭暈得厲害，有些想吐，剛到家門口，就看到一個人站在門前。

那人穿著藍色錦袍，手裡拿了個小金扇，他張合著小扇，看著秦楠，笑咪咪喚了聲：

「秦大人。」

秦楠愣了愣，他揉著頭，有些茫然道：「洛大人？」

洛子商手中小扇一張，溫和道：「秦大人似乎醉了。」

「還好，」秦楠直起了身子，夜風吹得他清醒了幾分，他冷靜道：「洛大人來這裡做什麼？」

洛子商笑了笑，「黃河修好了，我等也要回東都了，洛某想來問問秦大人，可願隨著洛某一起回東都？」

聽到這話，秦楠放鬆了不少，他笑起來，搖了搖頭道：「我在這兒待習慣了，也不願意去其他地方，就不同你們去東都領賞了。」

「若不是為領賞呢？」洛子商直接開口，秦楠愣了愣。

月亮隱入烏雲，頓時變成了一片漆黑。洛子商的小扇遮住半邊臉，張合著唇道：「若是在下拜託您，幫洛家一個忙呢？」

而這時，顧九思剛梳洗完倒在床上，他想著柳玉茹，想著顧錦，想著什麼時候能夠回去。

而後外面傳來了急促的腳步聲。

「大人、大人！」

木南急急忙忙衝進屋子，顧九思猛地起身，就看木南往地上一跪，焦急道：「陛下駕崩了！」

聽到這話，顧九思在短暫的錯愕後，立刻反應過來，他起身收拾行李，「通知秦大人和傅大人一聲，我這就回東都。」

木南應了一聲，雖然他也不知道顧九思為什麼不用他說就知道自個兒要回東都了，但他還是趕緊吩咐人去通知做事，而後和顧九思一起收拾東西。

他們很快收拾了東西，天還沒亮，顧九思和木南就從馬廄裡拖出馬來，他們駕馬往城門外衝出去，剛出門不遠，就看見一個人站在門口。

他穿著一身青衫，揹著行囊，靜靜站在巷子前方。

他很清瘦，有一種讀書人特有的靜默，像亭亭修竹，不卑不倚立在這世間。顧九思看清來人，有些錯愕：「秦大人？」

「聽聞你要去東都。」秦楠開口，聲音裡帶著說不出的疏離冷漠：「我同你一起去。」

顧九思愣了片刻，隨後便知道秦楠也收到皇帝駕崩的消息了。他不太明白為什麼秦楠才說了不去，又要跟著他回去，只是此時來不及多想，反正也阻攔不了秦楠的，只能道：「那便一起吧。」

秦楠應了一聲，他的僕從牽馬過來，一行人出城了。

他們幾人出城後不久，洛子商也領著人從滎陽趕了回去。

相比顧九思的急切，洛子商顯得格外從容，他一面走一面記掛著什麼，侍衛鳴一看出他在想什麼來，立刻道：「人留好了，放心。」

洛子商應了一聲，鳴一想了想，接著道：「大人為何不讓秦大人與我們一路？」

「秦楠與我們一路？」洛子商笑了笑，「是怕不夠扎眼，讓江河不夠記掛嗎？」

嗚一眼中有了了然，他點點頭，「屬下明白了。」

顧九思領著秦楠疾行回到東都，回到東都後，東都已經在江河和禮部的安排下，有條不紊的舉行國喪。

按著規矩，皇帝死後第一日，群臣入臨，而後大殮成服，因大夏以日易月，故而十二日後，由新帝主持將喪服換成周年祭禮上的小祥服，二十四日後，由小祥服換成兩周年祭禮後的大祥服。再過三日，舉行禫祭之後，官員可以恢復正常生活。而這期間，每隔七日，群臣入臨一次，四十九日後，皇帝出殯。在皇帝出殯前，舉國寺廟道觀，每日鳴鐘三萬次，不得屠宰牲畜。

顧九思入東都時，范軒已經大殮後安置在几筵殿，他回來時正是第七日，群臣第一次入臨，他來得晚了些，入城之時，江河已經領著人入殿哭吊。

於是顧九思剛到東都門口，首先入耳的，是遠處山寺道觀一下又一下的鐘聲，而後就見滿城素色，街頭百姓都按著規矩，穿著素衣，店鋪外面，掛著白花，整個城市熄了歌舞和吆喝，呈現出一種難以言說的悲涼安靜。

顧九思和秦楠入城後就各自分開，秦楠說自己還有朋友要去找，顧九思也顧不得他，一路駕馬飛奔到顧府，進了門去，便看見柳玉茹等候在門前。

她也穿著素色成服，頭上戴了一支玉蘭素簪，靜靜等著他。

他方才在城門口，她提前得了他到了的消息，等他進來了，她平和道：「舅舅說，你若回來了，先沐浴更衣，換了成服，我陪你入宮去找他。」

顧九思點了點頭，他急急往裡走去，柳玉茹已經替他備好水，顧九思進了門後，柳玉茹在一旁替他換下衣衫，顧九思著急道：「孩子呢？」

「睡了。」柳玉茹笑了笑，見他先提起孩子，不免道：「不問大事，先問孩子，若讓人聽到，得說你失了分寸。」

「孩子就是我的大事，妳是我天大的事。」

顧九思下了湯池，柳玉茹坐在一邊，替他舀水。顧九思問了孩子，終於道：「陛下遺詔如何說？」

「太子登基。」

「我猜到了，」顧九思立刻道：「但陛下不會貿貿然就讓太子登基的。」

「是，」柳玉茹毫不意外顧九思的猜測準確，她平靜道：「陛下得知自己天命將至當夜，提前選張丞相入宮，周大人和太子都以為陛下是宣張丞相入宮寫遺詔，於是周高朗圍了內宮，太子令人強闖。」

聽到這話，顧九思露出震驚之色，「周大人瘋了？」

柳玉茹面色不動，繼續道：「太子與周大人爭執於內廷之事，舅舅入宮布置人手，而後在陛下駕崩後宣讀遺詔。陛下命太子登基，又立五位輔政大臣組為內閣，日後所有政務由內閣統一商討，交給新帝宣讀。這五位輔政大臣分別為張鈺、葉青文、周高朗、江河……」

說著，她頓了下來，顧九思接了話，平靜道：「我。」

柳玉茹注視著他，「你早知道了？」

「猜到了。周大人呢？陛下不可能就這麼放著他在東都。」

「舅舅被擢為右相，日後內閣政務由舅舅主持。周大人兼任幽州節度使，戰事都報由周大人主持。」

顧九思聽著，點了點頭，他洗得差不多，站起身來，柳玉茹忙替他用帕子擦乾了水，他換上衣服，靜靜消化著柳玉茹所說的內容。

范軒宣張玨進宮，就是為了吊周高朗和太子上鉤，讓周高朗提前行動，而後替太子處理了周高朗。幽州節度使，說是多給了官職，其實就是把周高朗放出去，給周高朗一條生路，也就給了范玉一條生路。

周高朗這一次沒能動手殺了范玉，日後再動手，那就是內亂的事，以周高朗的心性，無論是念在和范軒的情誼，還是看在百姓的份上，都不會主動再找范玉麻煩。而范玉這邊有內閣牽制，也不會找周高朗麻煩。

這五位輔政大臣，無論是年齡還是能力，都平衡得極好，范軒為了范玉，已經把大夏未來五十年都已經謀劃好了。

而這一場宮變裡，有太多值得人尋思的東西。

為什麼江河會是最後拿到遺詔的人？太子是哪裡得到的人馬闖宮？

顧九思覺得有些頭疼，這時候，柳玉茹替他插好了髮簪，穩住了髮冠，而後冰冷的手覆在他的面容上，溫和道：「一件一件事做，嗯？」

顧九思聽到這話，輕笑起來，他點了點頭，同柳玉茹一起走了出去。

他同柳玉茹才到宮門口，便看見一個太監候在那裡，他們一到，這太監就迎了上來，說江河在几筵殿等著他。

顧九思和柳玉茹被領到了几筵殿，到了大殿門口，老遠就看見素紗飛舞，顧九思和柳玉茹站在門口，看見從門到大殿中央，士兵都穿著成服，武器上也綁了白花，分列成兩排一路延伸而入，盡頭是范軒的牌位和他的棺槨。江河、周高朗、葉青文、張鈺、葉世安等人站在盡頭，靜靜看著他。

旁邊太監唱喝出聲：「戶部尚書顧九思——見禮！」

顧九思聽到這話，同柳玉茹在大殿外先跪了下去，深深叩首。

他聽著遠處的鐘響，看著地上的玉石，不知道為什麼，突然想起這棺槨裡的人同他最初見面。

第一次是什麼時候已然忘了，他只記得，那時候自己不過是一個家道中落的縣衙捕快，這位已是名震四方的幽州節度使。然而他對任何人，都是同樣的態度，平和溫雅，以禮相待。

他給了他信任，給了他仕途，他如長輩，亦是君王。

他給他取字成玨，一手將他捧到高處，這其中有他的利用和考量，可顧九思卻也記得，他曾與他酒後對弈，笑著同他說：「成玨，回去別太怕玉茹，有事朕幫你撐著。」

顧九思一步一步走到范軒牌位前，每一步，都會想起這位帝王曾經做過的一切。

他真的算不上多麼英明的君主，手腕處事，甚至有那麼些過於仁善，但正是這一份仁善，讓眾多人都願意追隨他，願意聽從他。

他有自己的理想和堅持，亦有為此踐行一生的決心。

只是去得太早了。

顧九思用頭抵在地面時，內心驟然湧起諸多無力和悲楚。

太早了。

若他再多在位幾年，大夏便可一統南方，收復揚州。

再多在位幾年，大夏就會有一個新的繼承人。

再多在位幾年，大夏就可免受下一輪的動盪征伐。

顧九思閉上眼睛，沒有起身，他靜靜跪俯著，片刻後，還是柳玉茹拉著他，啞著聲道：「九思，起來吧。」

顧九思被柳玉茹扶起來，江河走過來拍了拍他的肩，解釋道：「今日早上你沒來得及，我們便在這裡等你。後續還有諸多事，我們一起商量一下吧。」

顧九思應了一聲，從葉世安手中接過帕子，擦了擦眼淚，才道：「是我來晚了。」

「你本來就在黃河忙著，」葉青文寬慰道：「不必自責，剛好周大人今日最後與我們一敘，說完便要走了。」

聽到這話，顧九思忙看向周高朗，恭敬道：「周大人……」

周高朗擺擺手，沒有多說。

江河讓柳玉茹先行退下，便領著顧九思一起去了議事殿，顧九思過去的時候，發現議事殿正在換著牌子，張鈺見顧九思奇怪，解釋著道：「日後這裡要改成『集賢閣』，就是我們議事的地方了。」

說著，江河想起來，詢問道：「情況玉茹和你說了吧？」

顧九思點點頭，「大致已經知道了。」

「先進去吧，」江河同顧九思道：「詳細的我們再說一遍。」

顧九思應著聲，同這些人一起走了進去。

進了屋中後，幾個人各自就坐，江河將遺詔內容重新說了一遍，顧九思靜靜聽完，慢慢想起來，「那如今陛下如何了？」

這裡的陛下，自然是指范玉。

所有人對看了一眼，周高朗道：「睡了一晚，第二日醒過來，自個兒把自個兒關起來哭了三日，然後就要開始納妃了。」

周高朗說著，嗤笑一聲：「要不是古尚書拚死攔著，現在怕已經躺到女人床上去了。」

「周大人，」江河聽著周高朗的話，端著茶道：「您的行程安排好了？」

周高朗聽著這話，臉色頓時冷了下來，他盯著江河，怒道：「你不去管管宮裡那位，來管我什麼時候走？你以為我不知道，你等著我一走，就去給他小子送女人！你們一個個，」周高朗指著默不作聲的眾人，「生前和老范稱兄道弟，如今老范去了，他兒子連孝都不服，你們就這麼看著，有你們這麼當兄弟的？」

聽到周高朗這麼吼，所有人的臉色也不太好看。

顧九思聽著四個人爭吵，看了看周高朗，又看了看另外三個喝茶不出聲的人，他終於道：「周大人，其實諸位大人，也不過是在完成先帝的吩咐罷了。」

范軒清楚知道自己兒子是個貨色，早已不報希望，甚至於詔書中對於自己的喪事，都是從簡為宜。

周高朗得了這話，眼中似悲似痛，終於站起身來，出門道：「我走了。」

「我送周大人。」顧九思也跟著站起身來，追著周高朗出去。

周高朗疾步走了出去，意識到顧九思跟上來，周高朗怒道：「你不去跟著你舅舅，在這裡跟著我做什麼？」

「周大人是伯樂師長，過去提拔之恩，九思莫不敢忘。」

顧九思恭恭敬敬行禮，周高朗聽到這話，冷靜了許多。

顧九思畢竟是他的人，而江河也並非與他敵對。他如今只是因為范軒的死，發洩於眾人罷了。

其實顧九思說的他明白，他如今是破罐子破摔和范玉撕破臉了，他馬上就要去幽州，也再不怕什麼。可剩下幾個人的任務，卻是要穩住范玉的。

顧九思見周高朗神色鎮定下去，平靜道：「其實周大人要做的，九思十分贊同。」

周高朗看著顧九思，皺起眉頭，「你什麼意思？」

「若有一日，」顧九思看著周高朗，雙手放在身前，恭敬道：「九思始終是周大人的幕僚。」

周高朗愣了愣，片刻後，沉聲道：「你這話我記住了。回去吧，」他加重了字音，「顧尚書。」

顧九思再行了一禮，送走了周高朗。等他回來時，人已經散了，只留了江河等著他，江河見他回來，笑了笑道：「說了些什麼？」

「送別而已。」顧九思有些疲憊，同江河道：「先回去吧。」

江河點了點頭，兩人一起出門，張鳳祥聽到他們出宮，親自來送他們。

范軒死後，這位老太監彷彿一下子蒼老下去，他念叨著范軒生前一些瑣事，等到了宮門口，顧九思終於想起來道：「陛下有沒有提過他賜我的天子劍……」

「陛下說了，」張鳳祥笑起來，「您拿著，本就是要給您的。」

顧九思聽到這話，愣了愣，他轉過頭去，看著那巍峨宮城，好久沒有出聲。

江河用扇子拍了拍他，笑道：「看什麼呢？」

顧九思回過神來，慢慢道：「其實陛下下棋很好。」

「嗯？」江河聽到顧九思沒頭沒腦一句話：「你說什麼？」

顧九思搖了搖頭，沒再說話了。

兩人各自回了各自的屋裡，回去的時候或許是因為已經晚了，顧九思覺得天黑壓壓的，他覺得很疲憊，等走到房門外的時候，他聽到柳玉茹哄孩子的聲音。

柳玉茹的聲音很溫和，跟孩子說著笑話。

孩子是不大明白的，只是定定看著柳玉茹說話。顧九思站在門口默默看著，他感覺此刻的柳玉茹像是另一個世界，明亮又溫暖。

柳玉茹察覺顧九思回來了，她抱著孩子，轉過頭笑著道：「回來了？吃過飯了嗎？」

顧九思沒說話，他突然大步走了過去，蹲下來，將娘倆抱緊在懷裡。

柳玉茹愣了愣，片刻後，她笑著抬起手，覆在他的髮上，柔聲道：「累了吧？」

顧九思悶悶應了一聲。

柳玉茹接著道：「先睡一覺吧。」

說著，柳玉茹把印紅叫了進來，讓印紅把孩子帶了下去，她拉著顧九思起身，替他去了外衣，隨後拉著他躺到床上。

她抱住顧九思，只說了一句：「睡吧。」

得了這句話，顧九思竟什麼都不想了。

一覺睡了很久，等醒來的時候，周高朗已經走了。

周高朗離開東都後，所有人終於放下心來，知道這一劫是渡過去了。

范玉不管事，他每日在宮裡醉生夢死，所有人也不敢管他，起初禮部有幾個不懂事的固執人往他宮門口一跪，這位少年竟把人當場斬了。

這事震驚朝堂，江河提著過去處理，但又能如何處理？只能將事情草草遮掩了去。

但至此之後，的確沒有人敢去管范玉了。

管他做什麼呢？

所有人都明白——不過是個花架子，真正的權力，全在集賢閣。這位小皇帝，只要伺候好，就夠了。

有了這樣的認知，一切便有條不紊運轉下去。范軒死後四十九日，出殯移去了皇陵。

他出殯那日，范玉終於出現了。

他瘦了很多，眼窩深陷，周身縈繞著一股陰冷之氣，眉眼全是戾氣。

或許是范軒不在了，他再也不用遮掩，看上去沒有半分皇帝的樣子。

一路上所有人哭哭啼啼，這種場合，便是裝都要裝半分樣子的，但范玉沒有，他甚至還笑了，范軒棺槨下葬之前，他衝到范軒棺槨前，狠狠拍打了幾下，低聲說了什麼，然後才讓人將范軒的棺槨送入土中。

所有人看在眼裡，但輔政大臣都沒說話，有禮部那幾個前車之鑑，誰都不敢說了。

在荒唐又沉寂中，范軒終於入土為安。

當日晚上，范玉大興歌舞，在自己寢宮鬧了一晚。

他喝了許多酒，將一個舞姬拉到懷裡時，舞姬笑嘻嘻塞給他一張紙條。

范玉拿到紙條愣了愣，一把推開舞姬，打開紙條，紙條上是洛子商的字跡，寫著兩個字——已歸

而後是洛子商的落款。

范玉縱使不算聰明，在看到這個紙條時卻明白，洛子商若是回來了，肯定是要見他的，可如今他卻一個影子都沒有，還要讓一個舞姬傳話，必然是被人攔住不能見他。

范玉頓時怒從中起，他站起來，踹翻了桌子，大喝出聲：「洛子商！朕要見洛子商！叫洛子商來覲見！」

所有人被范玉嚇到，范玉拔了劍，指著侍衛道：「給朕把洛子商找來，半個時辰，朕見不到洛子商，就一刻鐘殺一個人！」

在場所有人瑟瑟發抖，他們很清楚，這個皇帝絕不是玩笑。

有了這樣的命令，洛子商很快被找來。

洛子商看著范玉，笑著行禮，恭敬道：「陛下。」

「你笑什麼？」范玉盯著洛子商，冷聲道：「你看上去並不恭敬。」

洛子商沒說話，他看著范玉，許久後，嘆了口氣，走上前道：「陛下，這些時日，您受苦了。」

「朕受什麼苦？」范玉冷笑出聲，「朕是皇帝了，坐擁天下了，還是受苦嗎？」

洛子商搖了搖頭，他坐下來，看著范玉道：「這天下是先帝留給內閣的天下，陛下不過是先帝豎給他們的靶子罷了。」

「你胡說！」

范玉猛地拔了劍，指著洛子商，洛子商給自己倒了茶，淡道：「先帝不過是打算讓陛下當個吉祥物，穩住人心罷了。陛下說自己是皇帝，陛下想做什麼，」洛子商似笑非笑看向范玉，「就當真能做嗎？」

范玉沒說話，洛子商眼中全是了然：「陛下，我讓您問先帝的話，您問過了嗎？」

范玉顫抖著唇。

洛子商見他的反應，眼裡帶了幾分憐憫，「看來，在先帝眼裡，哪怕是骨肉至親，也抵不過江山啊。陛下，先帝為這江山犧牲了一輩子，看來您也得學習著先帝，為這百姓江山，操勞一生了。」

「洛子商，」范玉咬牙，「你這麼同朕說話，你不怕朕殺了你？」

「陛下，」洛子商低笑，「殺了我，您怎麼辦？」

「除了我，」洛子商玩弄著手中的瓷杯，「這天下，還有誰會幫著陛下？」

說著，洛子商嘲諷笑開：「把您軟禁起來的江河，說著好話糊弄您的張鈺，還是去幽州當他的小天子的周高朗，又或者與周高朗兒子是結拜兄弟的顧九思？」

這話說出來，范玉眼中越發幽深。

「陛下，」洛子商靠近范玉，「明日，我送您個大禮吧？」

顧九思醒得特別早。

這是范軒死後第一次正式早朝，顧九思醒來之後，就聽見孩子隱約的哭聲。柳玉茹迷迷糊糊醒過來，含糊道：「錦兒是不是餓了？」

顧九思拍了拍她，溫和道：「妳繼續睡，我去看看。」

顧九思起身披了衣服，到了隔壁，便看見奶媽正拍著孩子，顧錦哭鬧得厲害，顧九思見了，從奶媽手裡接過孩子，詢問道：「可餵過了？」

「餵了。」奶媽趕緊道：「不知怎麼的，就是不睡，怕是想大人夫人了。」

顧九思應了一聲，抱著孩子，輕輕拍哄著，他這些時日已經學會抱孩子，在他的拍哄下，顧錦很快又睡了，顧九思見顧錦睡了，抱著顧錦回房，輕輕放在柳玉茹身邊。

柳玉茹迷迷糊糊張了眼，將孩子抱了過去，輕聲道：「什麼時辰了？」

「我起了。」顧九思替她掖了被子，輕聲道：「妳同錦兒再睡一會兒。」說著，他親了柳玉茹額頭一下，便往外走了出去。

他洗漱完畢後，穿上官服，便去了宮裡。

到了大殿前，他靜靜等候著人時，老遠便看見了秦楠。

秦楠和東都官員不熟悉，一個人站在中列，顧九思知道，今日秦楠既然來了，肯定是奏請了范玉的，那范玉今日應該會對黃河一事論功行賞。

顧九思見秦楠一個人站得窘迫，便主動走了過去，笑著同秦楠寒暄了幾句。秦楠僵硬著笑和顧九思說了幾句，而後便見遠處天亮起來，太監小跑到大殿前，唱喝出聲。顧九思聽到這一聲唱喝，同秦楠告別後，便走到了佇列前方，而後在太監的唱喝聲中走入了大殿。

因為他是輔政大臣，所以同其他站著的大臣不同，他與江河、葉青文、張鈺一起，分成兩排坐在御座下方的臺階上。

這是他第一次坐在這種位子上，被眾人盯著，還有些不習慣。但習慣身在高位是很容易的事情，上朝沒多久，顧九思就在范玉一次又一次哈欠中慢慢適應了這個狀態。

朝堂上的事大多不需要范玉管，范玉就聽個大概，直到說到黃河的案子，范玉才來了精神。

「聽聞黃河這個事辦得好，」范玉高興道：「那不得賞一賞？都是哪些人辦的事，給朕看看？」

顧九思覺得范玉的態度有些奇怪，但他還是站了起來，恭敬道：「是微臣與洛大人、秦大人一起辦的。」

「哦？」范玉撐著下巴，掃了下面的臣子一眼，「那洛大人和秦大人呢？」

聽到這話，洛子商和秦楠一同出列，范玉敲著桌子道：「三位大人想要什麼賞賜啊？」

說著，范玉直接道：「顧大人官夠大了，升官不行了，給錢吧。一千兩銀子怎麼樣？」

得了這話，顧九思立刻跪下去，恭敬道：「謝陛下賞賜。」

「洛大人官小了點，」范玉皺起眉頭，想了想道：「他以前是太傅，現在就當太師吧。」

「陛下，」江河聽了這話，笑著道：「升遷這事還需吏部商討，等後續再議吧？」

聽到這話，范玉深深地看了江河一眼，隨後嗤笑出聲：「反正我也管不了事，只能發錢。那洛大人也賞一千兩好了。還有秦大人，」范玉看向秦楠，「朕也賞你一千兩，怎麼樣？」

秦楠沒說話，他靜默著跪了下去，行了個大禮，叩首道：「陛下，臣不要錢財。」

「哦？」范玉有了興味，「還嫌不夠多？」

「臣另有所求。」

「說來聽聽。」

「臣請求陛下，」秦楠抬頭，定定看著范玉，「捉拿江河，重審洛家滅門一案！」

聽到這話，所有人驚了，顧九思愣愣看著地上的秦楠，江河保持笑容，張合著手中小扇，坐在高位上，慢慢道：「秦大人是什麼意思？」

「陛下，」秦楠神色毫無退卻之意，他拿出一封摺子，認真道：「臣髮妻洛依水，乃洛家大小姐，十年前，洛家於揚州遭遇劫匪洗劫，滿門被殺，成為轟動揚州的大案。然而如今臣卻得了當年證人向臣指認，滅洛家滿門的凶手，正是當今高座之上、手握重權、輔政大臣、當朝左相——江河！」

「臣知曉，」秦楠叩首在地，聲音平靜毫無波瀾，「臣今日狀告江大人，不過是蜉蟻撼樹，可為人丈夫，得知妻子母族遭遇如此橫禍，怎能不聞不問？今日，臣以身家性命懇請陛下，」秦楠猛地提了音調，帶了破釜沉舟一般的氣勢，大喝道：「重審洛家滅門一案！」

——《長風渡【第二部】橫波渡》未完待續——

高寶書版集團
gobooks.com.tw

YE 038
長風渡【第二部】橫波渡（中卷）

作　　者　墨書白
責任編輯　吳培禎
封面設計　茵萊登曼特
內頁排版　賴姵均
企　　劃　何嘉雯

發 行 人　朱凱蕾
出　　版　英屬維京群島商高寶國際有限公司台灣分公司
　　　　　Global Group Holdings, Ltd.
地　　址　台北市內湖區洲子街 88 號 3 樓
網　　址　gobooks.com.tw
電　　話　(02) 27992788
電　　郵　readers @ gobooks.com.tw（讀者服務部）
傳　　真　出版部 (02) 27990909　行銷部 (02) 27993088
郵政劃撥　19394552
戶　　名　英屬維京群島商高寶國際有限公司台灣分公司
發　　行　英屬維京群島商高寶國際有限公司台灣分公司
初　　版　2023 年 5 月

本著作物《長風渡》，作者：墨書白，由北京晉江原創網絡科技有限公司授權出版。

國家圖書館出版品預行編目 (CIP) 資料

長風渡【第二部】橫波渡 / 墨書白著 . -- 初版 . -- 臺北市：英屬維京群島商高寶國際有限公司臺灣分公司 , 2023.05
　冊；　公分 . --

ISBN 978-986-506-725-0(上冊 : 平裝). --
ISBN 978-986-506-726-7(中冊 : 平裝). --
ISBN 978-986-506-727-4(下冊 : 平裝). --
ISBN 978-986-506-728-1(全套 : 平裝)

857.7　　112006706